VINCENT RADUREAU

LE DERNIER MATCH DE RIVER WILLIAMS

Hugo Poche

SPORT

PREMIÈRE PARTIE
Une affaire pour Jefferson

CHAPITRE 1

« HEYYY HOOOOOO ! »

Le petit groupe de randonneurs attendit une seconde, deux secondes, avant que l'écho ne renvoie le cri de Justin.

« *Heyy hooooo*... »

« *Hey hooo*... »

Puis ce fut une explosion de joie collective. On aurait dit une équipe de foot US célébrant un *touchdown* décisif à la dernière seconde du Super Bowl. À leurs oreilles, c'était le plus bel écho du monde, l'un des plus parfaits. Celui qu'ils étaient venus chercher depuis San Diego. Justin avait hurlé comme un damné. Le son s'était échappé vers le lointain, s'était engouffré dans l'immensité du canyon, avait rebondi sur les masses rocheuses avant de prendre son temps pour revenir, haut et fort.

Juchés sur leurs vélos tout terrain, les jeunes randonneurs avaient écourté leur sommeil pour quitter au plus tôt le campement de Horsethief et se présenter sur le belvédère. Ils savaient qu'ils se retrouveraient alors face à un spectacle époustouflant. Devant eux, l'aube se levait lentement sur le parc national de Canyonlands, dans l'Utah. C'était l'une des régions les plus sauvages et les plus majestueuses des États-Unis ; creusée, façonnée par la Green River d'un côté, la Colorado River de l'autre, fréquentée aux beaux jours par quelques grappes de touristes, désertée là où les routes se faisaient rares et dangereuses, là où les cartes topographiques se faisaient imprécises. Ce parc avait beau être aussi spectaculaire que celui du Grand Canyon, il était beaucoup moins visité. Il suffisait de sortir des sentiers battus pour s'y sentir enfin seul au monde.

Là, sous les yeux des randonneurs matinaux, le soleil levant redessinait les lignes rocheuses, gommait les ombres bleues pour révéler l'ocre lumineux de la terre sèche. Au fond de la vallée, la Green River s'écoulait lentement, majestueuse et boueuse, flanquée de ses parterres de végétation desséchée. Le panoramique était si large qu'il était insaisissable au premier regard, l'horizon si lointain qu'il en semblait irréel. Du belvédère aux rives du fleuve, on pouvait suivre les méandres rougeâtres de la « Mineral Road », cette route qui descendait le Mineral Bottom Canyon.

Et c'était bien là l'objectif de ces randonneurs à deux roues : dégringoler jusqu'à la Green River, se faire peur, déraper à chaque virage en épingle, négocier au mieux ces *switchbacks* en bloquant la roue arrière, défier le danger, la pesanteur et le poids du sac à dos.

C'est qu'il fallait un sacré courage pour se lancer ainsi, ou une bonne dose d'inconscience juvénile. La Mineral Road était officiellement l'une des routes les plus dangereuses des États-Unis, y compris pour les véhicules motorisés. La descente n'était longue que d'une vingtaine de minutes, mais il fallait avoir le cœur bien accroché. Il n'était pas rare de voir une goutte de sueur perler à la tempe des conducteurs de 4 × 4, concentrés à l'extrême sur le ruban rouge qui serpentait devant eux. À leurs côtés, leurs passagers ne disaient plus un mot, prostrés, et se juraient qu'on ne les y reprendrait plus.

Les jeunes *mountain bikers*, eux, se moquaient bien du danger.

Ils se nommaient Justin, Tracy, Gordon, Wayne et Jennifer. Et ils étaient justement là pour se prendre un shot d'adrénaline pure, pour sentir gonfler la boule au ventre et la chasser en hurlant des insanités dans le vide. Alors, après s'être repus de l'écho, ils donnèrent les premiers coups de pédale et s'engagèrent sur la piste vertigineuse, comme un sauteur à skis s'élance sur le tremplin.

Ils avalèrent les premiers virages avec un minimum de prudence, les mains sur les freins et les fesses sur la selle. Et puis les garçons se sentirent pousser des ailes. Justin se mit en danseuse, moulinait dans les lignes droites et dérapait pour contrôler sa vitesse dans les virages. Wayne et

Gordon l'imitèrent aussitôt ; il n'était pas question de se laisser distancer, d'arriver à la Green River avec cinq minutes de retard. Jennifer accéléra à son tour, suivie tant bien que mal par Tracy, sans doute la moins téméraire de tous.

Un peu à la traîne, Tracy fut la première spectatrice de la sortie de route de Justin, un lacet plus bas. Elle le vit disparaître dans le virage, hurla et freina instinctivement, avant de reprendre la descente pour aller lui porter assistance. Lorsqu'elle arriva à sa hauteur, Gordon et Wayne étaient là, eux aussi. Ils avaient laissé tomber leur VTT et accouru à l'endroit où Justin avait manqué son dérapage.

Ils s'approchèrent du ravin, craignant le pire.

En une fraction de seconde, ils redoutèrent d'avoir à découvrir le corps disloqué de leur camarade. Ils eurent même le temps de penser aux membres brisés, au sang sur la roche ; ils imaginèrent qu'il serait peut-être impossible de le repérer depuis la route, si par malheur il était tombé trop bas. Ils se préparaient à entendre le plus déchirant des cris de douleur.

Mais en se penchant sur le ravin, tout ce qu'ils entendirent, ce fut un formidable juron.

« BORDEL DE MEEEERDE ! » hurla Justin.

« *Bordel de meeerde...* » répéta l'écho, taquin.

Justin était là, debout sur un petit plateau rocheux, deux mètres seulement en contrebas. Il tenait d'une main la fourche brisée de son vélo, de l'autre sa roue avant pliée à l'équerre. Fort heureusement, à part une éraflure au coude, il semblait indemne. Mais il était fou furieux : pour lui, l'aventure s'arrêtait là. Impossible de réparer, il allait falloir songer à se faire rapatrier. Pas un seul instant il n'imagina le pire, pas une seule seconde il ne se dit que sa vie aurait pu s'arrêter là, elle aussi. Tel était Justin, petit bonhomme sec et nerveux, au caractère bien trempé. Un sale gosse, une tête brûlée ; un bon camarade, assurément, mais qui se révélait aussi inconscient qu'imprévisible.

– Tu es sûr que ça va ? s'enquit Tracy depuis la corniche.

– Moi ça va, oui, râla Justin. C'est mon sac à dos qui a amorti la chute. Encore heureux que je n'aie pas eu un grille-pain là-dedans, il m'aurait défoncé les côtes. Mais mon vélo est mort, c'est sûr et certain.

– Qu'est-ce qui s'est passé ? demanda Gordon. Comment tu t'es débrouillé pour rater ce virage ?

– Je n'ai rien raté du tout. Ma roue a dû perdre de l'adhérence sur une terre plus meuble ou du gravier, je ne vois que ça. Mais moi je le sentais super bien, j'étais en contrôle, j'avais fait le dérapage parfait, pile au point de corde.

Devant la mauvaise foi et l'air bravache de Justin, ses camarades hésitèrent entre l'apitoiement et un fou-rire naissant. Ça n'était pas la première fois qu'il niait ses erreurs en mettant tout sur le compte de la faute-à-pas-de-chance. En les observant depuis son plateau rocheux, Justin sentit bien que ses compagnons de route étaient à deux doigts de s'esclaffer, alors que la situation était grave. Le vélo était mort, merde à la fin ; un vélo hors de prix.

– Et il n'y en a pas un qui va venir m'aider ? râla-t-il encore, en se délestant de son sac à dos pour aller récupérer les restes de sa monture.

Wayne et Gordon descendirent avec précaution depuis la corniche jusqu'au petit plateau rocheux où la tête brûlée avait fini sa course. Ils constatèrent alors que la surface de la roche était pentue, avec une inclinaison vers la paroi abrupte du canyon qui dégringolait cent mètres plus bas, jusqu'à la Green River. Et au milieu de ce plateau, on distinguait une faille étroite et rectiligne, comme si la roche avait été brisée en deux parties égales par le marteau d'un titan scandinave. C'était une crevasse, à n'en pas douter, profonde et dangereuse. Justin avait eu une chance folle de s'arrêter au début du plateau rocheux ; s'il avait roulé trois mètres plus loin, il aurait aussitôt basculé dans la crevasse.

– Justin ! Fais gaffe à ton sac !

Le sac à dos, lui, avait roulé. Suffisamment pour échapper à son propriétaire et filer vers la faille. Justin proféra un nouveau juron puis se précipita pour sauver ce qui pouvait encore l'être. Il avait déjà perdu son vélo, son honneur, une bonne partie de sa réputation, il ne pouvait pas se permettre de se délester de son précieux *backpack*. En un coup de reins formidable, il se retourna et plongea vers le sac, dont il parvint à agripper une bretelle avant qu'il ne disparaisse complètement dans la crevasse.

– C'est bon ? Tu l'as ? demanda Gordon.

Pas de réponse. Justin était allongé sur la roche, le bras dans la crevasse ; et il restait silencieux, ce qui était tout à fait inhabituel de sa part.

– Justin, ça va ? Tu as récupéré ton sac ? renchérit Wayne.

– Justin ?? cria Tracy depuis la corniche.

– *Justin ?* s'inquiéta l'écho, à son tour.

Toujours pas de réponse. Le sale gosse ne bougeait plus, toujours figé dans la même position. Au bout de quelques secondes, il se redressa et sortit son sac sans ménagement, sans y prêter attention. Là n'était plus l'important. À genoux sur le bord de la faille, il ne pouvait détacher son regard de ce qu'il venait de découvrir, au fond de cette crevasse.

Sans se retourner, il s'adressa à ses camarades.

– Eh, les gars… Je crois qu'il y a quelqu'un, là-dessous.

Wayne et Gordon se regardèrent, incrédules.

« Quelqu'un là-dessous » ? Comment était-ce possible ? La crevasse était presque inaccessible, bien trop étroite pour que quiconque ait envie de s'aventurer à l'étage inférieur. Si tant est qu'il y eût un étage.

– Comment ça, « quelqu'un » ? Qu'est-ce que tu racontes ?

– Bon, ok, ce « quelqu'un » n'est pas en très grande forme, dit Justin. Ça doit même faire plusieurs années qu'il est là-dessous.

– Quoi ? s'alarma Tracy. C'est quoi ? C'est qui ? Un ermite ?

– Non. Un cadavre.

Effarées, Tracy et Jennifer se décidèrent à descendre à leur tour sur le plateau rocheux, tandis que Wayne et Gordon rejoignaient leur acolyte pour vérifier ses dires. Connaissant Justin, il était tout à fait capable de leur servir un bon vieux mensonge destiné à effrayer les filles ou les âmes sensibles. Mais ils durent se rendre à l'évidence : cette fois-ci, Justin n'avait pas menti.

La crevasse s'ouvrait sur une cavité plus large que la faille étroite ne le laissait présager. Et au fond de cette cavité, dix mètres plus bas, on distinguait les restes d'un corps humain. Il était allongé sur une sorte de promontoire rocheux, dans une position étrange, comme s'il était passé de vie à trépas au milieu d'un sommeil agité. Sa mort devait effectivement remonter à plusieurs années, car sous les vêtements qui tombaient en lambeaux, il ne restait plus grand-chose de l'enveloppe corporelle.

– Mais c'est horrible ! Comment ce cadavre a-t-il pu arriver là ? s'interrogea Wayne.

– À première vue, il s'agit plutôt d'un squelette, précisa Gordon-le-flegmatique, l'étudiant en médecine qui n'en revenait pas d'avoir à contempler pareil spectacle, ici, au milieu de nulle part.

– Cadavre, squelette… Au bout du compte, c'est la même chose, non ?

– Pas vraiment. L'état cadavérique n'est qu'une des étapes de la décomposition du corps. Celle qui est juste avant l'état squelettique. Et là…

– Bref, c'est un macchabée, coupa Justin. Reste à savoir ce qu'il fout là. Et depuis combien de temps.

– Au moins trois ans, peut-être plus, ça dépend des conditions climatiques, ajouta Gordon. Mais maintenant, on ne peut plus rien faire pour lui. Il ne nous reste plus qu'à prévenir les rangers du parc national, pour qu'ils le sortent de là.

– On verra plus tard pour les rangers, trancha Justin. De toute façon, il n'y a quasiment pas de réseau dans le coin, impossible d'appeler qui que ce soit. Je vais en profiter pour aller faire ma petite enquête personnelle…

Justin attrapa son sac à dos et en sortit son matériel d'escalade. Une corde, un piton et un mousqueton, de quoi descendre en s'assurant de pouvoir remonter à la surface.

– Tu es sûr de savoir ce que tu fais ? souffla Wayne en enroulant la corde autour de sa taille pour assurer le rappel.

– Ça n'est pas la première fois qu'on se fait une petite grimpette, pas vrai ? La descente ne m'a pas l'air compliquée, mais j'aurai besoin de toi pour le retour.

À ces mots, Justin se faufila dans la faille et agrippa la paroi, qui présentait suffisamment d'aspérités pour lui permettre de descendre, lentement, vers le promontoire où se trouvaient les restes squelettiques. Tous ses camarades étaient désormais penchés au-dessus de la crevasse et suivaient sa progression avec un mélange d'excitation et de stress. Il y avait de quoi s'inquiéter, en effet, car la voie n'était pas si simple. Justin fut à deux doigts de lâcher prise, et Wayne serra plus fort la corde sur laquelle il était censé faire contrepoids. Après dix minutes particulièrement éprouvantes, Justin se retrouva au niveau du promontoire, qui n'était pas relié à cette partie de la paroi, comme s'il était suspendu au-dessus du vide.

Car la cavité était bien plus profonde encore, à tel point qu'il était impossible d'en voir le fond, perdu dans l'obscurité. Justin dut donc prendre son élan et se projeter latéralement pour passer au-dessus du vide.

Une fois sur le promontoire, Justin hurla sa joie et son soulagement.

Et puis il s'approcha de la dépouille allongée sur la roche. Le défunt ne s'était vraisemblablement pas installé ici de son propre chef, pour un dernier somme. Son bras droit disparaissait sous son torse, dans une position peu académique ; idem pour sa jambe gauche, dont le genou semblait avoir cédé à la réception d'une chute fatale. Le crâne dénudé, sur lequel on distinguait encore quelques cheveux crépus, offrait ses mandibules à tout vent, comme s'il était parti dans un dernier cri. L'inconnu était vêtu d'un simple tee-shirt et d'un bas de survêtement, usés jusqu'à la corde, dont les couleurs s'étaient évanouies avec le temps.

Justin se pencha sur les restes humains avec précaution, craignant le réveil du mort-vivant. Puis il commenta sa découverte pour le reste de la bande.

– C'était un mec, si j'en juge par ses vêtements. Enfin, ce qu'il en reste. Dans l'absolu, il faudrait que je le fouille pour voir s'il y a des indices dans ses poches, mais je dois vous avouer que là, ça me répugne un peu.

– C'est mieux si tu n'y touches pas, intervint Gordon depuis le sommet de la faille. Pour la police, tu comprends.

– Pourquoi ? Tu penses que c'est une scène de crime ? brailla Justin depuis l'étage inférieur. Ça se pourrait, après tout. Mais ok, je n'y touche pas. Je vais juste me faire le selfie de la mort qui tue !

En lâchant un rire sardonique, Justin s'agenouilla auprès du squelette et sortit son téléphone portable. Puis il prit une pose de chasseur devant son trophée et multiplia les clichés. Sur l'image, le crâne du défunt semblait sourire à l'objectif, comme s'il était heureux de partager cet instant avec une tête brûlée nommée Justin.

C'est Tracy qui remarqua un détail curieux.

Un détail qui l'avait tout de suite intriguée, inconsciemment, sans qu'elle parvienne réellement à savoir pourquoi sa curiosité était ainsi titillée. Puis elle comprit ce qui clochait. Elle voulut en avoir le cœur net.

– Justin ? Je peux te demander un truc un peu débile ?

– Bien sûr, Tracy. Tu le sais, les trucs débiles, c'est ma spécialité.

– Est-ce que tu pourrais… Enfin…

– Ben vas-y, dis-moi ! Assume tes idées foireuses !

– Est-ce que tu pourrais juste… t'allonger à côté du cadavre ?

Justin leva la tête en direction de Tracy, les sourcils froncés.

– Je confirme : c'est vraiment une idée foireuse. Enfin, si ça te fait plaisir…

De bonne grâce, il s'exécuta.

Vue d'en haut, la scène s'avéra étonnante. Troublante. Voire effrayante.

Tracy, Jennifer, Wayne et Gordon en eurent le souffle coupé.

– Tu mesures combien, Justin ? demanda Jennifer d'une voix blanche.

– Un mètre soixante-quinze. Enfin, soixante-treize pour être précis. Mais ne le dites à personne.

Justin n'était pas bien grand, c'est un fait. Mais l'homme aux côtés duquel il venait de s'allonger était hors normes. En comparant sa taille à celle de Justin, on pouvait affirmer sans se tromper qu'il dépassait allègrement les deux mètres, pour atteindre peut-être les deux mètres dix ou quinze.

C'était le squelette d'un véritable géant.

CHAPITRE 2

Le lieutenant Jefferson Collins était d'humeur irritable ; mieux valait ne pas lui demander si ça allait. Il maugréait en quittant son bureau, il ronchonnait en sortant des locaux du *Department of Public Safety*, il râlait en se dirigeant vers l'hélicoptère. Il avait encore du mal à comprendre pourquoi on avait fait appel à lui, pour ce qui ressemblait à un simple accident de randonnée.

Parmi tous les enquêteurs du SBI, le *State Bureau of Investigation*, il était l'un des plus expérimentés, l'un les plus respectés. Du haut de ses trente ans de carrière, il était assurément celui qui avait résolu le plus d'affaires tordues, morbides, d'apparence inextricables. Pendant ses années passées au sein de la *Major Crimes Task Force*, il avait contribué à démanteler un gigantesque réseau de trafic d'héroïne, l'un des fléaux de la région, tout en s'attaquant aux gangs qui s'opposaient violemment pour le contrôle de ces filières. Il avait traqué sans relâche les labos clandestins, mis sous les verrous les pires vermines de l'Utah. Quand il avait été affecté à la *Special Victims Task Force*, c'est lui qui avait résolu l'énigme du meurtre de Gabriela Flores, une affaire qui avait défrayé la chronique pendant des mois, jusqu'à faire l'objet d'un reportage dans *Missing In America*, la célèbre émission de la NBC.

Gabriela Flores était une jeune étudiante mexicaine dont le corps sans vie avait été retrouvé dans une zone reculée près du canyon de Hobble Creek. Pendant près de dix ans, l'affaire était restée inexpliquée, et les ossements identifiés n'avaient pas permis de déterminer la cause de la mort. Le lieutenant Collins avait alors repris l'affaire, traversé la frontière pour se rendre à Mexico City. Son enquête avait permis l'arrestation d'un ancien petit ami de Gabriela, pour ce qui n'était finalement qu'un drame passionnel. Le petit ami n'avait pas supporté qu'elle le quitte pour aller étudier l'anglais à Provo, dans l'Utah ; il l'y avait retrouvée et l'avait tuée dans un accès de colère.

Avec de tels états de service, Jefferson Collins aurait pu encore grimper dans la hiérarchie, aspirer à devenir le vrai patron, le capitaine du SBI. Mais il n'avait que faire de la politique et n'était pas carriériste pour deux sous. Lui n'aimait rien tant que son métier d'enquêteur, les chevaux, la vie au grand air… et les Broncos de Denver, son équipe de foot US favorite. Alors il savait qu'il ne serait jamais mieux que lieutenant, et ça lui allait déjà très bien. Et puis surtout, à bientôt 57 ans, il avait mérité qu'on lui fiche un peu la paix, et qu'on ne le sorte de sa tanière que lorsque ça en valait vraiment la peine.

Alors pourquoi l'obligeait-on à sortir ce matin ? C'était lui et personne d'autre, paraissait-il, et l'ordre venait d'en haut. L'assistante du service n'avait pas pu lui en dire plus. On avait retrouvé un corps près de la Green River, au nord du parc de Canyonlands, et la découverte était suffisamment intrigante pour qu'on fasse appel à lui. Il devait se dépêcher de prendre un hélicoptère ; sur place, il lui faudrait retrouver un certain Michael « Mickey » Perkins, sergent de son état. C'est lui qui lui fournirait les explications nécessaires.

Mais voilà, le lieutenant Jefferson Collins détestait prendre l'hélicoptère.

Pourtant, Dieu sait s'il en avait pris, de ces engins de malheur, pour traverser l'État de long en large depuis les bureaux du SBI à Salt Lake City. Il était monté jusqu'à Park City, était descendu jusqu'à la Monument Valley, avait pris à l'est vers la réserve indienne de Uintah and Ouray. À chaque fois, on lui avait assuré que c'était le moyen le plus rapide pour aller d'un point A à un point B. « Mais pas le plus discret », répondait-il, invariablement.

Et pas le plus sûr non plus, s'il en jugeait par la météo du jour. Il avait consulté le bulletin, et il y avait de quoi s'alarmer : le grand ciel bleu de cette matinée allait s'obscurcir au fil des heures, pour laisser la place à des orages qui s'annonçaient plus puissants qu'à l'accoutumée. Même s'il n'était pas rare d'entendre le tonnerre gronder en cette saison, lorsque l'atmosphère était instable au-dessus des canyons, les prévisions pour la journée étaient particulièrement critiques, voire exceptionnelles. Certains parlaient même d'une énorme tempête, suffisamment importante pour qu'on l'ait affublée d'un petit nom : Rebekah.

Et parmi les zones les plus impactées, il y avait justement celle du parc national de Canyonlands, là où l'hélicoptère de la DPS s'apprêtait à déposer Jefferson Collins.

***

Le sergent Michael « Mickey » Perkins avait mis sa main en visière pour observer l'arrivée de l'engin dans le ciel. Avec ses hommes, il avait tout préparé au sol et délimité la zone d'atterrissage. En vérité, il n'avait guère eu le choix : il n'y avait aucun espace suffisamment large entre les lacets de la Mineral Road pour que l'hélicoptère puisse se poser à proximité de la découverte, alors il lui faudrait atterrir soit tout en bas, sur la rive est de la Green River, soit sur le belvédère au sommet du canyon. Mickey avait opté pour la position haute, estimant qu'il serait plus facile de faire descendre les enquêteurs que de les faire monter, dans un premier temps. Ces gens-là ne devaient pas aimer l'effort, mieux valait les préserver, à l'aller tout du moins.

On avait évacué les quelques touristes qui étaient arrivés sur le belvédère, soit deux randonneurs à VTT et un marcheur solitaire, ce qui faisait tout de même beaucoup. Cette zone était isolée du reste du parc national ; elle était bien moins fréquentée que celle de Mesa Arch, par exemple, où l'on pouvait admirer le lever du soleil sous l'arche naturelle la plus célèbre de Canyonlands. Là-bas, la balade était facile, et n'importe quel touriste pouvait se garer à proximité pour capturer le selfie de l'année. Mais ici, sur ce promontoire qui dominait la Green River, les amateurs de paysages époustouflants étaient bien moins nombreux. Qu'on y vienne à pied, à vélo ou en 4 × 4, le trajet vers le Mineral Bottom Canyon était des plus ardus, et mieux valait être bien préparé pour l'aventure. Mickey avait d'ailleurs souvent été appelé dans cette zone pour porter assistance à un *backpacker* perdu dans la nature hostile ou à un *mountain biker* en difficulté dans les lacets.

Le sergent Perkins appartenait lui aussi aux services du *Department of Public Safety*, mais il dirigeait une unité plus modeste : la SAR, la *Search and Rescue*, qui opérait tout particulièrement dans les montagnes de l'Utah, dans les parcs nationaux ou dans le désert de sel situé de l'autre côté du Great Salt Lake. La SAR comptait une équipe de vingt hommes entraînés pour les interventions dans des conditions difficiles, sur les parois rocheuses, dans les grottes, les fleuves, les rivières ou les lacs. Pour faire partie de l'équipe, il fallait une condition physique irréprochable et un goût certain pour les opérations périlleuses. Mickey lui-même était un jeune athlète qui ne négligeait jamais l'entraînement, même s'il n'était pas très costaud en apparence. Il avait une stature longiligne et une musculature fine, de celles qui conviennent tout particulièrement aux exercices en montagne.

Son sport à lui, c'était le basket. Son rêve à lui, ç'avait été de jouer un jour en NBA. Lorsqu'il était à l'université d'Utah, il avait travaillé sans relâche pour devenir le meneur titulaire des Utes, l'équipe locale. Mais son petit talent n'avait pas été suffisant pour compenser son manque de taille : sa croissance s'était arrêtée à l'âge de 16 ans, alors qu'il venait péniblement d'atteindre le mètre quatre-vingt-deux. Une altitude respectable dans la vie de tous les jours, mais qui s'avérait bien insuffisante pour qui voulait marcher sur les traces de Stephen Curry. Alors, la mort dans l'âme, Mickey Perkins avait abandonné son rêve et s'était contenté de jouer régulièrement sur les *playgrounds* de son quartier, tout en devenant l'un des plus fervents supporters du Jazz de l'Utah, cette équipe NBA qui faisait la fierté de tous les habitants de Salt Lake City et de ses environs.

En attendant l'hélicoptère, Mickey repensait au Jazz, justement, et à ce grand rendez-vous à venir : cette demi-finale de la conférence Ouest face aux Lakers de Los Angeles, dont on allait jouer le match 3 le lendemain soir. Les hommes de l'Utah avaient réussi l'exploit d'arracher la victoire au match 2, dans le fameux Staples Center de L.A. Ils avaient repris l'avantage du terrain, et grâce à eux, le Jazz pourrait peut-être retrouver le frisson d'il y a quelques années, cette heure de gloire sans lendemain, ce titre remporté en défiant tous les pronostics et dans des circonstances plus que rocambolesques.

C'était il y a cinq ans, déjà.

Mickey se dit alors que, si son impression était la bonne, si ce qu'il pensait de la découverte du jour était exact, ce serait une sacrée coïncidence, un formidable clin d'œil du destin.

Ou un mauvais présage.

***

En se posant sur le belvédère, l'hélicoptère de la sécurité civile déplaça un nuage de poussière impressionnant. La terre du canyon, sèche et rouge, fut projetée avec violence aux alentours, et Mickey Perkins dut se protéger derrière son Ford Ranger avec les deux hommes de son équipe. Puis, après que le rotor se fut enfin arrêté, il redressa la tête pour voir sortir les enquêteurs du SBI. Mais à sa grande surprise, il n'eut à accueillir qu'un petit bonhomme tout sec, aux joues creuses et aux yeux d'un bleu perçant, coiffé d'une casquette aux couleurs des Broncos.

– Bonjour monsieur, je suis le sergent Michael Perkins. Mais tout le monde m'appelle Mickey. C'est moi qui vais vous guider sur le lieu de la découverte.

– Et moi je suis le lieutenant Jefferson Collins. Mais tout le monde m'appelle lieutenant.

Mickey en avala sa salive. Bien sûr qu'il connaissait ce nom ; tout le monde connaissait Jefferson Collins, dans les services du SBI et même au-delà. On savait tout de sa réputation d'homme dur, intègre et sans concession ; on savait tout de ses états de service et de ses exploits passés. Mais Mickey ne l'avait jamais rencontré en personne et ne savait pas vraiment à quoi il ressemblait. Il fut donc surpris de se retrouver face à ce petit bonhomme qui lui rendait vingt bons centimètres, mais dont l'aura le dominait sans peine.

– Pardonnez-moi, lieutenant, je ne vous avais pas reconnu, bredouilla Mickey. Venez, je vous conduis vers l'endroit où on a trouvé le corps. Il va falloir descendre pendant quelques minutes. Ce ne sera pas très simple mais je vois que vous avez de bonnes chaussures, ça ne devrait donc pas poser de problèmes.

Jefferson Collins leva les yeux vers son interlocuteur, ce grand dadais qui l'agaçait déjà, et le fixa de son regard bleu acier.

– Ne vous inquiétez pas pour moi, sergent. Vous n'étiez pas encore né que j'avais déjà fait trois fois le tour de chacun des canyons de l'Utah.

Le pilote de l'hélicoptère vint interrompre le malaise naissant. Il était descendu de son appareil, avait attendu que les deux hommes se présentent l'un à l'autre avant de poser LA question qui le taraudait depuis qu'on lui avait demandé de déposer un client dans cette zone coupée du monde.

– Excusez-moi, messieurs, mais vous en avez pour combien de temps, sur cette intervention ?

– Il va nous falloir un quart d'heure pour descendre sur le site, répondit Mickey. Ensuite, je ne sais pas trop. Tout dépendra des conditions d'accès à la crevasse. Et puis, c'est au lieutenant de nous dire ce qu'il compte faire sur place…

– Je n'en ai pas la moindre idée, tant que je n'ai pas vu où était le corps, coupa Collins. Mais pourquoi posez-vous cette question ? Vous êtes pressé de rentrer ou quoi ?

– Un peu, oui, répondit le pilote sur un ton aussi bourru que celui du lieutenant. Ça n'est pas qu'on m'attend à la maison, mais j'aimerais éviter d'avoir à redécoller dans une heure, voyez-vous. Je ne sais pas si vous avez vu la météo, mais ça n'est pas un simple orage qui se profile à l'horizon, c'est une véritable tempête qui va balayer la zone. Rebekah, elle s'appelle, cette tempête. Et elle va durer plusieurs heures, peut-être même jusqu'à demain. C'est du jamais vu dans la région. La faute au réchauffement climatique, à ce qu'il paraît.

Jefferson Collins regarda le ciel au-dessus de leurs têtes. L'horizon s'était considérablement obscurci, en effet. Et plus vite que prévu. Au loin, de l'autre côté de la Green River, on commençait à voir progresser la cohorte de ces nuages noirs qui mangeaient le ciel bleu, plongeaient le panorama dans l'obscurité. On aurait dit une tempête de sable qui s'avançait, ténébreuse et maléfique.

– Rentrez chez vous, dit Collins au pilote. De toute façon, je n'avais aucune envie de remonter dans votre engin. Sergent Perkins, vous aurez une place pour moi dans votre 4 × 4 ?

– Bien sûr, lieutenant ! s'empressa de répondre Mickey, à la fois honoré et intimidé.

Mais il ne savait pas s'il devait vraiment se réjouir d'avoir à passer quelques heures avec l'austère Jefferson Collins, dans l'habitacle exigu de son Ford Ranger. Ce serait sans doute à lui de faire la conversation, et il était déjà à court d'idées. Mickey Perkins renvoya cette réflexion à plus tard et se décida à presser le mouvement, puisque le temps leur était visiblement compté.

Tous deux saluèrent le pilote et commencèrent à descendre la Mineral Road, dont le ruban rouge serpentait sous leurs pieds. Après un premier lacet, ils entendirent la turbine de l'hélicoptère se mettre en route, puis ils virent la terre voler au sommet du canyon. L'appareil s'éleva au milieu du nuage de poussière et s'éloigna vers l'ouest, à l'opposé des nuages noirs qui ne cessaient de s'approcher. Ils eurent l'impression d'être abandonnés sur un théâtre de guerre, quelques minutes avant le déclenchement d'une bataille qui s'annonçait impitoyable. Ils pressèrent encore le pas.

Mickey avait sans doute sous-estimé les capacités de son aîné. Malgré son âge respectable, le lieutenant Collins en avait encore sous le pied, et il ne leur fallut pas plus d'une dizaine de minutes pour arriver sur place. Un petit attroupement les attendait au bord du virage où Justin avait quitté la route. Il y avait là les rangers du parc national, les hommes de la *Search and Rescue*, et le petit groupe de randonneurs qui avait fini par donner l'alerte en remontant sur le belvédère.

– Bon, racontez-moi, demanda Collins, abruptement.

– Ce sont les petits jeunes que vous voyez là qui ont trouvé le corps, après que l'un d'entre eux a manqué son virage et s'est retrouvé au bord de la crevasse. Celle que vous apercevez de l'autre côté.

– Non, je ne vois rien, grogna Jefferson.

– C'est qu'elle est très fine en surface, et elle s'élargit en dessous. C'est aussi pour ça que le corps y est resté caché pendant si longtemps.

– On peut y aller ?

– Oui, mais faites attention, parce que…

Le lieutenant Collins n'attendit pas la fin de la mise en garde. Il s'agenouilla sur le rebord de la corniche, trouva un appui sur la paroi et descendit sans attendre sur le plateau rocheux. Mickey le rejoignit en finissant sa phrase. Il ne tenait pas à ce que la vieille gloire du SBI se mette à dégringoler jusqu'à la Green River.

– Faites attention, parce que la dalle est en pente et que la roche est glissante. S'il se met à pleuvoir, ça va devenir une vraie patinoire.

« Raison de plus pour ne pas attendre la pluie », murmura Collins, en s'avançant prudemment jusqu'au bord de la faille. Il était à quatre pattes lorsqu'il put enfin se pencher sur la crevasse, suivi par Mickey Perkins qui, lui, était encore sur ses deux jambes.

Le lieutenant comprit alors pourquoi on l'avait appelé en urgence. On était loin du simple accident de randonnée.

Il observa longuement la scène, les mains en œillères, pour que ses yeux s'accommodent à l'obscurité de la crevasse. Il enregistra mentalement la position étrange du squelette : allongé sur le dos, le bras droit plié sous le torse, le genou gauche en piteux état, le tibia à l'oblique, le crâne qui semblait hurler à la mort. Il ne put s'empêcher de repenser au corps sans vie de Gabriela Flores, autre squelette abandonné dans une position qui n'avait rien de naturel. La jeune étudiante mexicaine avait elle aussi un bras disloqué, et son crâne s'était également figé sur un cri de douleur. Jefferson eut des flashes de cette affaire qui avait hanté ses nuits et ses jours, même après sa résolution. C'est d'ailleurs sans doute à cause de Gabriela Flores qu'on l'avait envoyé ici, lui, le détective le plus capé du *State Bureau of Investigation*. Parce que les histoires de squelettes, ça le connaissait.

– Vous êtes déjà descendus là-dedans ? demanda-t-il au sergent Perkins.

– Non, pas encore. Il a d'abord fallu aider le petit jeune qui a fait la découverte, parce qu'il avait du mal à ressortir. C'est beaucoup plus compliqué qu'il n'y paraît, de descendre dans une telle cavité. Le randonneur a eu beaucoup de chance, il aurait pu y rester, voire tomber encore plus bas. C'est un véritable puits, cette faille, on ne sait pas jusqu'où ça descend. Alors, dans un premier temps, on s'est contenté de sécuriser la zone en vous attendant.

– Vous avez pris des photos ?

– Nous, non. Mais les randonneurs ont fait quelques clichés avec leur portable. Je les soupçonne même de les avoir déjà postés sur les réseaux, d'une manière ou d'une autre.

– Sur les réseaux, hein ?

– Oui, pardon. Je voulais dire : sur des sites comme Facebook, Instagram ou Twitter.

– Ne me prenez pas pour un vieux con, sergent. Je sais très bien ce que sont les réseaux sociaux, et leur pouvoir de nuisance. S'ils ont balancé l'image sur le net, vous allez avoir beaucoup, beaucoup de monde dans le coin. Va falloir gérer.

– Je sais, lieutenant. D'autant qu'il y a une de leurs images qui devrait faire beaucoup parler. Ils me l'ont transférée, regardez…

Mickey tendit son téléphone à Collins. Sur l'écran s'affichait la photo de Justin, allongé à côté du squelette.

Le lieutenant regarda à nouveau en contrebas, comme s'il voulait vérifier l'impression laissée par la photo. Mais à cette distance et sans point de comparaison, ça ne servait pas à grand-chose.

– Combien il mesure, le petit randonneur ?

– Il dit qu'il fait un mètre soixante-quinze. Je pense qu'il exagère un peu, mais ça ne change rien à l'affaire. Le corps à côté de lui est plus grand de quarante centimètres, au moins. C'était un géant.

– C'est vrai que c'est troublant, admit Collins.

– Et puis il y a autre chose : avant de remonter, il a relevé la pointure de la basket au pied du cadavre. Il chausse du 53.

– Normal, pour un géant.

– Et il y a un trèfle vert dessus…

– Un trèfle ? Qui aurait poussé sur la dépouille ?

– Non, c'est un logo, brodé sur la face extérieure de la chaussure. Comme le logo des Celtics de Boston, par exemple.

Sous sa casquette des Broncos, le lieutenant ne sembla pas relever l'importance de cette dernière remarque. Mickey Perkins fronça les sourcils et eut envie de secouer son aîné.

– Ça ne vous dit rien, lieutenant ? Les Celtics ? Contre le Jazz, il y a cinq ans ? L'affaire River Williams ?

Le nom prononcé par le sergent eut l'effet d'un électrochoc sur Collins. Le souvenir de Gabriela Flores s'évanouit aussitôt pour laisser la place à une autre histoire, encore plus retentissante. Une affaire suffisamment importante pour qu'aujourd'hui on fasse appel à lui, Jefferson Collins, le plus réputé des enquêteurs du SBI.

Le lieutenant se retourna une nouvelle fois vers la profondeur de la faille, vers ce squelette de géant, allongé dans une position étrange.

– Et si c'était lui, hein, sergent ? dit-il sans attendre de réponse.

Puis il murmura, comme pour lui-même :

– Bon sang, River Williams…

DEUXIÈME PARTIE
La disparition d'un géant

CHAPITRE 3

Cinq ans plus tôt.

Salt Lake City était en ébullition. Et ça n'était pas si fréquent, dans cette capitale réputée pour son sérieux, sa tranquillité. Son austérité.

Ici, entre Temple Square, le State Capitol et l'Église de Jésus-Christ des Saints des Derniers Jours, les avenues étaient vastes, d'une propreté irréprochable, mais dépeuplées. Les distractions se faisaient rares, tout comme les célébrations païennes. Ici, tout était fait pour que soit respectée la religion des mormons, celle des fondateurs de la ville, celle de la grande majorité de ses habitants. Tout était fait pour que cette religion soit présentée sous son plus beau jour, vantée par de jeunes « sœurs » qui sillonnaient Temple Square en espérant convertir les touristes de passage, en leur assurant que Jésus était partout, généreux et protecteur. Ici, l'alcool n'était pas le bienvenu, et sa consommation réglementée à l'extrême. Ici, les bars vendant des spiritueux s'appelaient « club privés », et il fallait s'acquitter d'une redevance de cinq dollars pour en devenir membre temporaire ; c'était le seul moyen pour obtenir autre chose que des bières sans saveur. Bref, Salt Lake City était une ville très sage et très bien élevée.

Malgré tout, en ce onzième jour de juin, Salt Lake City était en ébullition.

La ville était parcourue d'un étrange frisson, où se mêlaient un espoir un peu fou et la peur de revivre un vieux scénario. On était à la veille du match 6 des Finales NBA, celui qui pourrait décider du sort de la série, et donc couronner le champion de l'année. Dans deux jours, le Jazz de l'Utah serait à nouveau opposé aux Celtics de Boston, qui menaient la série par trois victoires à deux. Autant dire qu'il ne fallait plus qu'une seule victoire à la franchise du Massachussetts pour remporter le dix-huitième titre de son histoire, un record.

Le Jazz, lui, n'avait jamais été sacré champion.

Les nostalgiques se souvenaient encore des heures de gloire de la franchise, lorsque l'équipe s'était hissée deux fois en Finales NBA. C'était à la fin du siècle dernier, à l'époque du duo formé par Stockton et Malone, deux joueurs aussi dissemblables que complémentaires : John Stockton, le petit meneur blanc, passeur de génie, et Karl Malone, *The Mailman*, l'ailier fort de 2,06 m, l'un des meilleurs marqueurs de l'histoire. Deux superstars, pas suffisamment entourées, qui n'avaient pu résister à la toute-puissance des Chicago Bulls de Michael Jordan. À chaque fois, en 1997 et 1998, le Jazz avait dû s'incliner sur le même score : 4-2. Quatre victoires à deux pour les Bulls, quatre défaites à deux pour le Jazz. Un traumatisme en deux chiffres.

Bien des années plus tard, Salt Lake City se préparait donc à revivre ce scénario. Certes, cette fois, c'est Boston qui se présentait face au Jazz, et non Chicago. Mais les Celtics menaient 3-2, et tout indiquait qu'ils allaient emporter l'affaire en six matches, comme les Bulls autrefois. Car la dynamique leur était indéniablement favorable.

Au tout début de la série, les hommes de l'Utah avaient pourtant réussi à déjouer les pronostics en allant s'imposer deux fois de suite au TD Garden de Boston. On ne les considérait alors que comme d'aimables outsiders, mais ils avaient su profiter de la faiblesse temporaire de leurs adversaires : les Celtics avaient été contraints de jouer sans leur joueur-vedette, leur *franchise player*, sans celui qui les avait portés pendant toute la saison régulière.

Blessé, indisponible pour les deux premières oppositions de la série, ce fameux joueur a fini par réapparaître au match 3, et rien ni personne n'a pu lui résister. La confiance accumulée par le Jazz s'est aussitôt évaporée devant cet athlète exceptionnel, gigantesque et talentueux. Deux mètres seize de pure dynamite, à la technique parfaite et au sang-froid impressionnant.

Une légende en devenir, un phénomène.

River Williams.

***

Il n'était pourtant qu'un *rookie*, River Williams.

Il n'était qu'un gamin qui jouait sa première année dans la grande ligue. Tout comme LeBron James autrefois, River avait été enrôlé par Boston à l'âge de 18 ans, alors qu'il sortait du lycée. Tout comme LeBron James, il avait été sélectionné en première position lors de la *draft*, ce grand marché des jeunes talents. Puis, tout au long de cette première saison, il est parvenu à s'imposer dans l'effectif des Celtics jusqu'à en devenir l'homme providentiel. On faisait mine de le cantonner au poste d'ailier fort, mais il avait la taille et les qualités pour briller à tous les postes, y compris celui de meneur ; il pouvait dunker, contrer, tout comme il pouvait passer et shooter à longue distance. Au fil des matches, il a fini par rendre folles toutes les défenses qu'il a rencontrées, parce qu'elles n'ont pas su trouver les armes pour faire barrage à cette polyvalence diabolique.

Un monstre. Un *freak*. Un basketteur capable de dominer la ligue pour de très longues années, de collectionner les bagues de champion.

Mais au-delà de ces qualités physiques hors du commun, River Williams n'était qu'un simple gamin, qui s'aventurait dans un monde d'adultes.

Boston l'a très vite compris et s'est évertué à protéger son jeune joueur à l'extrême, en bloquant toutes les demandes d'interviews et de reportages, en le faisant suivre en permanence par un psychologue. Il ne fallait pas que le jeune River, à peine sorti de l'adolescence, se laisse griser par les paillettes de la vie qui s'offrait à lui, ou se laisse intimider par l'énormité de cette machine commerciale qu'était la NBA. Il fallait qu'il se concentre sur le basket et qu'il oublie les sollicitations extérieures. Fatalement, aux yeux du grand public, il est apparu comme un jeune homme mutique et mystérieux. On connaissait à peine le son de sa voix, on ne savait rien de son histoire, ou si peu. Les reporters de tous poils tentèrent d'enquêter sur son compte, mais ils durent se contenter de l'histoire officielle, qui tenait en quelques lignes :

River Williams était orphelin, abandonné très tôt par des parents inconnus.

À l'âge de six mois, il fut adopté par une famille de Philadelphie, fan de basket.

Puis, des années plus tard, il redonna ses lettres de noblesse à l'Overbrook High School, un lycée dont était issue l'une des plus grandes légendes de ce sport : Wilt Chamberlain. C'est ainsi que le jeune River se fit connaître, pour devenir le joueur le plus convoité des États-Unis.

Et c'était là tout ce qu'on savait de lui. Fin de l'histoire officielle. La biographie était bien maigre, et ne faisait qu'augmenter l'aura du phénomène.

Le mystère qui l'entourait était aussi épais que son torse de titan.

***

Voilà pourquoi Salt Lake City dormait si mal, ces derniers jours. Les habitants de la ville, les mormons et les autres, tous les fans du Jazz étaient encore estomaqués par la performance de Williams, décisif dès son retour de blessure. Imperturbable, impitoyable. Son seul talent aura permis à Boston de revenir à égalité dans la série (2-2), puis de reprendre l'avantage à domicile (3-2). Et dans deux jours, River Williams foulerait une nouvelle fois le parquet de l'Utah pour, sans doute, donner le coup de grâce.

« Si seulement il pouvait à nouveau se blesser », murmura Donovan Fitzcarter, le coach du Jazz, avant de regretter aussitôt ces quelques mots.

Face à lui, ses joueurs enchaînaient les shoots à l'entraînement, avec une réussite très aléatoire qui n'augurait rien de bon pour le match à venir. On entendait plus souvent le bruit du ballon heurtant le cercle que le « *swish* » du panier traversé par la balle orange. Les rires qui accompagnaient chaque tentative manquée étaient plus alarmants que rassurants, comme si, au sein de l'équipe, personne n'avait réellement saisi l'urgence de la situation. Ou pire encore : l'attitude de certains révélait une forme de fatalisme consécutive au match de la veille. Cette nouvelle défaite, dans le TD Garden de Boston, avait laissé des traces profondes chez ces compétiteurs qui, pourtant, avaient souvent eu à se bagarrer pour prouver leur valeur. Mais cette fois, l'adversité était telle qu'ils semblaient presque découragés, avant même de livrer la dernière bataille.

– Vous avez bien raison, coach. Une nouvelle blessure de River Williams serait la meilleure des nouvelles. Si Dieu pouvait vous entendre…

Cette petite voix aigre était celle de Bruce Dawkins, l'assistant de Fitzcarter qui s'était faufilé derrière lui. Avec une oreille qui traînait, comme toujours. Un adjoint dévoué, taillable et corvéable à merci, mais un tantinet intrusif.

– Ton Dieu n'a rien à voir avec tout ça, reprit Fitzcarter. Tu vas sans doute me traiter de mécréant, Bruce, mais demain soir, il n'y aura qu'un seul dieu sur le parquet. Et manque de chance, il jouera pour l'équipe d'en face.

L'adjoint fit la moue, incapable de contredire le coach.

– Vous allez mettre au point un plan anti-Williams ? demanda-t-il, inquiet.

– C'est parfaitement inutile. Si je mets deux gars sur River Williams, il va les ridiculiser. Si j'en mets trois, alors c'est le reste de leur équipe qui aura les coudées franches. J'ai retourné le problème dans tous les sens, Bruce. C'est insoluble. En défense comme en attaque. Il n'y a plus qu'à espérer qu'on ait une réussite insolente sur les shoots à longue distance. Mais si j'en juge par ce que je vois en ce moment, on est loin du compte.

Bruce Dawkins regarda le coach qui se désespérait, puis se tourna vers le terrain d'entraînement. Une petite opposition avait été mise en place pour travailler les écrans sur les *pick and roll*, une manœuvre destinée à transpercer au mieux la défense des Celtics en espérant contourner la masse imposante de River Williams. Sur cet exercice, les joueurs du Jazz semblaient très appliqués, mécaniques, presque scolaires. L'un d'entre eux, cependant, se montrait particulièrement agressif, refusant de laisser le moindre de ses coéquipiers filer vers le panier. Il s'appelait Mike DeAngelico, mais il n'avait rien d'un ange. Il se comportait plutôt comme un aboyeur brutal, tout en tatouages, un chien de garde prêt à montrer les crocs à chaque intrusion dans son espace réservé. Un défenseur musculeux, rugueux et violent, dont les interventions étaient toujours à la limite de la régularité. Agacé de voir ses camarades trop aisément débordés, il se jeta comme un damné sur Derrick Pink, le petit meneur à la coupe afro qui venait de s'ouvrir la voie vers le cercle. D'un coup d'épaule brutal, il l'envoya balader à dix mètres, sous les protestations indignées du reste de l'équipe.

– Quoi ? Qu'est-ce qu'il y a ? beugla DeAngelico. Si on ne joue pas comme ça demain, alors on va se faire marcher dessus. C'est ça que vous voulez ?

Sur le bord du terrain, le coach Fitzcarter soupira. Il savait que son joueur n'avait pas forcément tort ; il savait aussi qu'à ce petit jeu, on risquait de perdre le fil du match. Bruce Dawkins, lui, eut une idée qu'il trouva aussitôt formidable.

– C'est ça qu'il faut faire, coach, dit-il avec emphase. On met DeAngelico sur River Williams pendant tout le match, et on lui demande de ne pas le lâcher d'une semelle, quitte à multiplier les fautes. Tant pis pour le basket, il faut juste qu'il aille à la bagarre, qu'il le harcèle aussi longtemps qu'il le pourra, qu'il lui bouffe les mollets sans répit, en espérant qu'il se fasse sortir le plus tard possible par les arbitres. En un mot, on le sacrifie. Mais pour le bien de l'équipe. Qu'en dites-vous ?

– J'en dis que ça n'est pas l'idée que je me fais de ce sport, Bruce. Imagine qu'il finisse par blesser River Williams, on aurait l'air de quoi ?

– Mais… ça n'est pas ce que vous souhaitiez, tout à l'heure ? Qu'il se blesse à nouveau ?

– C'était une parole en l'air, Bruce ! Je n'y pensais pas vraiment. J'aimerais le battre à la régulière, tu comprends ? Même si ça s'apparente à une mission impossible.

À ces mots, Donovan Fitzcarter s'avança sur le terrain en donnant un puissant coup de sifflet. Fin de l'entraînement. Pas la peine d'épuiser les garçons à quarante-huit heures d'une rencontre aussi importante. Le coach renvoya tout le monde au vestiaire et conseilla au jeune Derrick Pink de passer voir le kiné. C'est vrai que DeAngelico n'y était pas allé de main morte.

Bruce Dawkins resta seul sur le parquet de la salle d'entraînement, perdu dans ses pensées. Lui aussi murmurait son aigreur.

« C'est bien joli de rêver. Mais ça ne sert à rien si on ne se donne pas les moyens. Tous les moyens. »

***

Une nouvelle fois, Salt Lake City s'endormit en frissonnant.

Le spectre du 4-2 planait au-dessus de la ville. L'ombre de River Williams obscurcissait les larges avenues de cette capitale bien trop sage. Les supporters du Jazz se rongeaient les sangs, perdaient lentement le peu d'espoir qu'il leur restait.

Ils ne savaient pas encore que dans quelques heures, la donne aurait changé de manière dramatique.

CHAPITRE 4

Le Chevy Van de la KUTV s'était garé au croisement de South Temple Street et du John Stockton Drive. C'était un SNG, un *satellite news gathering* : une camionnette surmontée d'une parabole, destinée à transmettre des images en direct depuis n'importe quel endroit. Ce matin-là, le SNG s'était positionné juste devant l'esplanade qui menait à l'Arena de Salt Lake City. À cette heure-ci, la salle du Jazz était fermée aux curieux, mais elle offrait néanmoins le décor idéal pour le duplex prévu à sept heures tapantes, en ouverture du journal de la KUTV.

Jack McGee, le technicien bon à tout faire de la petite chaîne locale, avait conduit le Chevy Van, positionné la parabole et assuré la qualité de la transmission ; il avait aussi réglé la caméra pour qu'elle s'adapte à la luminosité ambiante. Satisfait, il se redressa pour observer la journaliste qui était censée travailler avec lui ce matin. Kelly, elle s'appelait. C'était la première fois qu'il la rencontrait, et il espérait secrètement que ce ne serait pas la dernière.

Il la regarda s'éloigner de quelques mètres pour aller prendre place devant le symbole de l'équipe de basket, cette note de musique stylisée qui évoquait le « Jazz », surnom hérité du temps où la franchise était installée à La Nouvelle-Orléans, à la fin des années 1970.

Kelly avançait vers la note en répétant son texte à voix haute. C'est qu'elle avait quand même un très joli postérieur, se dit Jack, qui avait du mal à se détacher de cette vision. Il savait pourtant que sa pensée était malvenue, que son regard était coupable. Dans ce contexte professionnel, il se devait d'éviter tout malentendu graveleux susceptible de le faire accuser de harcèlement. Il le savait. Mais tout de même, elle était sacrément bien roulée, la Kelly. Et puis cette chevelure blonde, dont les boucles tombaient sur ses épaules, était du plus bel effet. Dans sa robe fourreau bleu pétrole qui soulignait chacune de ses courbes, elle était digne des pin-up des années cinquante.

Une fois arrivée au niveau du symbole du Jazz, Kelly se retourna. Son visage fermé, concentré sur le texte à mémoriser, était tout à coup moins glamour que les contours de sa robe. Kelly était jolie, c'était indéniable, mais la dureté de son regard gommait un peu la finesse de ses traits. Jack comprit que ce matin, la journaliste jouait une carte importante dans son ascension professionnelle, et qu'il fallait éviter de la perturber.

Kelly Kaminski en était bien consciente : elle n'avait pas suffisamment d'expérience, elle n'était qu'une journaliste junior aux yeux de sa hiérarchie. Il lui faudrait continuer à faire ses preuves pour être à la hauteur de cette ambition dévorante qui la guidait depuis qu'elle avait obtenu son *bachelor's degree* en communication et journalisme à l'université d'Utah. Son objectif était de quitter au plus tôt la KUTV, cette chaîne locale qui n'était diffusée qu'à Salt Lake City et dans ses environs, pour rejoindre un réseau national enfin digne du talent qu'elle s'imaginait. Là-bas, à New York ou Atlanta, elle pourrait enfin avoir sa tranche d'info rien qu'à elle, son émission avec son nom écrit en énorme au générique. Quelque chose du genre : « *Kaminski Prime Time* » ou encore « *Breaking News, with Kelly Kaminski* ».

Jusqu'ici, ce joli plan de carrière n'était qu'un doux rêve. Mais pas pour longtemps : Kelly avait juste besoin d'un bon gros scoop pour se faire remarquer par la concurrence. Et l'info dont elle disposait ce matin était suffisamment importante pour qu'elle se retrouve enfin en pleine lumière. Alors, une fois sous les sunlights, elle n'aurait plus qu'à capter l'attention des grands médias en utilisant tous les atouts que Dieu et ses parents lui avaient offerts ; elle dégrafa donc un bouton de son chemisier. C'était peut-être un peu osé, mais ça n'était pas le moment de jouer les mijaurées, se dit-elle. D'aucuns pensaient qu'il n'était pas si simple d'être une femme dans ce milieu de machos impénitents, qu'il fallait avoir une voix grave et des épaules larges pour réussir dans le métier. Mais Kelly avait bien compris, au contraire, que ses boucles blondes et ses formes savamment mises en valeur pourraient lui conférer un avantage certain sur ses confrères masculins. Une apparence ultra-glamour combinée à une posture froide, sérieuse et professionnelle, telle était à ses yeux la clé de la réussite.

Derrière sa caméra, Jack McGee ne pouvait qu'approuver. Il se pencha vers l'œilleton et composa une image où la journaliste apparaissait en plan américain, devant la note du Jazz. Derrière elle, l'Arena de Salt Lake City imposait sa masse rectangulaire, faite de béton et de verre, comme une menace silencieuse.

– C'est bien comme ça ? Ça ne fait pas trop vulgaire ? demanda Kelly en désignant son décolleté.

– C'est parfait, osa Jack. Tu reçois bien le son du direct, dans ton oreillette ?

Kelly fit oui de la tête, et regarda sa montre. Sept heures moins deux minutes. Dans quelques poignées de secondes, sa carrière allait prendre un nouvel élan, à n'en pas douter.

Le studio de la KUTV était situé non loin de là, sur Main Street, l'artère principale du centre-ville. Une centaine de mètres carrés au rez-de-chaussée, trois caméras braquées sur un large pupitre positionné devant une baie vitrée qui donnait sur l'extérieur, sur les passants et l'horloge de Main Street. Derrière le pupitre, un couple de présentateurs hyper-formatés : un homme au sourire carnassier, très imbu de lui-même, et sa collègue féminine qui minaudait sous un carré de cheveux blonds absolument impeccable. Malcolm et Megan étaient les stars du petit matin sur KUTV.

À sept heures tapantes, le couple de présentateurs prit l'antenne pour une nouvelle édition du journal. Tous deux accueillirent les téléspectateurs avec la mine réjouie de ceux qui se doivent d'impulser l'entrain nécessaire avant une journée de labeur. Puis ils changèrent d'expression en un clin d'œil, et passèrent comme par magie de l'enthousiasme le plus juvénile à la gravité presque chuchotée de ceux qui ont un terrible secret à révéler.

– Une fois n'est pas coutume, dit Malcolm, on ouvre cette édition avec la page sportive, mais pour vous parler d'autre chose que de sport, au bout du compte. Vous le savez, demain soir, le Jazz devra faire face à un défi immense : battre les Celtics de Boston pour revenir à égalité dans les Finales NBA. Mais cela veut dire qu'il faudra contenir la puissance et le talent de ce joueur exceptionnel que tout le monde a désormais appris à connaître : River Williams. Et c'est lui dont nous devons vous parler ce matin…

– Car ce basketteur est en effet doublement dans l'actualité aujourd'hui, poursuivit Megan. On va tout de suite se rendre aux abords de l'Arena du Jazz, où se jouera demain ce match très attendu, pour y retrouver notre envoyée spéciale : Kelly Kaminski, bonjour. Vous avez des révélations à nous faire à propos de River Williams…

Devant la caméra de Jack, Kelly s'était raidie. Une main sur l'oreillette, l'autre agrippant fermement son micro, elle se concentrait sur le « retour antenne » de la KUTV. À la question de la présentatrice, elle inspira profondément et se lança.

« Bonjour Megan et Malcolm, bonjour à tous. Effectivement, je suis en mesure de vous révéler une information qui, jusqu'ici, est restée secrète. Et il s'agit bien du passé de River Williams, ce jeune joueur qui fait beaucoup parler de lui sur les terrains de sport mais dont on ne sait finalement que très peu de choses en dehors. Il est de notoriété publique que Williams est orphelin, qu'il a grandi du côté de Philadelphie dans une famille adoptive et qu'il est désormais installé à Boston, où il joue pour les Celtics. Une équipe qui va voyager aujourd'hui vers l'Utah pour prendre ses quartiers ici, à Salt Lake City, avant le match de demain. Et l'information que je me suis procurée de source sûre est très troublante à cet égard : il s'avère que River Williams… »

Kelly Kaminski marqua une pause très étudiée, destinée à ménager un suspense artificiel qui donnerait encore plus de retentissement à la phrase qui allait suivre. Comme si elle était, elle aussi, touchée par ce qu'elle s'apprêtait à révéler. Elle secoua la tête et inspira profondément. Puis elle reprit son texte :

« Il s'avère que River Williams est un enfant de l'Utah. »

Jack McGee leva les sourcils derrière son œilleton.

« C'est ici qu'il est né, poursuivit Kelly. Ou qu'il serait né, si l'on souhaite garder le conditionnel. Mais ma source est suffisamment fiable pour que je puisse affirmer sans me tromper qu'il a bien vu le jour dans la région, à la maternité de Heber Valley très précisément, il y a un peu plus de dix-huit ans. River aurait eu un père aventureux, dont on ne sait presque rien, venu de Los Angeles et reparti on ne sait où. Quant à sa mère, elle était établie dans la réserve indienne de Uintah and Ouray, dans la petite ville de Fort Duchesne, à environ 150 miles d'ici. River Williams est donc à la fois d'origine amérindienne par sa mère, et afro-américaine par son père… Mais l'enfant né de cette union passagère n'était pas désiré, et il a été confié très tôt à un organisme d'adoption. La révélation vient d'ailleurs d'un ancien responsable de cet organisme, qui souhaite conserver l'anonymat. »

Kelly Kaminski s'interrompit, attendant une relance de la part des présentateurs de la tranche matinale. Mais le studio de la KUTV restait silencieux : Malcolm et Megan étaient estomaqués. Ils avaient évidemment été mis dans la confidence, ils savaient que Kelly allait leur raconter que le basketteur était originaire de la région, mais ils n'avaient pas tous les détails. Et surtout, ils n'avaient pas mesuré la teneur dramatique de cette révélation. Malcolm en restait bouche bée ; Megan voulut tout de même en savoir plus.

– C'est une histoire terrible, dit-elle. J'imagine que chaque orphelin de père et de mère qui ignore l'identité de ses parents est forcément désireux de connaître ses origines. Savez-vous si River Williams est au courant ?

– Je ne le pense pas, Megan. D'après ma source, cette information a été gardée secrète pendant toutes ces années, à la demande de la mère du basketteur. Et ils ne sont que très peu à avoir été mis dans la confidence. River Williams ne ferait pas partie de ceux-là.

– Et qu'en pense la mère de River, justement ? Est-ce qu'elle a donné son accord pour que la vérité soit enfin révélée ?

– Si j'ai parlé d'elle au passé tout à l'heure, c'est qu'elle est malheureusement décédée. Dans un accident de voiture, un an après avoir abandonné son fils. Elle repose dans le cimetière de Fort Duchesne.

– C'est une triste nouvelle… Et vous nous disiez qu'on n'avait aucune nouvelle de son père biologique ?

– Aucune. On ne sait absolument rien de son identité. Pas même son prénom. C'était vraisemblablement quelqu'un de passage, qui n'est resté que peu de temps dans la région…

Aux côtés de Megan, Malcolm demeurait en retrait. Mais on sentait qu'il avait envie d'intervenir. Quelque chose le chiffonnait. Il finit tout de même par s'immiscer dans la conversation.

– Pardonnez-moi, Kelly, dit-il. Mais quel crédit peut-on accorder à votre fameuse source ? Comment expliquer que votre informateur ne sorte de son silence que maintenant, alors qu'il aurait pu se manifester bien avant ?

– Encore une fois, je puis vous assurer de la fiabilité de ma source, répliqua Kelly, un peu vexée d'entendre Malcolm douter de son information.

– Certes. Mais ne trouvez-vous pas étrange que cette révélation intervienne à la veille d'un match aussi important, comme par hasard ? Est-ce qu'on ne pourrait pas imaginer qu'il puisse s'agir d'une tentative de déstabilisation, ou quelque chose de ce genre ?

– Une tentative de déstabilisation ? Je ne comprends pas. Que voulez-vous dire ?

– Eh bien, ce que vous venez de nous raconter pourrait tout à fait être utilisé pour perturber psychologiquement le jeune River Williams, de façon à nuire à son rendement sur le terrain. Remarquez, en tant que supporter du Jazz, je n'aurais pas à m'en plaindre. Mais en tant que journaliste, je m'interroge. Je trouve que la coïncidence est étrange, voilà tout.

Un silence s'invita à l'antenne pendant trois interminables secondes. Chacun semblait réfléchir à la situation.

– Coïncidence ou pas, il s’agit d’une véritable révélation, coupa Megan. Et c’est une histoire qui risque d’alimenter les conversations pendant les heures et les jours à venir…

Devant la caméra de Jack McGee, seule sur l’esplanade de l’Arena de Salt Lake City, Kelly Kaminski serra discrètement le poing. Elle tenait son histoire. Celle qui l’enverrait un jour, peut-être, vers New York ou Atlanta. Elle ne la lâcherait pas de sitôt.

CHAPITRE 5

Lentement, le car Pullman s'avança vers le porche qui menait à l'accueil du Grand America, l'hôtel le plus imposant du centre-ville, celui qui dominait la capitale de l'Utah. Vingt-quatre étages, 775 chambres et suites de luxe avec mobilier de style Louis XIII et salles de bain en marbre italien, trois restaurants et deux piscines, l'une intérieure et l'autre extérieure, une salle de fitness suréquipée ; ce palace était régulièrement choisi par les équipes de sport qui se déplaçaient à Salt Lake City.

L'énorme véhicule affrété par les Boston Celtics s'arrêta à quelques mètres de l'entrée, comme s'il hésitait à s'engager sous le porche de peur d'en toucher le linteau, qui semblait un peu bas par rapport à la hauteur spectaculaire du Pullman. Mais la raison pour laquelle le chauffeur appuya sur le frein était toute autre : il venait de constater qu'une trentaine de personnes, peut-être plus, attendaient son arrivée avec une impatience démesurée, et il ne savait s'il devait continuer à avancer. Il y avait là des fans de l'équipe du Massachussetts et quelques curieux attirés par la taille du Pullman. Il y avait surtout une cohorte de journalistes bruyants et surexcités, difficilement contenus par un service de sécurité complètement dépassé par l'événement.

Certes, on était à la veille d'un match qui pourrait bien être le dernier des Finales NBA, et l'équipe qui s'apprêtait à séjourner au Grand America avait de solides chances de repartir de Salt Lake City avec le trophée du champion. Il y avait donc une très forte attente autour de cet événement, qui serait à coup sûr le plus important de l'année dans cette ville si tranquille. Pour autant, l'atmosphère qui régnait devant l'hôtel était étrange, voire exceptionnelle : les journalistes, notamment, étaient saisis d'une frénésie toute particulière, qui n'avait rien à voir avec l'excitation habituelle d'une veille de match. Leur attente allait au-delà des simples enjeux sportifs.

Ils voulaient en savoir plus sur une histoire qui touchait à l'intime et flirtait avec le pathétique.

Le Pullman pénétra au ralenti sous le porche, mais dut s'arrêter presque aussitôt. Car s'il était passé sans encombre sous le linteau, il risquait désormais de heurter les volumineux lustres en fer forgé qui ornaient l'entrée du Grand America. Sur l'injonction des dirigeants des Celtics, le chauffeur coupa donc le moteur et ouvrit les portes. Un à un, les joueurs en sortirent d'un pas nonchalant, un casque audio hors de prix vissé sur le crâne.

La procession de ces athlètes d'exception fut suivie avec ferveur par leurs supporters, parqués à la va-vite derrière le cordon rouge qui servait d'ordinaire aux photocalls des soirées de gala. On entendait des « aah » et des « ooh » lorsque chacune de ces stars descendait du car pour rejoindre les trois portes dorées de l'hôtel. Les fans criaient les prénoms de leurs chouchous : Damian pour le meneur, Kyle pour l'arrière shooteur et Aaron pour le pivot, ce gentil géant un peu lymphatique au sourire enfantin. Aaron fut d'ailleurs le seul à adresser un petit signe à son public.

Mais personne n'était dupe. Ces aimables salutations ne servaient qu'à s'échauffer la voix avant le moment tant attendu : l'apparition de la superstar, du nouveau dieu unique de la balle orange. Lorsqu'il sortirait du Pullman, la frénésie deviendrait hystérie, et les fans se déchaîneraient derrière le cordon rouge.

Le coach sortit après les joueurs et s'entretint un instant avec Stephen Warren, le responsable de la sécurité de l'équipe, celui qui avait la charge de tous les déplacements. Il sembla alors que plus personne n'allait descendre de ce car, et l'on commença à entendre des soupirs de désappointement sous les lustres en fer forgé. Était-il possible que les Celtics aient fait ce voyage sans leur joueur majeur, sans l'indispensable clé de leur réussite ? Le coach s'éloigna à son tour vers les portes dorées, tandis que Stephen demandait à ses hommes ainsi qu'à ceux de la sécurité de l'hôtel de s'approcher du

Pullman. Ceux-ci se positionnèrent de manière à former une haie d'honneur qui allait de la porte du car à celles de l'hôtel. Lorsque tout fut à son goût, Stephen émit un claquement de doigts, à l'attention d'un collègue resté à l'intérieur du Pullman.

Enfin, après quelques interminables secondes, River Williams sortit à son tour.

Il se baissa pour ne pas avoir à heurter l'encadrement de la porte. Puis il déplia ses deux mètres seize en posant le pied sur le sol, comme au ralenti, comme en apesanteur. On aurait dit qu'il découvrait une planète inconnue tant il semblait marcher sur des œufs. Cette impression de légèreté associée à la masse imposante de son corps était fascinante. Ce jeune homme-là n'était pas fait comme les autres, il représentait un défi permanent aux lois de l'anatomie, aux lois de la gravité. River était si grand que le cordon de sécurité mis en place ne servait strictement à rien, si toutefois le but était de le préserver des regards ; car il dépassait chacun des gardes du corps de près de trente centimètres. Les objectifs des appareils photo, des caméras des journalistes, des portables des fans, purent saisir sans peine le portrait de ce jeune homme aux cheveux courts et crépus, à la peau d'un brun profond qui s'autorisait quelques reflets dorés sur les pommettes et le haut du front. Il portait des lunettes de soleil à la monture imposante, qui cachaient des yeux dont la couleur n'avait cessé d'étonner les observateurs : River Williams avait les yeux d'un bleu très clair, qui détonnaient avec sa couleur de peau. Certains pensaient qu'il portait des lentilles, qu'il trichait pour se donner un look différent des autres. Mais le jeune homme ne trichait pas et n'avait aucune envie, aucun besoin de soigner son look. Les énormes lunettes de soleil n'étaient pas là pour lui donner un style de *bad boy* inaccessible ; elles ne lui servaient qu'à se protéger du monde extérieur.

Étrangement, alors qu'on aurait pu s'attendre à une ovation enamourée de la part des fans du comité d'accueil, c'est un épais silence qui accueillit l'apparition du phénomène. Les supporters, les curieux, les journalistes, tout le monde était estomaqué par le charisme de ce colosse de dix-huit ans. Il n'était pas encore tout à fait un adulte ; et pourtant il imposait une présence impressionnante, intimidante.

Une seule voix s'éleva, pour poser une question à la volée.

C'était celle de Kelly Kaminski.

– River Williams, dit-elle avec les mains en porte-voix, savez-vous que l'identité de vos parents biologiques a enfin été révélée ? En avez-vous été informé ?

Le basketteur ne parut pas avoir entendu la question, qui pourtant avait résonné sous le porche de l'hôtel. Les mots lancés par la jeune femme avaient été suivis de quelques murmures de désapprobation, puis le silence avait repris ses droits. On attendait la réponse de River.

Derrière ses lunettes noires, il fit un pas, deux pas, en direction des portes dorées du Grand America.

Puis il s'arrêta, comme s'il venait de comprendre le sens de la question, et se retourna vers les journalistes. Sans un mot.

Kelly Kaminski sauta sur l'occasion pour reposer sa question, et la préciser.

– C'est l'information du jour, River Williams : l'identité de vos parents biologiques a été révélée, ainsi que votre lieu de naissance. Vous êtes originaire de l'Utah, vous êtes né ici, dans les environs de Salt Lake City. Le saviez-vous ? Est-ce qu'on vous en a informé ?

River finit par repérer celle qui lui parlait ainsi. Il fixa Kelly pendant de longues secondes, derrière ces lunettes noires qui ne laissaient transparaître aucune émotion. Mais il resta muet, au grand dam des journalistes qui lui faisaient face. Le seul bruit audible était celui des appareils photo, qui mitraillaient la scène comme l'aurait fait un peloton d'exécution. Kelly Kaminski ne se découragea pas.

– Selon nos informations, dit-elle, votre mère serait Amérindienne. Elle serait originaire de la réserve de Uintah and Ouray, à 150 miles d'ici. Aviez-vous connaissance de son existence ?

Nouveau silence. Nouveau malaise sous les lustres en fer forgé. River ne répondait pas aux questions et restait figé comme une statue antique, le regard toujours fixé vers la meute de journalistes et leurs objectifs inquisiteurs. Stephen Warren, le responsable de la sécurité qui attendait le joueur au niveau des portes dorées, se sentit obligé d'aller lui porter secours et de le sortir de sa torpeur. Il le saisit par le bras et l'obligea à se détourner des flashes des photographes pour reprendre la direction de l'accueil.

Sans scrupule, Kaminski tenta une dernière carte :

– Elle s'appelait Heather Chesspook. C'était votre mère. Est-ce que ce nom vous dit quelque chose, River ?

Stephen tira encore plus fort sur le bras de River Williams, pendant que son adjoint le poussait dans le dos. Tous trois s'engouffrèrent dans l'hôtel par la porte tambour et disparurent alors que les fans commençaient enfin à scander le nom de leur idole.

Le service de sécurité se déploya pour faire évacuer le porche avec une insistance très musclée à l'égard des journalistes. On entendit des cris de protestation, des appels à la liberté de la presse, mais rien n'y fit : tout ce petit monde se retrouva bientôt sur le trottoir de Main Street.

– C'est bon, tu as toute la séquence en gros plan ? demanda Kelly à son cameraman.

– Oui, répondit Jack McGee. Mais tu n'y es pas allée de main morte, dis-moi. Imagine que le gamin ne soit pas au courant, à propos de ses parents ? Alors ça voudra dire qu'il aura appris la nouvelle comme ça, brutalement, devant toutes les télés réunies pour le voir vaciller. Et toi, j'ai l'impression que ça te laisse indifférente… Tu es même plutôt satisfaite d'avoir pu capter sa détresse à l'image.

– Oh écoute, ça n'est pas le moment de faire du sentimentalisme. Et puis, tu parles d'une détresse : il n'a pas bougé un cil, ton basketteur ! Aucune émotion, zéro. Par ailleurs, tu sais très bien qu'il est impossible de l'avoir en interview, ce garçon. Alors il fallait que je tente quelque chose, point final.

Jack ne répondit pas et laissa Kelly s'éloigner vers le Chevy Van. Elle avait peut-être un joli postérieur, mais elle était odieuse dans l'exercice de son métier, et ça gâchait tout.

Après quelques pas, elle se retourna pour demander à Jack :

– Tu y es déjà allé, toi, dans la réserve de Uintah ?

***

Kenny O'Neal, le *general manager* des Celtics, était furieux. On venait de lui rapporter l'incident et il ne décolérait pas : dans le lobby du Grand America, il battait l'air de ses bras courts, imposait son quintal et transpirait comme un bœuf pour faire comprendre à son responsable de la sécurité qu'il était vraiment, vraiment très contrarié. Face à lui, Stephen Warren n'en menait pas large, coupable d'avoir été trop lent à réagir face à une situation qu'il n'avait pas anticipée comme il l'aurait dû. Mais personne n'aurait pu imaginer qu'une journaliste malintentionnée s'acharnerait ainsi sur River, sans la moindre humanité.

– Et puis c'est quoi ces rumeurs sur son passé, sur ses parents biologiques ? hurla-t-il. C'est une histoire montée de toutes pièces pour lui faire perdre les pédales, c'est ça ?

– On n'en sait rien, reprit Stephen. Personne n'a eu l'info. Visiblement, c'est sorti ce matin, quand on était encore dans l'avion. C'est cette même journaliste qui a balancé ce prétendu scoop sur une télé locale. Ensuite, elle est venue ici pour tirer le fil de son histoire et mettre River en difficulté.

– Comment elle s'appelle, cette journaliste ? Est-ce que vous le savez, ça, au moins ?

– Oui, j'ai mis mes hommes dessus. Elle se nomme Kelly Kaminski. Elle est freelance et elle travaille régulièrement avec la KUTV, une chaîne de Salt Lake City.

– Je ne veux plus la voir, vous m'entendez ? s'énerva O'Neal. Hors de question qu'elle soit accréditée pour la conférence de presse ou pour le match de demain.

– Ok, patron. Je vais donner la consigne au service médias.

– Et ce qu'elle raconte, alors ? Ça vient d'où ? Il y a une chance pour qu'elle soit dans le vrai ?

– Je n'en sais rien pour l'instant. Mais regardez les écrans derrière vous : ça commence à tourner en boucle sur toutes les télés. Et si tout le monde reprend l'histoire telle quelle, c'est qu'elle doit être crédible.

– Crédible, hein ? Et River, il a la télé dans sa chambre, évidemment ? Débrouillez-vous pour lui couper le signal. Vous lui mettez tous les films qu'il veut, mais surtout pas d'infos en direct. Et dépêchez-vous, je suis sûr qu'à l'heure où l'on parle, il est déjà devant son écran.

– Ok, patron.

– Écoutez-moi bien, Stephen. Vous avez fait une énorme connerie tout à l'heure, alors vous allez vous rattraper : je veux que vous enquêtiez personnellement sur cette affaire, et vite. Vous avez vingt-quatre heures pour me dire si ce que raconte cette blondasse, c'est du pipeau ou pas. En attendant, je vais tout nier en bloc, dénoncer des *fake news* pour sauver ce qui peut encore l'être. Elle a intérêt à nous apporter des preuves, la Kepinski !

– Kaminski.

– Peu importe ! Bougez-vous le cul, Warren !

À ces mots, Kenny O'Neal tourna les talons et s'éloigna. Stephen, lui, resta interdit dans le lobby de l'hôtel. Il allait devoir mener l'enquête, c'était entendu ; mais ici, dans cette ville aussi paisible qu'énigmatique, il ne savait pas par où commencer.

***

River Williams laissa tomber son sac à l'entrée de la chambre, sans y prêter attention. Il jeta ses lunettes de soleil sur le lit.

Dans sa main, il tenait la télécommande.

En entrant dans sa suite de luxe, au vingtième étage du Grand America, il n'avait pas pris le temps d'admirer la décoration, les meubles Louis XIII, le marbre italien de la salle de bains ou la vue époustouflante sur les montagnes de la chaîne Wasatch, qui dominait Salt Lake City. Il se moquait de tout cela. Tout ce qui l'intéressait, c'était d'allumer cette télévision pour en savoir plus sur ce qu'il venait d'entendre. « C'est l'information du jour », avait dit cette journaliste. Si c'était le cas, alors il allait forcément trouver une chaîne info quelconque qui évoquerait le sujet.

Il n'eut pas à chercher très longtemps. Aussitôt, il tomba sur ce reportage bricolé à la va-vite, avec des images de match où on le voyait en pleine action, et des illustrations qui étaient censées avoir un lointain rapport avec son enfance : des plans larges de Fort Duchesne, dans la réserve indienne, ou de la maternité de Heber Valley, où il était supposé avoir vu le jour. River écouta avec attention le commentaire de cet obscur journaliste qui lui racontait sa propre histoire comme s'il le connaissait depuis toujours.

En moins d'une minute, on lui expliqua qu'il n'était que l'enfant d'une relation de passage, avec un père aux abonnés absents et une mère qui avait trouvé la mort il y a dix-sept ans. River eut l'impression qu'on lui parlait de quelqu'un d'autre, que l'histoire qui était étalée sur cet écran 16/9e n'était pas la sienne.

Il fut pris de vertige. En moins d'une minute, donc, on venait de répondre aux questions qu'il se posait depuis des années. Depuis qu'il avait vainement cherché d'où pouvaient venir ses yeux bleus. Depuis qu'il avait compris le sens du mot « adopté ». Depuis qu'il avait regardé ses parents différemment, en réalisant qu'ils n'avaient rien en commun avec lui, sinon une histoire, des souvenirs, et pas les plus heureux. Depuis qu'une immense colère s'était emparée de lui, parce qu'il aurait tant voulu que ses parents de Philadelphie se soient comportés comme de vrais parents, et non comme des éleveurs de champion dépourvus de la moindre humanité. Depuis qu'il avait retrouvé cet étrange bracelet indien, qu'il était allé voler dans le dossier secrètement conservé par sa mère adoptive…

Tout à l'heure, alors qu'il ne demandait rien à personne, une jeune femme venue de nulle part avait soudain tout remis en cause. Mais ce qu'elle lui avait offert en échange de ses tristes souvenirs n'était pas la jolie histoire dont il avait rêvé.

River se laissa tomber sur le lit *king size*, les bras en croix. Il avait un peu l'impression de naître une seconde fois.

Il avait surtout le sentiment de mourir un peu.

CHAPITRE 6

Jack McGee commençait à trouver le temps long. Il s'était levé au beau milieu de la nuit, avait bu trois litres de café avant de prendre le volant du SNG, cette étrange camionnette dotée d'une parabole. Il était passé récupérer Kelly devant les locaux de la KUTV. Puis tous deux avaient filé vers l'est par la Lincoln Avenue, quittant Salt Lake City alors que la nuit était encore loin d'avoir dit son dernier mot.

Et voilà bientôt deux heures qu'ils roulaient, sans parvenir à s'accorder sur de réels sujets de conversation. Alors oui, Jack commençait à trouver le temps long. Il alluma la radio et choisit une station qui diffusait autre chose que des flashes info rabâchant toujours la même histoire, celle des origines de River Williams.

Ils avaient longé Park City, traversé Heber City, contourné le Strawberry Reservoir ; ils roulaient désormais sur la Route 40 en direction de Fort Duchesne, dans la réserve indienne du comté de Uintah. Au fil des kilomètres, la végétation avait changé d'aspect ; elle était devenue plus rase, plus sèche. Les arbres avaient disparu pour laisser la place à quelques buissons rabougris, éparpillés sur une terre aride qui s'étendait à perte de vue, jusqu'aux lointaines montagnes de la zone sauvage du comté, la High Uintas Wilderness. Ici, rien ne semblait pousser, rien ne pouvait être cultivé, même si l'un des villages traversés se nommait abusivement « Fruitland » : il y a plus d'un siècle, on avait donné ce nom à ces quelques baraquements pour que les âmes crédules s'imaginent qu'on pouvait y planter des arbres fruitiers. Mais jamais le moindre pommier ne vit le jour à Fruitland. La zone était bien trop inamicale, flirtant avec les moins vingt degrés en hiver et les quarante degrés au cœur de l'été.

La réserve indienne de Uintah and Ouray était l'une des plus grandes des États-Unis, la deuxième en superficie derrière la *Navajo Nation*, dans l'Arizona voisin. Ici, dans l'Utah, la tribu des Utes possédait environ cinq mille kilomètres carrés de terres, pour une population inférieure à vingt mille habitants. C'est dire si l'endroit pouvait apparaître désertique et dépeuplé. Sur la route, Jack et Kelly n'avaient pas croisé grand-monde. La circulation commençait tout juste à s'intensifier lorsqu'ils s'approchèrent de Fort Duchesne, cette petite ville où la tribu des Utes était majoritairement représentée : ils y étaient un peu plus de sept cents, soit quatre-vingt-quinze pour cent de la population. Fort Duchesne était l'un des derniers bastions de la communauté amérindienne. On y parlait plus souvent la langue ute ou le shoshoni que l'anglais, et c'est ici que les chefs de la tribu avaient installé l'équivalent de leur centre administratif.

Le soleil commençait à se lever sur un paysage toujours aussi désespérément plat et aride, avec tout de même quelques arbres sur le bord de la route et des petites maisons de plain-pied de part et d'autre. Jack ralentit au premier panneau indicateur.

– C'est ça, Fort Duchesne ? s'étonna Kelly, un brin dédaigneuse. Mais c'est un trou paumé ! Moi qui croyais que c'était une sorte de capitale de la réserve.

– C'est bien ça, confirma Jack. Ici, ils sont tous Amérindiens, tu ne trouveras pas beaucoup de blancs-becs dans les parages. Et je te conseille de ravaler ta fierté caucasienne. Ils sont un peu chatouilleux sur le sujet.

– Ah bon ? Mais je croyais que désormais tout le monde vivait en harmonie, qu'il n'y avait plus de tensions entre les communautés ?

– Ça, c'est la version bien commode qu'on vous sert à Salt Lake City. Mais tu vois le contraste en arrivant ici, tu peux observer leurs conditions de vie dans ce trou paumé, comme tu dis. Eux et nous, on n'est pas dans le même monde, et les habitants du coin se sentent effectivement méprisés, la plupart du temps.

– Qu'est-ce qui te fait dire ça ? Il faut arrêter avec le mythe des gentils Indiens maltraités par les méchants blancs, à la fin !

– Écoute, Kelly, j'ai tourné un reportage dans la région, l'an dernier. Avec des gamins de la tribu. Ils m'ont tous raconté qu'ils souffraient du racisme quand ils allaient dans les écoles des blancs. Là-bas, on les considère comme des sauvages ou des mômes sans avenir, des demeurés, incapables de réussir dans la vie. On leur a même interdit de faire une petite démonstration de leur danse traditionnelle, la « danse de l'Ours », qui célèbre le retour du printemps. Eux, ça leur faisait plaisir de montrer leur culture aux copains, mais le proviseur leur a expliqué qu'il fallait une autorisation pour faire quoi que ce soit de « tribal ». Tu imagines l'humiliation…

– Jack… Tu te laisses encore aller au sentimentalisme. Ce sont des histoires d'enfants. Tu sais comment ils sont, parfois.

– Il se passe la même chose dans le monde des adultes. Sauf que c'est présenté un peu différemment : c'est plus sournois. Il y a les sourires de façade, mais le mépris n'est jamais très loin. Enfin bref. Fais ce que tu veux, Kelly, c'est ton reportage, après tout.

Kelly Kaminski avait bien l'intention de faire comme elle l'entendait, en effet, et ne prêta que peu d'attention aux recommandations de son cameraman. Dans moins de deux heures, elle serait à nouveau en duplex avec l'édition matinale du journal de la KUTV. Il lui fallait trouver quelqu'un qui aurait connu la mère de River Williams, qui se souviendrait de Heather Chesspook.

Et puis, il lui faudrait retrouver sa tombe, quelque part dans le cimetière de Fort Duchesne.

***

Kenny O'Neal n'en avait pas dormi de la nuit. Le *general manager* des Celtics sentait confusément que son équipe était en danger ; si on touchait à River Williams, on touchait aux Celtics. Et ça, il ne pouvait le tolérer.

Très tôt, trop tôt sans doute, il avait quitté sa chambre du Grand America et s'était rendu au restaurant qui commençait à peine à servir le petit déjeuner. O'Neal pensait être le premier à naviguer entre les pancakes et les œufs brouillés, mais il eut la surprise de tomber sur le responsable de la sécurité de l'équipe : Stephen Warren ne semblait pas avoir beaucoup dormi, lui non plus. Et il eut l'air encore plus surpris de croiser le patron à cette heure si matinale. On aurait dit deux poissons rouges se découvrant dans le même bocal.

– Alors, Warren ? s'enquit le *general manager*. Vous aussi vous vous levez à l'aube ? Vous avez une tête de déterré, mon pauvre. Un vrai fantôme.

Stephen blêmit plus encore.

– Euh… Pour tout vous dire, patron, je viens tout juste de rentrer. Je mange un morceau parce que je meurs de faim, et je vais aller m'allonger une heure ou deux avant d'attaquer la journée.

– Comment ça ? Vous avez passé la nuit dehors, dans cette ville de couche-tôt ? Qu'est-ce que vous me racontez, Warren ?

– J'ai juste fait ce que vous m'avez demandé, patron : je suis allé vérifier l'histoire de cette journaliste. Et ça m'a pris du temps. Plus que je ne pensais, en fait. Et quand je suis rentré, impossible de m'endormir.

– Ah, très bien. Alors, vos conclusions ? Qu'est-ce que vous avez trouvé ?

– Je suis d'abord allé à l'hôpital de Heber Valley, c'est à moins d'une heure de route d'ici. Je voulais vérifier dans leurs registres qu'une certaine Heather Chesspook était venue y mettre un enfant au monde, il y a dix-huit ans. Mais ils m'ont dit qu'ils ne pouvaient pas remonter aussi loin, et puis que leur système informatique avait planté. En tout cas, c'est ce qu'ils m'ont raconté. Bref, ils n'étaient pas très coopératifs, vous comprenez. Ils ont quand même accepté de me donner les coordonnées des responsables d'un service d'adoption, la Utah Foster Care. Mais j'ai aussi compris que ceux-là, ils ne me donneraient rien non plus. Ce genre d'informations, j'ai l'impression que c'est classé secret-défense. Je suis donc revenu bredouille de Heber City. Heureusement, sur la route du retour, je me suis souvenu de l'une des spécialités des mormons, ici, à Salt Lake City : la généalogie.

– La généalogie ? s'étonna O'Neal.

– Oui, aussi étonnant que ça puisse paraître, les mormons sont des experts en la matière. Depuis des dizaines d'années, ils recensent tous les actes de naissance, de mariage, de décès, etc. Et ça, dans le monde entier.

– Ah bon ? Mais pour quoi faire ?

– D'après ce que j'ai compris, ça a un rapport avec leur religion. Parce qu'ils sont malins, les mecs : ils peuvent baptiser les gens même après leur mort. Alors ils sont partis à la recherche de leurs ascendants, surtout aux États-Unis et en Europe, pour les baptiser rétroactivement et grossir le contingent historique des mormons. Résultat des courses : ils disposent d'une base de données infaillible pour retrouver n'importe qui. Moi, je m'en suis juste servi pour notre petite histoire. Je suis allé comme tout le monde à la *Family History Library*. Je suis descendu au sous-sol, évidemment accompagné d'un frère mormon, et j'ai pu utiliser un des ordinateurs ouverts au public.

– Et tu as retrouvé River, là-dedans.

– J'ai retrouvé un River, oui. Né il y a dix-huit ans à la maternité de Heber Valley. River Chesspook, fils de Heather Chesspook, elle-même décédée un an et demi plus tard dans un accident de voiture.

Kenny O'Neal se rembrunit. Il lâcha un juron et se servit une portion monumentale d'œufs brouillés, sans vraiment regarder ce qu'il était en train de faire. Juste pour trouver un peu de réconfort dans une assiette pleine.

– Ça confirme donc l'histoire de cette journaliste, dit-il. C'est très troublant, je veux bien l'admettre. Mais qu'est-ce qui nous prouve que ce River est bien notre River ?

– Je ne me suis pas arrêté là, patron. J'ai cherché d'autres infos sur les ordinateurs des mormons. J'ai notamment appris que cette Heather avait un frère. Sammy Chesspook, il s'appelle. Et j'ai retrouvé sa trace sans problème, puisque ce gars-là raconte toute sa vie sur les réseaux sociaux. Il a quitté la réserve indienne il y a quelques années pour venir bosser ici, à Salt Lake City. Il est cuisinier dans un restaurant chic du centre-ville, le Bambara. Je l'ai retrouvé tard dans la nuit, après son service, mais lui non plus ne s'est pas montré très coopératif.

– Encore ? Mais tout le monde vous a claqué la porte au nez, alors ? Vous n'êtes pas très persuasif, mon pauvre Stephen.

– Si, si. Cette fois-ci, je me suis montré très persuasif. Il était hors de question que je rentre une nouvelle fois bredouille, alors j'ai été… sans doute un peu brutal avec ce Sammy Chesspook. Pas violent, hein. Mais disons que je ne lui ai pas trop laissé le choix.

– Je ne veux rien savoir de vos méthodes, Warren. Seuls les résultats m'intéressent. Alors ?

Stephen prit un peu de temps avant de répondre, comme s'il choisissait ses mots.

– Alors il confirme, finit-il par lâcher, abruptement. Il ne m'a pas dit grand-chose au final. Mais il confirme que sa sœur a accouché d'un enfant non désiré, qu'elle ne se sentait pas capable d'élever toute seule. Elle n'avait que dix-sept ans, la petite, et elle était morte de honte : elle avait l'impression que toute la tribu la regardait de travers dès qu'elle sortait avec son landau. Pour toutes ces raisons, elle a confié le gamin à l'adoption. Malheureusement, après l'avoir abandonné, ça ne s'est pas vraiment arrangé ; et elle a sombré dans une sorte de dépression. C'est ce que m'a laissé entendre son frère, du bout des lèvres. Elle ne sortait plus de chez elle, ou alors pour prendre sa voiture et parcourir des kilomètres et des kilomètres en attendant que la nuit tombe. J'ai cru comprendre que l'accident dont elle a été victime pourrait être fortement lié à cet état dépressif.

– Un suicide, c'est ça ?

– C'est ce que j'ai pensé. Mais Sammy n'a jamais prononcé le mot.

O'Neal se replongea dans ses pensées, tout comme il plongeait dans le plat de *crispy bacon*. Il agrémenta son assiette de trois ronds de *hash brown* et se retourna vers Stephen.

– Encore une fois, même s'il y a des hasards un peu troublants, ça ne prouve toujours pas qu'il s'agisse de notre River, je suis désolé.

– Attendez : avant de filer à l'anglaise, Sammy m'a quand même avoué qu'il s'était débrouillé pour savoir où était parti le gamin. Contre un petit billet, un certain Greg Poppington, un ripou de la Utah Foster Care, a fini par lui lâcher qu'il avait trouvé une famille du côté de Philadelphie. Un couple de professeurs qui travaillaient dans une *high school* de la ville, il paraît…

Cette fois, Kenny O'Neal reposa son assiette. Cette dernière information venait de lui couper l'envie de manger quoi que ce soit. Dans cette histoire, les hasards étaient bien trop nombreux pour qu'il puisse subsister le moindre doute ; il devenait ridicule de continuer à parler de *fake news* contre vents et marées.

Un couple de professeurs dans un lycée de Philadelphie qui aurait adopté un bébé prénommé River, il n'en connaissait qu'un seul. Il ne les connaissait que trop bien, d'ailleurs, ces parents adoptifs qui voulaient se mêler de tout ce qui concernait leur fils, jusqu'à en devenir embarrassants, voire exaspérants.

Monsieur et madame Williams.

Des personnages extrêmement désagréables, qui ne voyaient en River qu'une poule aux œufs d'or dont ils avaient hérité à la grande loterie de l'adoption. Ils se croyaient tout permis, monsieur et madame Williams. Ils pensaient pouvoir dicter leurs conditions à l'employeur de leur petit prodige, exiger qu'il puisse disposer de primes exceptionnelles ou de conditions supérieures à celles de ses coéquipiers.

Malheureusement pour eux, ça ne s'était pas tout à fait passé comme ils l'espéraient. Dans un premier temps, Kenny O'Neal avait fait beaucoup d'efforts avec eux, leur avait accordé beaucoup plus d'attention qu'il n'aurait dû. Puis il avait fini par comprendre que River lui-même n'avait aucune envie d'avoir ses parents constamment auprès de lui. Bien au contraire : depuis qu'il s'était installé à Boston, il avait tout fait pour couper les ponts avec cette famille qu'il ne s'était pas choisie, avec ces personnages odieux qui lui tenaient lieu de père et de mère. Ainsi, d'un commun accord, le *general manager* et son joueur avaient estimé que la présence de monsieur et madame Williams était indésirable au sein de la franchise. Les parents de River n'avaient donc pas été invités à Salt Lake City et s'en étaient bruyamment offusqués, en vain.

Quoi qu'il en soit, si les Williams étaient effectivement ceux qui, il y a bien des années, étaient venus jusque dans l'Utah pour adopter leur rejeton, alors le doute n'était plus permis. River était né ici, l'identité de ses parents biologiques était désormais révélée, et il serait impossible de faire machine arrière.

Kenny O'Neal comprit que cette nouvelle situation allait perturber profondément la star de son équipe.

Car il savait tout de sa terrible faiblesse psychologique.

Un silence s'invita dans cette immense salle de restaurant où quelques clients matinaux commençaient à s'installer, sans un mot. Par les baies vitrées, on apercevait le soleil se lever lentement derrière les montagnes de l'Utah. Seule la télévision, branchée sur une chaîne locale, émettait un bourdonnement à peine perceptible.

En relevant la tête, Stephen Warren reconnut sans peine la jeune femme qui apparut à l'écran, en direct dans la matinale de KUTV.

– Regardez, patron. C'est encore cette Kelly Kaminski. Je me demande ce qu'elle va nous raconter, cette fois-ci…

***

Devant la caméra de Jack McGee, Kelly n'avait pas grand-chose à raconter, à vrai dire. Elle avait roulé pendant deux heures afin d'offrir un nouveau point de vue sur l'affaire qu'elle avait dévoilée vingt-quatre heures plus tôt. Le but était d'aller plus loin encore dans les révélations, en remontant à la source de cette histoire, en suivant les traces de la mère de River Williams. Mais une fois sur place, elle s'était heurtée au mutisme des habitants. Fort Duchesne ne souhaitait pas évoquer le souvenir des morts, surtout devant la caméra inquisitrice d'une journaliste blanche et hautaine.

Kelly Kaminski était passée à la station-service Ute Petroleum, avait fait un détour par le supermarché

Ute Tribal Plaza, s'était arrêtée à la Ute Coffee House où trônait l'effigie du chef Kahpeeh Kah-ahn. Elle serait bien allée au bowling du Ute Grill, mais il était encore trop tôt pour un steak. Ici donc, on affichait partout la fierté d'appartenir à la tribu des Utes, celle qui, bien avant l'arrivée des pionniers blancs, occupait de vastes territoires à cheval entre l'Utah et le Colorado. Celle qui, désormais, devait se contenter d'une réserve inhospitalière, généreusement concédée par un ancien chef des blancs : un certain Abraham Lincoln. Autant dire que lorsque cette demoiselle blonde était arrivée pour poser des questions indiscrètes sur la vie et la mort d'une enfant de la tribu, on lui avait fermé la porte au nez.

Seul le porte-parole de la communauté avait accepté de s'exprimer devant la caméra de KUTV. Kelly Kaminski s'était réjouie dans un premier temps, en voyant arriver Raymond Wahkara, un sexagénaire à l'air éminemment sympathique. Il correspondait tout à fait à l'image qu'elle se faisait des *Native Americans* : la peau brune et burinée, les cheveux longs et tressés, des boucles d'oreille et une chemise en jean délavée, c'était parfait pour le symbole. Mais lorsque Jack avait allumé sa caméra et commencé à enregistrer l'interview, Raymond avait poliment expliqué que la journaliste ne trouverait personne ici pour trahir la mémoire de Heather Chesspook. La jeune femme n'aurait pas aimé se retrouver ainsi sur la place publique, et l'on se contenterait donc de se souvenir de son visage souriant, sans dire un mot de plus.

Kelly Kaminski avait froidement remercié le porte-parole et avait fait envoyer l'interview à la KUTV pour qu'on en diffuse un court extrait pendant son duplex. Puis, Jack et elle avaient fait demi-tour afin d'aller se positionner devant le cimetière de Fort Duchesne, un peu à l'extérieur de la ville.

Le long de la route 40, un chemin de terre menait à cet espace indéfini, sec et parsemé de buissons sauvages. Un drapeau américain flottait au vent, un arbre touffu offrait une ombre qui devait s'avérer salvatrice quand l'air devenait brûlant. Cet *Indian Cemetery* ne ressemblait en rien aux nécropoles urbaines. Ici, on avait le sentiment que chaque corps avait été enterré sans beaucoup de moyens, avec deux pelles et des larmes. Il n'y avait aucune pierre tombale entre ces allées imprécises, mais seulement des monticules de terre entourés de bordures en ciment ou de simples cailloux ; une petite plaque apposée devant la tombe indiquait parfois le nom du défunt, son année de naissance et celle de son décès, ou une courte épitaphe. Des fleurs en plastique étaient plantées sur chacun des monticules, apportant une myriade de touches colorées à cet ensemble aride et desséché, d'une tristesse infinie.

Jack avait arrêté son SNG à l'entrée du cimetière et avait préparé la caméra pendant que Kelly répétait un semblant de texte. Il était très mal à l'aise avec l'idée de la journaliste, qu'il trouvait indécente : il fallait vraiment n'avoir aucun scrupule pour s'en aller filmer une tombe.

Puis vint l'heure du duplex. Là-bas, à Salt Lake City, Malcolm et Megan ouvrirent cette nouvelle édition avec le direct proposé par leur envoyée spéciale.

– Kelly, vous pouvez nous en dire plus sur l'histoire de Heather Chesspook, cette femme que l'on présente désormais comme la mère de River Williams ? demanda Megan.

– Oui, Megan et Malcolm, je me trouve actuellement dans la petite ville de Fort Duchesne. C'est ici qu'était installée la mère de celui qui est aujourd'hui devenu une star de la NBA. Et comme je vous l'annonçais hier en avant-première, cette jeune femme est hélas décédée un an après avoir confié son enfant à l'adoption, dans un tragique accident de la route. Ici, à Fort Duchesne, tout le monde se souvient du sourire de Heather, mais on préfère honorer sa mémoire en gardant le silence. À ce propos, je vous propose d'écouter Raymond Wahkara, le porte-parole de la communauté indienne…

À l'antenne de KUTV, on diffusa donc ces quelques secondes d'interview qui montraient clairement que Raymond n'avait aucune envie de répondre à la journaliste. Mais, habilement montée, la séquence pouvait éventuellement passer comme une interview exclusive et digne d'intérêt. Kelly reprit la main aussitôt après.

– Vous le voyez : ici, c'est avec beaucoup d'émotion que l'on repense à cette période où Heather a dû se séparer de son bébé. Tous deux faisaient la joie de la communauté, et la disparition de la jeune maman a plongé Fort Duchesne dans un profond chagrin. Mais chacun se réjouit néanmoins de la réussite actuelle de River, l'enfant de la tribu, qui fait la fierté de son peuple…

Derrière l'œilleton de sa caméra, Jack soupira. Kelly Kaminski n'avait absolument rien pu tirer des quelques rencontres qu'elle avait faites en arrivant à Fort Duchesne ; ce qu'elle racontait n'était donc que pure invention. Un bidonnage éhonté, pour rester à l'antenne coûte que coûte. Pour se montrer. Pour exister.

– En guise de conclusion, continua Kelly, je vous propose de vous rendre compte à quel point la dernière demeure de Heather est d'une touchante simplicité…

Alors Kelly Kaminski se retourna et montra du doigt le monticule de terre entouré de cailloux qui se trouvait derrière elle. Jack ne put faire autrement que de suivre le mouvement avec sa caméra. Il s'agenouilla pour s'approcher de la tombe, et conclut le duplex avec un gros plan sur la photo qui avait été déposée sur les cailloux, il y a longtemps. Bien que les couleurs se soient fanées, bien que les contrastes aient commencé à s'évanouir, on devinait sur ce cliché le portrait d'une jeune femme au sourire éclatant, à la peau dorée, aux longs cheveux bruns. Jack ressentit une forte émotion en découvrant ce visage au regard magnifique, aux yeux d'un bleu très clair.

Les yeux de River, songea Jack.

À côté de la photo se trouvait une petite plaque de bois, sur laquelle étaient inscrits ces quelques mots :

Heather Chesspook
No Flowers No Wedding Dress
That Night She Went Down
To The River

CHAPITRE 7

L'Arena de Salt Lake City était pleine comme un œuf.

Elle vibrait, grondait d'impatience.

Dans moins d'une demi-heure, le coup d'envoi serait donné. Et ce serait peut-être – sans doute – le dernier de ces Finales NBA. Celui du match 6.

Certes, il subsistait une toute petite chance de voir le Jazz s'imposer et revenir à trois victoires partout dans la série. Mais à l'intérieur de cette Arena, même le peuple de l'Utah ne parvenait pas à croire en cette infinitésimale éventualité. La vérité sportive, c'est qu'avec River Williams dans leurs rangs, les Celtics étaient bien plus forts que le Jazz. La vérité du terrain, c'était qu'au bout de la nuit, Boston serait sacré champion, après avoir remporté la série par quatre victoires à deux. Il flottait dans l'air comme une impression de déjà-vu ; Salt Lake City se souvenait des Finales 97 et 98 et se préparait à vivre un nouveau cauchemar à deux chiffres.

Malgré tout, chacun faisait suffisamment de bruit pour préserver les apparences ou conjurer le mauvais sort. La franchise de l'Utah n'avait rien laissé au hasard : des abords du parquet jusqu'aux dernières rangées de la salle, un tee-shirt aux couleurs de l'équipe avait été disposé sur chacun des 18 306 sièges de l'Arena pour que le public se transforme en une masse obèse, hurlante et mouvante, faite de jaune, d'orange et de rouge. L'adversaire ne pourrait y rester insensible, assurément.

Depuis leur position privilégiée au centre de la tribune latérale, les commentateurs de la chaîne ABC étaient encore plus enthousiastes que les fans du Jazz. Le journaliste Jim Brogdon et son consultant Jimmy Bazemore, un ancien joueur NBA, avaient mis leur plus belle cravate et usaient de tous les superlatifs à leur disposition. C'est qu'il leur fallait « vendre » cette opposition et lutter contre l'idée que tout était joué d'avance. Au fil de l'avant-match, ils avaient construit de toutes pièces un suspense artificiel, avec suffisamment de talent pour que le téléspectateur finisse par se dire que tout restait possible, que la « glorieuse incertitude du sport » pouvait faire fi du talent insensé de River Williams. Jim et Jimmy avaient détaillé les qualités de l'effectif du Jazz, avaient tenté d'expliquer pourquoi l'exploit était à sa portée ; ils avaient vanté les qualités tactiques du coach Fitzcarter, salué la rage de vaincre de Mike DeAngelico, ce chien de garde capable de porter ses camarades vers des hauteurs insoupçonnées.

Fatalement, Jim et Jimmy avaient aussi évoqué « l'affaire River Williams », celle qui monopolisait toutes les conversations depuis deux jours. Les commentateurs avaient tout d'abord usé d'une précaution oratoire à peine crédible, assurant que ça n'était pas leur rôle de relayer des informations concernant la vie privée d'un joueur. Mais, dans la seconde qui avait suivi, ils avaient relaté chaque détail de cette histoire pathétique, tout en s'interrogeant sur le moment choisi pour la révéler : à la veille d'un match aussi important, c'était forcément suspect. Depuis hier, on avait donc appris que les parents biologiques de River s'étaient rencontrés à Salt Lake City ; que le futur champion serait né dans les environs. Et alors quoi ? Allait-on imaginer que Williams changerait de camp dans l'instant, refusant de jouer pour Boston alors qu'il était un enfant de l'Utah ? Tout cela était bien ridicule, en avaient conclu les commentateurs. Jim et Jimmy s'étaient simplement attristés de constater que ce tapage médiatique pourrait desservir l'équité du sport, si toutefois le jeune basketteur s'en trouvait affecté. Et puis, ils avaient tout de même fini par changer de sujet, estimant qu'il était temps de revenir à l'essentiel : le match, bon sang.

Enfin, les joueurs des deux équipes sortirent des vestiaires et se présentèrent à la sortie du tunnel, au moment où les lumières de la salle s'éteignirent. Seuls quelques faisceaux la parcouraient, stroboscopiques et frénétiques, accompagnés par les milliers de flashes envoyés par les portables des supporters. Les haut-parleurs diffusaient une musique aux accents graves, à la rythmique lourde, qui venait accentuer un peu plus encore la tension dans cet espace clos. Soudain, un speaker surexcité hurla dans son micro pour balancer une introduction à la manière d'un combat de boxe, avant d'égrener le nom de chacun des basketteurs qui s'avancerait en sprintant sur le parquet. Comme à l'habitude, le speaker commença par l'équipe visiteuse : Aaron le pivot, Damian le meneur furent les premiers joueurs de Boston à s'élancer, sous les sifflets de l'Arena de Salt Lake City. Les uns après les autres, les Celtics se présentèrent donc sur le parquet, accueillis par une foule dont l'hostilité était avant tout sarcastique.

Mais lorsque le nom de River Williams fut beuglé par le speaker de la salle, c'est une véritable bronca qui accompagna la superstar de Boston. La clameur était à ce point formidable qu'il était presque impossible d'en définir l'humeur exacte : dans les travées de l'Arena, il y avait ceux qui conspuaient le meilleur joueur de l'équipe adverse, mais il y avait aussi ceux qui ne pouvaient faire autrement que de l'acclamer, impressionnés qu'ils étaient de voir le géant se présenter face à eux. Cet orage humain dura une éternité. Le speaker dut attendre de longues secondes avant d'annoncer l'arrivée imminente des joueurs du Jazz.

Ce match 6 des Finales était donc lancé dans un vacarme assourdissant. La fureur, la rage de vaincre, la peur de perdre, tous ces sentiments se mélangeaient pour électrifier une enceinte qui ne demandait que ça.

Au milieu de l'orage, River Williams semblait stoïque, imperturbable.

Lorsque le coup d'envoi fut donné, la salle se tut enfin, concentrée sur le spectacle à suivre, craignant la mise à mort annoncée des hommes de l'Utah.

Mais elle se réveilla bien vite. Aussi incroyable que cela puisse paraître, le début du match était tout à l'avantage du Jazz. Mike DeAngelico déployait une énergie incroyable de part et d'autre du terrain : il allait chiper un rebond en défense, se précipitait vers le camp adverse pour s'en aller servir un camarade artilleur. Le *run and gun* dans toute sa splendeur. De son côté, Derrick Pink, le petit meneur à la coupe afro, n'était pas en reste. Visiblement, le passage chez le kiné lui avait fait un bien fou ; son agilité désorientait les grands gabarits des Celtics, qui se mélangeaient les pinceaux en défense. Et lorsqu'ils se projetaient eux-mêmes en attaque, alors c'est ce diable de DeAngelico qui revenait à la charge, s'interposait, toujours à la limite de la régularité, tel un roquet mordeur de mollets. Au bord du terrain, Donovan Fitzcarter ne tenait pas en place. Le coach du Jazz poussait ses hommes, hurlait pour qu'ils reviennent tous en défense, râlait quand il estimait qu'une décision arbitrale lui était injustement défavorable. À ses côtés, Bruce Dawkins, son adjoint, restait assis. Il observait la physionomie de la rencontre et laissait échapper un petit sourire de temps à autre.

Jim Brogdon et Jimmy Bazemore n'en revenaient pas. Eux qui avaient l'habitude de commenter les premières minutes d'un match sur un rythme paisible, histoire de poser les enjeux, d'étudier les mises en place tactiques, voilà qu'ils se devaient déjà de hausser le ton. L'intensité était telle qu'ils s'éraillaient les cordes vocales à souligner l'exceptionnelle pugnacité des hommes du Jazz et l'étrange passivité des Celtics. Au bout de quelques minutes de jeu, les commentateurs se regardèrent, étonnés ; Jim pointa un nom sur la feuille de match et fit un signe d'incompréhension que lui rendit son camarade.

Tous deux étaient en train de réaliser que depuis le coup d'envoi, ils n'avaient pas encore cité le nom de River Williams. Pas une seule fois.

Le géant des Celtics était pourtant sur le terrain depuis le début de la rencontre. Il courait comme les autres, en attaque, en défense. Mais il semblait toujours à contretemps. Comme s'il faisait constamment les mauvais choix : il restait derrière le porteur de balle, en retrait, ou se plaçait dans une zone soit inaccessible, soit quadrillée par l'adversaire. Si bien que ses coéquipiers ne savaient pas vraiment comment lui donner le ballon, alors que d'ordinaire c'est lui qu'ils cherchaient en priorité pour conclure un mouvement offensif. C'était incompréhensible. Si l'on se concentrait uniquement sur les mouvements de la star des Celtics, on se rendait compte qu'il hésitait à se mouvoir, partait dans un sens, s'arrêtait, repartait dans l'autre, sans jamais se trouver sur une trajectoire de passe. Ça n'est pas qu'il se cachait, c'est juste qu'il semblait complètement perdu au milieu de la furia du Jazz. Son *body language* était éloquent : les bras ballants, la tête dodelinante, les mains sur les hanches ou sur les genoux. River Williams était sur le terrain mais ses coéquipiers jouaient sans lui.

Et puis, il passait son temps à regarder vers la tribune. Comme s'il cherchait quelqu'un ou quelque chose, sans parvenir à le trouver.

On sentait bien que le coach de Boston était à deux doigts de le sortir pour le remplacer par un joueur du banc. Mais ça n'était pas aussi simple que ça, de sortir River Williams. C'était même impensable en temps normal. L'entraîneur qui s'y serait essayé aurait été viré sur-le-champ par le patron de la franchise : Kenny O'Neal ne supportait pas qu'on fasse le moindre affront à sa jeune star. Alors le coach demanda un temps-mort et rappela l'équipe auprès de lui, pour essayer de lui redonner de l'allant.

Puis il prit River à part :

– Ça va, mon garçon ? lui demanda-t-il sur un ton paternaliste. Tu n'as pas l'air dans ton assiette. Tu ne te sens pas bien ? Tu as une douleur quelque part ? Ou bien c'est que le système ne te convient pas ?

– Non, non, ça va, coach, répondit River, pressé d'en finir avec ce tête-à-tête scruté par toutes les caméras. Tout va bien. Je sais ce que vous attendez de moi. Je sais bien ce que tout le monde attend de moi. Je ne le sais que trop bien.

Le coach fronça les sourcils, pas vraiment sûr de saisir ce que lui racontait son joueur. Dans le doute, il enchaîna sur une consigne tactique.

– Ok, mon grand. Mais ne reste pas trop en périphérie. Va vers le cercle, comme tu sais faire. Profite de ta taille. C'est comme ça qu'on va te trouver.

River Williams hocha la tête et retourna vers le terrain, apparemment animé de nouvelles intentions. Il se mêla à la bagarre sous le panier et finit par hériter de ses premiers ballons, enfin. Mais il ne put réellement les exploiter. Et lorsqu'il tenta un tir à mi-distance, il déclencha l'hilarité de l'Arena de Salt Lake City : son ballon ne toucha ni le cercle, ni la planche, et s'enfuit dans la tribune. C'était un joli *air ball*, l'humiliation suprême du basketteur amateur. River eut le mérite de ne pas se laisser abattre par cette péripétie. Sur son deuxième ballon, il s'éleva pour aller écraser son premier *dunk* de la partie. Mais encore une fois, il jugea mal la distance, prit son élan trop tôt et se retrouva bien court au moment de smasher la balle. Celle-ci rebondit violemment sur le cercle et repartit aussitôt de l'autre côté du terrain. Mike DeAngelico s'empara de l'offrande et s'en alla marquer deux points supplémentaires pour le Jazz, qui en avait déjà totalisé deux fois plus que Boston.

À la fin du premier quart-temps, River Williams, lui, n'était parvenu à inscrire qu'un seul petit point, sur son seul lancer-franc réussi ; il n'avait donné aucune passe et n'avait pris que deux rebonds. Un rendement famélique pour ce joueur habitué aux triple-doubles, aux lignes de statistiques à deux chiffres. Lui qui jusqu'ici avait affolé les compteurs et battu tous les records de précocité se retrouvait à patauger dans une médiocrité stupéfiante. Son coach attendit encore un moment avant de le sortir du terrain, mais il finit tout de même par s'y résoudre, autant pour lui permettre de souffler que pour relancer une équipe largement menée au score.

Au cours du deuxième quart-temps, River Williams reprit sa place sur le terrain. Mais ce fut pour une nouvelle errance, ponctuée d'une terrible inefficacité qui ne cessait de plomber Boston. Cette fois, le coach des Celtics n'hésita pas très longtemps avant de sortir le géant aux pieds d'argile. À la grande surprise de tous les observateurs, River ne prit même pas la peine de s'assoir sur le banc. Sans un mot pour les siens, sans un regard pour le coach, il prit aussitôt la direction du vestiaire, la tête cachée sous une serviette. Comme s'il était blessé, incapable de continuer, il quitta la salle sous les sifflets des fanatiques du Jazz.

À la mi-temps, c'est toute l'équipe des Celtics qui rejoignit piteusement le vestiaire. Le Jazz menait de plus de trente points, 66 à 34 ; un score indigne du standing de la franchise du Massachussetts. Et la promesse d'une défaite honteuse, qui mettrait Boston sous pression avant de jouer le dernier match.

Kenny O'Neal était hors de lui. Le *general manager* descendit dans les entrailles de l'Arena, pour rejoindre à son tour le vestiaire de son équipe et passer un savon mémorable à chacun de ses joueurs, en commençant par River Williams. Lorsqu'il poussa la porte, il s'attendit à trouver des hommes abattus, regroupés autour d'un entraîneur dépassé, cherchant ses mots pour remobiliser un effectif démobilisé. Mais il découvrit au contraire un vestiaire en ébullition. Il y régnait une folle inquiétude, avec des assistants qui allaient et venaient, vérifiaient chaque recoin des pièces mises à la disposition de l'équipe.

– Mais qu'est-ce qui se passe, bon sang ? beugla O'Neal.

Le coach vint à sa rencontre, ravala sa salive et répondit à son patron.

– Il se passe qu'on ne sait pas où River est passé.

– Qu'est-ce que vous me racontez ? Vous vous foutez de moi, ou quoi ? Le mec fait deux mètres seize, il ne passe pas inaperçu, quand même !

– Je ne me fous pas de vous, patron. Pas le moins du monde. River est rentré avant nous au vestiaire, tout seul. Il a refusé d'être accompagné, je ne sais pour quelle raison. On s'attendait donc à le trouver ici. Sauf qu'il n'était pas là. Et personne ne sait où il est passé. Personne ne l'a vu sortir. C'est ce que nous dit la sécurité, qui poursuit ses recherches dans les couloirs de l'Arena, pour l'instant sans résultat.

Kenny O'Neal faillit s'en étouffer. Mais il ne put rien ajouter, estomaqué, accablé par la nouvelle.

Lorsque tout le monde revint sur le parquet après la pause, il fallut se rendre à l'évidence : River s'était volatilisé. Depuis leur position de commentateurs, Jim Brogdon et Jimmy Bazemore se perdirent en conjectures, incapables d'expliquer l'inexplicable. Ils faillirent en rater le coup d'envoi du troisième quart-temps.

Dans cette enceinte hypersécurisée, filmée par des dizaines de caméras de télévision, River Williams avait donc disparu, purement et simplement.

Et il ne réapparaîtrait jamais.

TROISIÈME PARTIE
Laisser passer Rebekah

CHAPITRE 8

– Bon sang, River Williams…

Jefferson Collins s'abîmait les yeux vers le fond de la crevasse. Sous l'ombre de la roche, il distinguait de plus en plus nettement le squelette de ce géant dont le crâne s'ouvrait sur un cri aussi déchirant que silencieux. Le lieutenant observa longuement la scène macabre, à genoux sur le rebord de la faille. Il sentait monter en lui cette excitation toute particulière, celle qu'il n'avait ressentie que quelques rares fois dans sa carrière, et plus du tout depuis plusieurs années. Il devinait qu'il allait enfin tirer le fil d'une histoire qui pourrait l'obséder pendant de longues semaines et lui redonner l'envie d'être l'enquêteur le plus respecté du *State Bureau of Investigation* de l'Utah. Tout partait d'une simple question, celle qu'il ne cessait de se poser en observant ces restes humains en contrebas : et s'il s'agissait bien de ce jeune homme prodigieux dont la disparition, il y a cinq ans, était restée inexpliquée ?

Il y a cinq ans, Jefferson avait la tête ailleurs. À l'époque, toute son attention avait été accaparée par l'affaire Gabriela Flores, dont il commençait seulement à entrevoir la résolution. Au moment où River Williams jouait le dernier match de sa courte vie, le lieutenant Collins était en train d'enquêter de l'autre côté de la frontière mexicaine, entre Santa Ana et Hermosillo. Il avait probablement été l'un des derniers à être mis au courant de ce qui se passait à Salt Lake City. Malgré tout, il se souvenait assez précisément de cette histoire de basketteur évanoui, de ce qu'on lui en avait dit, de ce qu'il avait pu en lire après coup. Il se rappelait surtout l'émotion démesurée qui s'était emparée du pays tout entier, ces larmes versées par des milliers de fans, ces colères hurlées par ceux qui ne comprenaient pas pourquoi Williams restait introuvable.

On avait imaginé un enlèvement crapuleux. On avait attendu une revendication, une demande de rançon. Mais rien n'était venu. Puis on avait accusé les Utes de la réserve de Uintah and Ouray, bien qu'ils n'aient eu aucun intérêt à faire disparaître un jeune homme qui avait passé les premiers mois de sa vie au sein de leur communauté. Les racistes de tout poil étaient allés jusqu'à imaginer que River se serait retrouvé au cœur d'une sorte de rite sacrificiel faussement associé à la fameuse « danse de l'ours » des Utes, ce rituel traditionnel marquant le renouveau du printemps. Un membre de la tribu avait même été arrêté et interrogé plusieurs heures, puis relâché faute de preuves : le dénommé Sammy Chesspook, le frère de Heather, la mère du futur basketteur. Le pauvre Sammy, simplement coupable d'avoir été vu aux abords de l'Arena du Jazz, le soir de la disparition de River Williams.

Une nuit, plusieurs bâtiments de la petite ville de Fort Duchesne avaient été vandalisés. Les suprémacistes blancs s'en étaient donné à cœur joie sur les murs du Ute Tribal Plaza, dénonçant le prétendu sacrifice à grands coups de peinture rouge, insultant les femmes amérindiennes.

Puis on avait cherché d'autres coupables, sans plus de résultats. On avait crié au complot, on avait dénoncé tour à tour le Jazz de l'Utah, la pègre, la mafia, les Russes, les Chinois et même le FBI, comme à l'époque de l'affaire Kennedy.

Il en avait fallu, du temps, pour que tout s'apaise. Pour que les recherches soient stoppées, sans qu'elles aient donné le moindre résultat. Pour qu'on finisse par oublier que cet athlète exceptionnel avait un jour foulé les parquets de la NBA, avant de disparaître corps et biens. Le maillot de River Williams avait été retiré et accroché au plafond du TD Garden de Boston, honneur exceptionnel pour un joueur qui n'avait joué qu'une saison pour la franchise, et puis on était passé à autre chose. On avait fini par oublier l'histoire, remplacée à la une de la presse américaine par le nouveau conflit engagé contre les forces obscures du Moyen-Orient.

C'était il y a cinq ans.

Et si, aujourd'hui, River Williams se trouvait là, en contrebas ? Sur ce petit promontoire rocheux au fond d'une crevasse ? Jefferson Collins plissa encore les yeux pour essayer d'apercevoir un indice, aussi infime fût-il. Les vêtements de la dépouille, usés jusqu'à la corde par tout ce temps passé dans un trou humide, ne donnaient aucune indication sur l'identité du géant. C'étaient les vêtements de monsieur tout-le-monde, à cette différence près qu'ils étaient en taille 3XL. Seule la chaussure qu'il portait encore au pied pouvait éventuellement le trahir : cette basket ornée d'un trèfle brodé, si l'on en croyait la description du gamin qui était descendu dans la faille. Mais le lieutenant était bien incapable de distinguer ledit trèfle depuis la surface.

– Qu'est-ce que vous en pensez, lieutenant ? s'enthousiasma Mickey Perkins. C'est bien lui, en bas ? C'est River Williams ? Ce serait dingue, pas vrai ?

– Calmez-vous, sergent. Je n'en sais rien. Pas plus que vous, en tout cas. Tout ce que je sais, c'est que si on fait trois fois le tour du fichier des personnes disparues, on n'en trouvera aucune dont la taille dépasse les deux mètres dix. Et puis il y a cette histoire de chaussure. C'est suffisamment intriguant pour qu'on s'y arrête un instant.

– Oui, c'est aussi ce qui m'a tout de suite fait penser à l'affaire Williams. Cette fameuse basket, unique et solitaire… L'autre a dû basculer plus bas dans la crevasse, au moment de la chute.

Jefferson Collins se releva, pas très assuré. C'est que cette saleté de dalle était vraiment glissante, et pentue. Prudemment, il s'en retourna vers le parapet, tout en continuant à poser ses questions à Mickey Perkins :

– Et il est où, le petit jeune qui a trouvé le corps ? demanda-t-il.

– C'est celui qui a le blouson déchiré au coude, là-haut. Il s'appelle Justin.

– Vous l'avez déjà interrogé, j'imagine ?

– Oui. Mais vous pouvez recommencer, si vous le souhaitez. Enfin, il n'a pas grand-chose à raconter. Il a juste raté son virage et il s'est retrouvé au bord de la faille, c'est tout. Il n'en est pas très fier.

Le lieutenant grommela, puis se hissa sur le parapet, soulagé de retrouver un sol sur lequel on pouvait se tenir debout sans craindre de finir cent mètres plus bas.

Tout à coup, l'atmosphère changea sur la Mineral Road, jusqu'à devenir presque vespérale alors qu'on n'en était qu'aux premières heures de la matinée. Un air plus frais vint caresser les cimes en remontant du canyon, la lumière tomba d'une manière dramatique. Jefferson Collins leva la tête en direction de l'horizon, par-delà les courbes de la Green River. La cohorte de nuages noirs avait considérablement progressé : elle masquait désormais le soleil levant, en avance sur les temps de passage imaginés par les prévisionnistes. La tempête Rebekah allait bientôt s'abattre sur la terre rouge de Canyonlands et tout serait lavé, balayé. C'était une armée obscure que rien ne pourrait arrêter. Mieux valait ne pas s'éterniser dans les parages.

Le lieutenant Collins se dirigea tout droit vers le jeune rider à la manche déchirée.

– Salut gamin. C'est toi, Justin ?

– Oui, officier.

– On n'a pas beaucoup de temps devant nous, alors tu vas me dire en quelques mots ce que tu as vu quand tu étais en bas.

– Mais j'ai déjà tout raconté il y a une demi-heure, officier…

– Je t'écoute.

– Ok. Bon, je ne suis pas resté très longtemps en bas, juste le temps de faire des photos et des vidéos, que j'ai transmises à votre collègue. Le gars là-dessous avait l'air d'être là depuis un bon moment, et je ne parle pas que du squelette : tout ce qu'il portait avait pris un sacré coup de vieux, on aurait dit du carton. Au début, je pensais qu'il était descendu et qu'il n'avait pas réussi à remonter, qu'il s'était piégé tout seul et qu'il avait fini par s'allonger en attendant la fin. Mais la vérité, c'est qu'il est tombé, et salement. Sa jambe était toute tordue, et son bras aussi. J'espère juste qu'il est mort sur le coup, le pauvre… Et puis sinon, je ne me suis pas attardé, hein, j'étais quand même coincé avec un macchabée à mes côtés ! Alors je suis remonté. Mais j'ai galéré. Heureusement que votre collègue m'a filé un coup de main… Voilà, vous savez tout !

– Mmh. Et cette basket, alors ? Celle avec le trèfle ?

– Ben, comme je l'ai déjà dit, elle est super grande. Et oui, il y a un trèfle vert sur le talon. Ça m'a fait penser au logo des Celtics, évidemment. Je n'ai pas percuté tout de suite, mais après coup, avec les autres, on s'est dit que ça nous rappelait quelque chose. Et que ça pourrait bien être River Williams, voilà. Vous savez, le basketteur qui…

– Je sais, oui. Et donc, cette chaussure. Il n'en avait qu'une ? Curieux, non ?

– Oui, c'est bizarre. Mais il a quand même fait une chute de dix mètres, le gars. Il a dû en perdre sa godasse. Elle doit être tout au fond, maintenant.

– Tu peux m'ouvrir ton sac à dos, gamin ?

Le ton avec lequel Jefferson Collins avait posé sa question n'autorisait pas la moindre négociation. Derrière lui, Mickey Perkins ouvrit de grands yeux, surpris par la tournure que prenait cet interrogatoire. Justin, lui, restait sans voix, le souffle coupé. Il regarda ses camarades, comprit qu'il ne pourrait faire autrement que d'obtempérer.

– Faut me comprendre, officier, je…

– Ouvre.

Justin s'exécuta. Et sortit de son sac un sweat-shirt défraîchi, un caleçon malodorant, un thermos vide et… une basket gigantesque, blanche, avec un trèfle sur le côté. Un précieux trophée qui aurait pu assurer sa renommée sur les réseaux sociaux, voire renflouer son compte en banque s'il avait décidé de le mettre aux enchères.

– Je suis désolé, officier, je ne pensais pas que c'était interdit de…

– De voler les biens d'une dépouille ? De profaner sa dernière demeure ? De souiller une potentielle scène de crime ? Ben si, c'est interdit.

Jefferson Collins fit quelques pas pour se mettre à l'écart. Il laissa Justin à son angoisse naissante, lui qui s'imaginait déjà derrière les barreaux pour une simple godasse, même pas neuve, même pas jolie. Le lieutenant sortit des gants de sa poche et les enfila pour éviter de corrompre un peu plus ce qui pouvait apparaître comme une pièce à conviction, déjà très abîmée par tout ce temps passé à l'air libre. Avec délicatesse, il observa sous toutes les coutures cet objet hors du commun, cette chaussure de taille 53, immense, lourde et encombrante. Jefferson, qui chaussait un petit 41, n'avait jamais vu ça. Il ne savait même pas qu'une telle pointure pût exister : il aurait pu rentrer l'intégralité de son avant-bras à l'intérieur. Il n'avait jamais eu à ce point l'impression de faire partie du peuple des Lilliputiens.

Passée la surprise du gigantisme, Jefferson s'attarda sur le trèfle à trois feuilles qui ornait le talon. Il était vert et stylisé, reconnaissable par n'importe quel amateur de NBA, ce que n'était pas le lieutenant, sous sa casquette NFL. Il se retourna vers Mickey Perkins avec un hochement de tête interrogatif. Le jeune sergent n'hésita pas une seule seconde. « Boston Celtics », souffla-t-il sans craindre de se tromper. Sous le trèfle, deux lettres s'entremêlaient : un R qui se superposait à un W, en écriture cursive. Les initiales de River Williams, cela ne faisait aucun doute.

– Il aurait donc eu une chaussure à son nom... Mais il était dans son année de *rookie*, n'est-ce pas ? demanda Jefferson.

– Oui, c'était effectivement sa première année en NBA, répondit Mickey. Mais il était si dominant qu'il avait déjà signé un énorme contrat de sponsoring, et son équipementier avait commercialisé cette série de chaussures : les « River Power ».

– Donc tout le monde pouvait s'acheter ces baskets, n'est-ce pas ?

– Oui. Moi-même je m'en étais offert une paire, même si ça m'avait coûté une fortune.

– Et donc le fait qu'il y ait ses initiales sous le trèfle ne constitue pas une preuve en soi ? Ça pourrait être la chaussure de monsieur tout-le-monde ?

– Euh... oui. Mais monsieur tout-le-monde chausse rarement du 53, lieutenant.

Jefferson Collins jeta un œil amusé vers Mickey Perkins. Il ne le trouvait pas si abruti, finalement, ce jeune sergent. Puis il mit la chaussure dans un sac plastique et retira ses gants. Au même moment, une goutte monumentale vint s'écraser sur la visière de sa casquette. Elle était si lourde qu'il eut l'impression que son couvre-chef s'enfonçait un peu plus sur son front dégarni. Une autre de ces gouttes vint s'écraser sur le nez de Mickey, qui n'en fut pas moins surpris. Tous deux levèrent les yeux vers le ciel. Voilà que Rebekah était en train de les rattraper, et cette pluie épaisse n'annonçait rien de bon.

– Je ne suis pas sûr qu'on puisse rester ici encore bien longtemps, sergent. Vous avez des nouvelles de la brigade scientifique ?

– Hélas, non. Ils ont été prévenus après vous, je pense. Et puis, d'après ce qu'on m'a dit, ils ont refusé de prendre l'hélicoptère à cause des conditions météo. Ou alors on leur a interdit, je n'en sais rien. Bref, ils viennent par la route, depuis Salt Lake City. En temps normal, on fait le trajet en moins de quatre heures, mais là, avec ce temps, ça va être compliqué. Je me demande même si c'est bien utile qu'ils se pointent aujourd'hui, avec cette tempête qui est annoncée sur la région.

– Il faut quand même qu'ils interviennent avant qu'on puisse déplacer le corps, vous connaissez la procédure, sergent.

– Je sais, lieutenant Collins. Mais ce sont des conditions très, très compliquées. Il n'est déjà pas simple de descendre dans cette crevasse, alors si en plus il faut le faire sous le déluge, moi je ne réponds plus de rien.

Comme pour faire écho aux propos de Mickey, la pluie redoubla d'intensité, tandis qu'une impressionnante zébrure vint déchirer le ciel noir au-dessus de la Green River, suivie presque aussitôt par une formidable détonation. L'orage allait vraiment beaucoup plus vite que prévu, et les vents qui l'annonçaient étaient déjà tempétueux. Dans quelques minutes, Rebekah s'abattrait sur la Mineral Road, dont la terre rouge deviendrait très vite boueuse, glissante et mouvante. Bref, impraticable.

– Il y a un moyen de s'abriter, dans le coin ? demanda Jefferson Collins.

– Ici, non, répondit Mickey. Ce que je vous propose, c'est de rouler vers l'est, vers la petite ville de Moab, qui est la plus proche du parc de Canyonlands. On en a pour quarante minutes, mais au moins on sera à l'abri pour quelques heures. Parce qu'il paraît qu'elle va durer un bon moment, la tempête Rebekah.

– Ok, vous avez raison. Demandez à vos hommes de sécuriser la zone. Personne ne doit pouvoir descendre sur la dalle. Nous, on remonte fissa vers votre Ford Ranger.

– Et les petits jeunes, on en fait quoi ?

– Raccompagnez-les à Moab, eux aussi. Prenez leurs identités si ça n'est pas déjà fait, et laissez-les filer.

– Même Justin ? Le voleur de chaussure ?

– On n'est pas là pour coffrer un petit voleur à la tire, sergent. On est là pour résoudre une affaire vieille de plusieurs années. Et vous allez m'y aider.

Mickey Perkins se sentit incroyablement flatté. S'il avait bien compris, il allait devoir assister la légende des services du SBI dans une affaire dont le retentissement dépasserait largement les frontières de l'Utah. Ça le changerait des sauvetages en montagne ou de l'assistance aux randonneurs imprudents. Mickey donna ses consignes et suivit le lieutenant Collins qui remontait déjà la Mineral Road.

Tous deux s'installèrent à bord du Ford Ranger alors que les pluies devenaient torrentielles. Ils prirent aussitôt la direction de l'est.

Après quelques minutes, ils se retrouvèrent nez à nez avec une camionnette qui roulait tambour battant au milieu de la piste, tous feux allumés. Mickey donna un coup de volant à droite pour éviter la collision ; la camionnette fit de même au tout dernier moment, comme si son conducteur découvrait qu'il n'était pas seul sur la route.

Sous le déluge, Jefferson parvint tout de même à identifier l'engin qu'ils venaient de croiser : c'était un Chevy Van, avec une parabole sur le toit.

CHAPITRE 9

Jack commençait à râler derrière ses essuie-glaces. Ils étaient aussi vieux que lui et laissaient des traînées d'eau de pluie sur toute la largeur du pare-brise, pour autant de sillons liquides qui l'empêchaient de voir la route correctement. En temps normal, il aurait attendu quelques heures avant de prendre la direction du Mineral Bottom Canyon, il aurait laissé passer la tempête, il aurait suivi les conseils de prudence de la miss météo qu'il avait croisée la veille dans les studios de la KUTV. Mais quand, ce matin, il avait reçu ce coup de fil de la Fox News Channel, il avait décrété que la prudence n'était plus de mise. Jack ne pouvait pas laisser passer cette occasion de travailler pour une télévision nationale. La Fox, ça n'était pas forcément sa tasse de thé, mais ça ne se refusait pas. Et c'était deux fois mieux payé qu'une pige pour une chaîne locale.

Le coup de fil, c'était un responsable de production qui l'avait passé, depuis New York :

– Jack McGee ? Salut, je suis Garrett Akron, de Fox News. Vous êtes bien cameraman à Salt Lake City ?

– Euh… Oui. Enfin, je suis aussi journaliste et reporter d'images. JRI, quoi.

– C'est très bien. Mais on aurait juste besoin de vos talents de cameraman. C'est à propos de cette découverte, dans le parc national de Canyonlands. J'imagine que vous êtes au courant ? Je vous appelle parce qu'il nous faudrait des images pour les éditions du matin et pour que vous nous montiez un duplex dans l'émission de l'*access prime-time*, avec une de nos journalistes qui va prendre le premier avion pour l'Utah. Dans ce duplex, il nous faudra des interviews. En direct, si possible. Vous voyez le topo ? Et il y aura sans doute plusieurs interventions à l'antenne, dans toutes les éditions de la soirée.

Jack avait ravalé sa salive et s'était demandé un instant si on ne lui faisait pas un canular téléphonique. Mais surtout, il ne voyait pas de quoi ce Garrett Akron voulait lui parler.

– Une découverte dans le parc de Canyonlands ? s'étonna-t-il. Pardonnez-moi, mais… de quoi s'agit-il ?

– Ah, vous n'êtes pas au courant ? Ça se passe à côté de chez vous, mais faut croire qu'on est mieux informés à New York, c'est quand même un comble. Bon, je vous raconte en deux mots : il y a plus d'une heure, de jeunes randonneurs ont posté sur leurs comptes Twitter et Instagram la photo d'un cadavre qu'ils venaient de découvrir dans une crevasse. La photo est dingue : le petit jeune s'est allongé à côté du squelette, et à vue de nez, on dirait que le macchabée fait trois mètres ! Bon, j'exagère un peu. Ils ont aussi posté la photo de l'une des chaussures du cadavre, et on voit le logo des Celtics de Boston sur le côté. Je ne vous fais pas un dessin, il y a de fortes chances pour qu'on ait enfin retrouvé le corps de River Williams. Et ça, camarade, c'est de l'or en barre ! Depuis le temps qu'on le cherche, c'est BREAKING NEWS, baby ! Bon, vous nous faites l'image ou pas ?

– Euh… Oui, oui, bien sûr ! Ça tombe bien, je ne suis pas très loin : j'étais en reportage à Moab, la dernière ville avant le parc de Canyonlands. Et j'y suis toujours.

– Génial. Je vous envoie par mail les coordonnées du tournage, la feuille de route et votre contrat pour la pige. Mais magnez-vous, hein ! Faut qu'on soit les premiers sur le coup !

– Comptez sur moi. Je peux juste vous demander comment vous avez eu mes coordonnées ?

– C'est une journaliste qui travaille chez nous qui nous a donné votre numéro. Elle dit qu'elle a déjà collaboré avec vous il y a quelques années. D'ailleurs, c'est elle qui va prendre l'avion dans quelques minutes pour aller vous retrouver sur place. Enfin, si les vols à destination de Salt Lake City ne sont pas annulés à cause de Rebekah, la tempête.

Son nom, c'est Kelly Kaminski, ça vous dit quelque chose ?

Bien sûr que ça lui disait quelque chose.

Jack se souvenait très bien de ces deux semaines passées aux côtés de cette jeune journaliste qui croyait tenir le scoop de sa vie. À l'époque, Kelly Kaminski n'avait pas été la meilleure des camarades de travail, mais au moins s'était-elle investie corps et âme dans cette enquête qui avait déclenché « l'affaire River Williams ». Jack l'avait suivie comme il avait pu, s'était parfois offusqué de ses méthodes, avait critiqué son manque d'humanité par moments, mais il avait fini par apprécier ce petit bout de femme opiniâtre et volontaire. Il avait pressenti une fragilité chez Kelly, avait deviné qu'elle avait sans doute une revanche à prendre sur la vie ; mais il n'avait pu en savoir plus. La jeune femme s'était refusée à toute confidence et n'avait cessé d'aller de l'avant, dans la seule direction qui pouvait servir ses rêves de grandeur. Cette affaire, cette enquête, c'était pour elle le meilleur moyen de parvenir à quitter Salt Lake City, cette petite capitale d'un État sans intérêt, de quitter une chaîne locale pour se faire embaucher sur une chaîne nationale.

Et elle était parvenue à ses fins, la petite. Kelly Kaminski s'était montrée suffisamment pugnace et agressive pour qu'on la repère de l'autre côté du pays. À New York, les décideurs de la Fox News Channel avaient vu en elle la candidate parfaite pour venir insuffler un peu de sang neuf dans une rédaction qui commençait à tourner en rond. Et puis, il faut dire qu'elle avait le profil idéal, cette jeune journaliste : rien ne semblait lui faire peur, elle posait les questions les plus sensibles sans le moindre scrupule, elle ne rechignait jamais à utiliser les arguments populistes qui faisaient le succès de la Fox, cette chaîne qui se démarquait souvent de la concurrence par l'outrance de ses propos.

Ainsi, trois mois après la fin de l'affaire, Kelly avait intégré le pool des reporters de la chaîne new-yorkaise. Elle avait quitté la petite maison de sa mère, à Salt Lake City, pour investir un appartement minuscule de l'autre côté du pays, dans un quartier de Brooklyn pas très reluisant. Pendant ses premières années loin de l'Utah, elle n'avait rien fait de très prestigieux, mais ce qu'elle avait fait pouvait être vu d'un bout à l'autre du pays, et c'est ce dont elle avait toujours rêvé. Être vue par le plus grand nombre. Être reconnue.

Jack McGee avait bien compris les motivations de son éphémère collègue, il y a cinq ans. Et lorsque, par hasard, il était tombé sur l'une de ses interventions, en direct sur la Fox, il n'avait pu s'empêcher de sourire. Parce que sur son écran s'affichait le portrait caricatural d'une jeune ambitieuse, mais aussi parce qu'il éprouvait une vraie tendresse pour la petite Kelly. Jack était content pour elle, tout simplement. Et le fait qu'elle ne l'ait pas oublié, qu'elle ait confié son numéro au directeur de production de la Fox, ça lui faisait sacrément plaisir.

Mais toute cette histoire lui faisait prendre des risques insensés. Le voilà qui conduisait sa camionnette sous une pluie battante, pour s'en aller rejoindre l'une des routes les plus dangereuses du pays. Tout ça pour filmer une crevasse sous la tempête, en priant pour qu'on distingue un squelette tout au fond, ce qui apparaissait hautement improbable. Jack espérait au moins arriver à destination sans encombre, pour y tourner un plan d'ensemble qui servirait d'illustration aux journaux de Fox News.

Il roulait sans doute un peu vite sur cette piste détrempée, qui devenait glissante par endroits. Mais il se disait qu'il serait le seul imbécile à avoir pris la route dans ces conditions exécrables, et ne prenait donc pas toutes les précautions nécessaires, même si sa visibilité était des plus réduites. Aussi fut-il affreusement surpris de se retrouver nez à nez avec un pick-up qui venait du canyon. Au tout dernier moment, il donna un coup de volant sur la droite et évita la collision. À moins que ce ne fût le réflexe du conducteur de l'autre véhicule qui ait été salutaire.

Jack souffla et se promit d'être un peu plus prudent sur cette piste où il n'était pas seul au monde, finalement. Puis il jeta des coups d'œil à son rétroviseur, pour vérifier que le pick-up ne le prenait pas en chasse. Car il en était persuadé :

l'engin qu'il avait failli percuter appartenait à la flotte du *Department of Public Safety*.

***

– Je mets le gyrophare et on retourne lui apprendre le code de la route ? demanda Mickey Perkins.

– Laissez tomber, sergent. Je n'ai aucune envie d'aller contrôler son permis de conduire sous le déluge. Il va se mettre dans le fossé tout seul, ça lui fera les pieds. Vous avez remarqué que c'était un véhicule qui sert aux transmissions par satellite ?

– Ah, c'était ça le truc sur le toit ? Une parabole ?

– C'était ça. Et ça veut dire que les télés sont déjà sur le coup. C'est dingue comme ça va vite de nos jours. Il suffit qu'un abruti balance une info sur internet, et tout le monde rapplique.

– C'est vrai, lieutenant. Mais il faut avouer que c'est quand même une découverte exceptionnelle. Enfin, s'il s'agit bien des restes de River Williams. Souvenez-vous du nombre de fois où on a pensé l'avoir retrouvé, dans l'Utah ou ailleurs. À chaque fois que quelqu'un croisait un type de deux mètres à la peau sombre, il pensait avoir résolu l'affaire du siècle. Des River Williams, on a cru en voir à Oklahoma City, à Denver, à Orlando ou Sacramento, et j'en oublie. On a même cru voir flotter son corps sur le lac Michigan, comme le monstre du Loch Ness. Évidemment, à chaque fois, tout s'est dégonflé en vingt-quatre heures. Et ça fait cinq ans que ça dure. Alors faut les comprendre, les médias : ce qu'on a vu ce matin, c'est la piste la plus sérieuse qu'on ait eue depuis la disparition du basketteur.

– Je suis bien d'accord avec vous, sergent. Mais prévenez quand même vos collègues qui sont encore sur le site. Il faut qu'ils se préparent à avoir de la visite. Et je ne voudrais pas que n'importe qui fasse n'importe quoi avec ce cadavre, tant qu'on n'a pas réussi à l'identifier. Je suis déjà en train de me dire qu'on aurait dû rester sur place. Bordel, sergent, est-ce qu'on n'est pas en train de faire une connerie en allant sur Moab ?

– Je connais bien la zone, lieutenant Collins. Je connais bien ce terrain-là. Il a l'air accessible, comme ça, vu d'en haut, mais quand vous vous y engagez, vous n'avez pas le droit à l'erreur. Et là, avec cette Rebekah qui nous tombe sur le coin du crâne, c'est mission impossible, je vous assure. Et puis, on ne laisse pas le site sans surveillance : mes gars resteront là-bas le temps qu'il faudra.

– Et la tempête ? Est-ce qu'elle pourrait tout balayer sur son passage, jusqu'à la crevasse ?

Mickey Perkins resta songeur un instant, alors qu'il négociait un virage sur une portion de piste rendue difficilement praticable. Ses quatre roues motrices perdaient parfois de l'adhérence et se dérobaient vers l'extérieur. Mais le sergent avait une réelle maîtrise de l'exercice et rattrapait chaque dérapage avec habileté, parvenant toujours à remettre son Ford Ranger sur le droit chemin. Une fois revenu sur un terrain plus favorable, il put répondre à son lieutenant :

– Ce qui m'inquiète le plus, ce sont les *flash floods*, ces inondations soudaines et brutales qu'on voit parfois dans la région quand les orages sont violents. Elles peuvent couper des routes, isoler des randonneurs imprudents, voire occasionner des glissements de terrain. Mais ce que je me dis, c'est que le gars qui est dans la crevasse, il y est depuis des années. Et il a dû en voir passer, des *flash floods*, sans qu'il ait bougé d'une oreille pour autant. Alors je ne pense pas qu'il faille trop s'inquiéter de ce côté-là…

– On ne peut jurer de rien, sergent. Avec le dérèglement climatique, il n'y a plus de logique. Moi, j'ai déjà vécu plus d'un demi-siècle, mais je n'ai pas souvenir d'avoir jamais vu une tempête en matinée, Rebekah ou une autre. C'est à n'y rien comprendre.

Jefferson et Mickey roulèrent encore pendant vingt minutes à une allure modérée, sur cette piste rouge qui se dégradait à vue d'œil. Et puis, enfin, ils rejoignirent la State Route 313, qui n'était pas en très bon état mais avait le mérite d'être goudronnée ; ils l'empruntèrent pour s'en aller rejoindre l'US Highway 191 qui redescendait vers Moab. En retrouvant l'asphalte, les deux hommes reprirent leur conversation.

– Racontez-moi, sergent, dit Jefferson. Racontez-moi la fin de cette histoire, d'un point de vue sportif. Moi, la NBA ne m'intéresse pas. Je suis allergique à ce sport dont on dit qu'il est réservé aux grands, et vous comprenez pourquoi : je ne fais pas plus d'un mètre soixante-huit, et encore, ça dépend des jours. Depuis tout petit, je me méfie des grands. Et comme je suis resté petit, ça ne s'est pas arrangé. Alors bien sûr, j'ai suivi l'affaire River Williams, d'un point de vue de flic. Mais je n'ai pas vraiment cherché à savoir comment tout ça s'était terminé sur les terrains de basket. Ils ont quand même joué ces Finales jusqu'au bout, il y a cinq ans ?

– Ah oui, bien sûr ! répondit Mickey dans un sourire. River Williams a disparu à la mi-temps du match 6, celui qui aurait pu permettre aux Celtics de devenir champions NBA. Mais ce qui s'est passé dans le vestiaire, ça a complètement déstabilisé les joueurs de Boston. Sans leur *franchise player*, il se sont complètement écroulés dans les deux derniers quart-temps, et ils ont perdu ce match dans les grandes largeurs. Ce soir-là, le Jazz a donc égalisé à trois victoires partout. Le dernier match, forcément décisif, se jouait à Boston, trois jours plus tard. Mais quelque chose s'était cassé au sein des Celtics. Ils n'ont jamais réussi à se remobiliser alors qu'ils évoluaient pourtant à domicile.

– Ils ont perdu le dernier match à Boston ?

– Oui. Il y avait une ambiance horrible dans le TD Garden, parce que tout le monde accusait les joueurs de l'Utah d'être un peu responsables de la disparition de River Williams, même si c'était complètement irrationnel. Cette colère du public, ça aurait pu galvaniser les Celtics, mais ça les a tétanisés, au contraire. Et au bout de ce match 7, c'est le Jazz qui s'est imposé, pour remporter le tout premier titre NBA de son histoire, à la surprise générale. Je ne vous raconte pas la bronca lorsqu'on a remis le trophée Larry O'Brien ! C'était soi-disant l'heure de gloire du Jazz, mais son triomphe a été terni à jamais. Aujourd'hui encore, tout le monde dit que ce titre a été volé à Boston. C'est comme s'il y avait une tache indélébile dans le palmarès de la NBA. Et depuis, le Jazz est complètement retombé dans l'anonymat. Jusqu'à cette saison.

– Qu'est-ce qui se passe, cette saison ?

– Nouvelle équipe, nouveau coach. C'est Bruce Dawkins, un ancien adjoint, qui est devenu l'entraîneur principal. Il prône un style de jeu hyper défensif et agressif, mais il faut croire que ça marche : les voilà en demi-finale de la conférence Ouest. Enfin, vous êtes au courant, j'imagine.

– Non.

– Mais enfin, comment vous faites ? On ne parle que de ça en ville !

– Je ne vis pas en ville. J'ai un petit chalet dans le Big Cottonwood Canyon, près de la petite ville de Solitude. Je ne regarde presque jamais la télévision, sauf pour les matches des Broncos. Et je n'écoute que de la country à la radio, alors…

– Alors, vous vous êtes retiré du monde, on dirait. Donc, sachez que le Jazz est actuellement opposé aux Lakers. Les deux premiers matches se sont joués à Los Angeles, au Staples Center. Et les hommes de DeAngelico ont réussi l'exploit d'en gagner un des deux. Demain soir, le match 3 aura lieu à Salt Lake City. L'occasion de passer devant et de faire la course en tête avec un rêve complètement fou : finir par se qualifier pour de nouvelles Finales NBA. Ce serait la première fois depuis cinq ans, depuis le titre contesté.

– Merci pour la session de rattrapage, sergent. Si je comprends bien, le contexte sportif et donc médiatique va sérieusement nous compliquer la tâche…

***

Jack se souviendrait longtemps de ce tournage.

Il s'était déjà estimé heureux d'être arrivé sain et sauf sur le belvédère au-dessus du Mineral Bottom Canyon. Le dernier kilomètre de route avait été particulièrement éprouvant, parcouru sous une pluie battante, poussée par des vents tourbillonnants. Il s'était dit cent fois qu'il était en train de faire la plus belle bêtise de sa vie, qu'il allait finir au mieux dans un fossé, à attendre d'hypothétiques secours pendant des heures. Après quelques angoissantes minutes, il était tout de même parvenu au bord de la falaise surplombant le canyon. Il avait alors eu l'impression d'être Frodon le Hobbit se présentant au sommet de la montagne du Destin, pour y jeter l'Anneau dans le fleuve de lave. Face à lui, l'horizon n'était plus qu'un sombre magma transpercé par la foudre. En contrebas, la Green River avait perdu ses couleurs habituelles et semblait charrier un torrent de boues rouges. À ses pieds, la terre était instable ; copieusement arrosée, violemment balayée, elle ne tenait plus en place.

En descendant de son SNG, il avait croisé les petits jeunes qui étaient à l'origine de la découverte, juste avant qu'ils ne soient évacués par les équipes de la *Search and Rescue*. Jack avait eu le temps de prendre leurs coordonnées pour qu'ils lui racontent leur histoire face à la caméra, un peu plus tard dans la journée si possible. Et puis le pick-up de la SAR s'était éloigné prudemment, luttant contre les bourrasques de vent qui le déportaient sans cesse sur le bas-côté. Jack McGee était resté seul sur le promontoire, en compagnie des deux derniers hommes de Mickey Perkins, ceux qui surveillaient le site à l'abri dans leur véhicule. Ils n'avaient pas jugé bon d'en sortir pour interdire au cameraman de faire son métier.

Désormais, Jack luttait contre les éléments pour parvenir à tourner quelques images du site. À grand-peine, il posa un lourd trépied sur le bord de la route, et s'assura encore de sa stabilité en le lestant de roches imposantes. Puis il fixa sa caméra sur le trépied, nettoya cent fois l'objectif et l'œilleton, mais en vain ; il lui serait impossible d'avoir une visibilité correcte. Malgré tout, il pointa la caméra sur l'endroit indiqué un peu plus tôt par les jeunes randonneurs. Cette faille si étroite qu'on avait du mal à la percevoir depuis le belvédère. Il fit un premier plan large de la zone, puis se décida à zoomer vers la crevasse. Mais en longue focale, l'image tremblait sous l'action du vent, et il eut un mal fou à obtenir cinq secondes exploitables. Après y être enfin parvenu, il se demanda s'il ne devait pas descendre encore, pour se rapprocher au plus près de cette faille dans la roche. Mais le vent ne cessait de gifler son visage et la pluie noyait son objectif ; il pouvait à peine tenir debout. Il fit deux pas pour descendre la Mineral Road puis s'arrêta net, en constatant que la piste se transformait à vue d'œil. Les eaux de pluie ruisselaient le long des lacets, charriaient la terre devenue boue, détruisaient les parapets naturels des virages et tombaient en cascade vers la Green River. Jack ne savait même plus où se trouvait la fameuse crevasse. Il hésita avant d'avancer un peu plus et se retourna. Bien à l'abri dans leur voiture, les deux hommes de la *Search and Rescue* lui interdirent formellement d'aller plus loin, d'un geste autoritaire.

Jack comprit qu'il en avait déjà fait plus qu'espéré et retourna au petit trot dans sa camionnette. Il mit le contact sans attendre : il avait quatre heures de route devant lui avant d'aller retrouver Kelly Kaminski.

Enfin, si l'avion de la journaliste parvenait à atterrir à Salt Lake City.

CHAPITRE 10

Bruce Dawkins regardait la pluie s'abattre sur les immenses baies vitrées de l'Arena du Jazz.

Il était contrarié. À cet instant précis, il aurait dû n'avoir qu'une seule préoccupation en tête. Une seule obsession : le match du lendemain contre les Lakers, celui qui allait lui permettre de montrer à tout le monde que sa méthode était la bonne, et ainsi fermer leur clapet à tous les grincheux qui l'avaient critiqué sans relâche. Car il en avait essuyé, des critiques, depuis qu'il avait pris la succession de Donovan Fitzcarter, démissionné pour manque de résultats après l'euphorie du titre. Au début de la saison régulière, on avait d'abord dit de Dawkins qu'il n'avait pas la carrure pour devenir le *head coach* d'une équipe NBA, on s'était étonné du choix des dirigeants de la franchise qui avaient privilégié la continuité en le nommant, lui, le fidèle adjoint. Personne n'avait voulu croire en ses capacités à mener l'équipe, parce qu'il n'avait pas un C.V. très reluisant, certes, mais aussi parce qu'il n'avait pas le charisme requis pour un tel poste : il n'était qu'un petit bonhomme rondouillard à la voix aigre et au crâne dégarni. Dans les films hollywoodiens, son profil correspondait plutôt à celui de l'adjoint gaffeur, du copain rigolo, voire du méchant fourbe et lâche ; mais on n'aurait jamais imaginé lui donner le premier rôle.

Et puis, après quelques semaines d'adaptation et d'expérimentations, les joueurs avaient commencé à adhérer aux nouvelles méthodes du coach Dawkins. Les premiers résultats positifs étaient arrivés, les premiers matches-référence, les premières victoires contre des équipes prétendument supérieures. C'est alors qu'une deuxième salve de critiques s'était abattue sur le crâne dégarni de Bruce Dawkins. Car ces résultats, le Jazz les avait obtenus en jouant un jeu destiné avant tout à briser les qualités de l'adversaire, à le faire déjouer ; tant pis si, sur le parquet, le spectacle était loin d'être au rendez-vous. Mike DeAngelico était resté l'homme de base du nouveau coach, même s'il était un peu vieillissant et que ses statistiques s'en ressentaient. Mais Dawkins avait eu la malice de construire autour de lui un groupe à son image, une bande de jeunes pitbulls sans merci qui jouaient avec la même envie dévorante. Autant dire que le style de cette équipe était plus proche du *trash metal* que du *smooth jazz*, et qu'elle allait à l'encontre des tendances de l'époque, qui accordaient toujours plus d'attention aux élégants shooteurs à longue distance.

Mais voilà que le Jazz avait une occasion unique de prendre l'avantage dans cette demi-finale de conférence. Ces joueurs rugueux et sans génie avaient eu l'impudence d'aller s'imposer à Los Angeles, sur le terrain des Lakers, une franchise autrement plus glamour que celle de l'Utah. Demain soir, il faudrait donc confirmer l'exploit et s'imposer à domicile pour mener la série par deux victoires à une. « Tout le monde sera bien obligé de reconnaître le génie de Bruce Dawkins », rêvait l'ancien assistant, en observant la pluie noyer l'esplanade qui menait à l'Arena.

« Mais il ne faudrait pas que ce diable de River Williams me vole la vedette, et vienne ternir à nouveau cette heure de gloire. »

Car c'était bien cette pensée qui obsédait le coach. Il avait appris ce midi, comme tout le monde, qu'un squelette de plus de deux mètres avait été découvert dans le parc national de Canyonlands. Il avait compris, comme tout le monde, qu'il pouvait s'agir des restes de l'ancienne star des Celtics. Et ce brouhaha naissant l'avait fortement chagriné. Ce qui pourrait bien être l'un des matches les plus importants de sa carrière allait être relégué au second plan, devancé par une information qui ne pourrait que raviver les mauvais souvenirs. Tout le monde allait encore parler de ce titre volé à Boston, et ça n'était pas bon pour le Jazz, qui était tranquillement en train de se refaire une réputation. Ça n'était pas bon pour ses joueurs, dont la concentration serait perturbée par tout ce tintamarre médiatique.

Alors oui, Bruce Dawkins était fortement contrarié.

***

Raymond Wahkara regardait la pluie tomber sur les vitres de la Hilltop Tavern.

Derrière son comptoir, Howdy, le patron du bar le plus fréquenté de Fort Duchesne, savait qu'il ne fallait pas le déranger, même pour lui proposer un verre offert par la maison. Le porte-parole de la tribu des Utes était l'homme le plus avenant et le plus aimable qu'il eût connu, mais il lui arrivait parfois de se réfugier dans un silence opaque. Avec le temps, Howdy avait compris qu'il avait besoin de ces pauses hors du temps des hommes, comme s'il entrait par la pensée dans une *sweat lodge*, ces huttes à sudation qui permettent de communier directement avec les esprits.

Et puis, Howdy se doutait bien de ce qui le tracassait.

Raymond avait appris la nouvelle comme tout le monde.

Enfin, un peu après tout le monde, puisqu'il n'écoutait pas très souvent les informations et qu'il ne maîtrisait pas vraiment les réseaux sociaux, ce qui était un comble pour un porte-parole. Mais il avait bien fini par l'entendre, la nouvelle du jour : le corps d'un homme avait été découvert au fond d'une crevasse, près de la Mineral Road. Et on avait de bonnes raisons de penser qu'il s'agissait de River Williams.

Forcément, tout le monde était venu voir Raymond pour lui demander ce qu'il pensait de cette découverte. Parce qu'il était concerné au premier chef par cette histoire : il y a longtemps, si longtemps déjà, c'est lui qui avait accompagné Heather Chesspook, du mieux qu'il pouvait, dans les mois qui avaient suivi l'accouchement. Pourtant, il n'était pas un parent, pas même un grand frère ou un oncle éloigné. Juste un voisin de longue date. Cette histoire lui avait brisé le cœur, et il n'avait pas supporté de voir une fille-mère de dix-sept ans traîner sa peine au sein de la communauté. Alors il s'en était occupé, du petit River, il l'avait fait sauter sur ses genoux quand sa mère n'en pouvait plus d'être une mère. Raymond était d'ailleurs le seul au monde à pouvoir l'appeler son « petit » River, parce qu'il l'avait tenu dans ses bras, bien des années avant qu'il n'aille dépasser le double mètre, là-bas, dans une grande ville de Pennsylvanie.

Raymond Wahkara était donc bouleversé, oui, par ce qu'il venait d'apprendre. Il restait assis près de la fenêtre, silencieux, uniquement concentré sur les petits bracelets indiens qu'il tressait avec des perles et des lanières de cuir. Howdy sentait bien qu'il essayait de chasser les fantômes du passé, le regard perdu vers les rivières de pluie qui parcouraient Fort Duchesne.

Et puis le téléphone de Raymond sonna, bien calé tout au fond de sa poche arrière.

Il regarda l'écran de son portable un peu passé de mode et reconnut le nom de celui qu'il considérait comme un ami. Un homme digne de confiance. Un bonhomme un peu comme lui, dépassé par une jeunesse qui courait trop vite. Quelqu'un de bien, tout simplement.

Il se décida à sortir de son silence pour répondre à Jefferson Collins.

***

Sammy Chesspook regardait la pluie tomber, avec un peu moins d'intensité qu'il y a une heure, sur les vitres du Ruth's Diner.

Il allait bientôt se préparer à prendre son service en cuisine, pour une soirée qui s'annonçait intense au vu des réservations déjà enregistrées. Et ce serait très bien ainsi. Il n'aurait pas à repenser à cette histoire, à cette nouvelle qu'il avait apprise comme tout le monde, sur Twitter, à la mi-journée.

Ainsi donc, on avait retrouvé le corps de River Williams ? Après tout, ça ne serait pas la première fois. À Oklahoma City, à Sacramento, et même sur le lac Michigan, ils étaient tous persuadés de l'avoir vu, le géant. À chaque fois, il n'avait fallu que quelques heures pour qu'on comprenne que tout était bidon. Sauf que là, c'était un gars de plus de deux mètres qu'on avait retrouvé près de la Green River, avec des chaussures aux couleurs des Celtics. C'était tout de suite plus crédible.

Alors Sammy était préoccupé, forcément. Et il sentait remonter en lui des sentiments qu'il avait cru pouvoir évacuer avec les années.

La tristesse, le remords, le chagrin. Il avait perdu sa petite sœur, il y a longtemps, si longtemps déjà ; et c'était comme s'il n'avait rien fait pour l'accompagner. Elle était partie, laissant derrière elle un enfant qui avait grandi ailleurs ; et c'était comme s'il n'avait rien fait pour s'y opposer. Désormais, quand on lui parlait de River Williams, il repensait surtout à Heather, et son cœur s'ouvrait de nouveau sur cette blessure qui jamais ne se refermerait. Il revoyait sa petite sœur dans les rues de Fort Duchesne, poussant ce landau comme on traîne un fardeau. À l'époque, il aurait voulu l'aider du mieux qu'il pouvait, mais elle répétait sans cesse qu'elle n'avait pas besoin de lui, qu'elle pouvait très bien se débrouiller sans son aide. Par fierté, sans doute. Peut-être avait-elle aussi quelques raisons de lui en vouloir, qui sait. Heureusement que ce bon vieux Raymond Wahkara était là pour accompagner Heather dans les moments les plus difficiles.

De toute façon, pendant les premiers mois du petit River, Sammy était la plupart du temps à Salt Lake City. Il venait d'être embauché comme apprenti-cuisinier au Bambara, l'un des restaurants les plus chics de la ville. Et c'était la chance de sa vie, une occasion unique de démontrer qu'un Amérindien parti de nulle part pouvait se retrouver parmi les meilleurs cuistots de la ville. Il ne pouvait pas laisser passer cette chance, avait-il alors pensé, avant de regretter amèrement de ne pas être resté aux côtés de Heather, là-haut, dans la réserve de Uintah.

C'est encore à elle qu'il pensait, en regardant la pluie tomber sur les vitres du Ruth's Diner, ce restaurant sans prétention situé dans les premiers virages de l'Emigration Canyon, à la naissance des montagnes qui bordaient Salt Lake City. C'est ici qu'il avait retrouvé un emploi de cuisinier quand il avait été viré du Bambara, il y a presque cinq ans, déjà. Tout avait basculé lorsqu'il avait été arrêté pour avoir traîné un peu trop près de l'Arena du Jazz, au moment de la disparition de River Williams. Les patrons du Bambara n'avaient pas du tout apprécié que l'un de leurs employés ternisse ainsi la réputation de ce vénérable établissement. Ils l'avaient congédié sur-le-champ, et peu importait qu'il eût été libéré faute de preuves.

Sammy s'était ainsi retrouvé sans emploi et n'était plus qu'un *Native American* sans avenir aux yeux des blancs-becs de Salt Lake City, tout juste bon à sombrer dans l'alcoolisme comme nombre de ses congénères. Fort heureusement, il avait eu la chance de frapper à la porte du *Ruth's Diner* : là-bas, dans les montagnes, les patrons étaient peu regardants sur les antécédents de leurs employés. Ils s'étaient au contraire réjouis de pouvoir embaucher un cuisinier du niveau de Sammy, qui avait fait ses preuves au Bambara.

C'était il y a cinq ans, et Sammy Chesspook n'avait jamais songé à quitter le *diner*. Il était comme chez lui ici, dans ce restaurant sans prétention qui l'avait accueilli à bras ouverts.

Il noua son tablier et retourna en cuisine, sans cesser de penser à Heather.

***

Jefferson Collins regardait la pluie s'arrêter de tomber sur la petite ville de Moab.

Il n'y avait plus que deux ou trois gouttes qui s'écrasaient ici ou là, sur la terre rouge détrempée, sur les tables de camping désertées. C'était bien la fin de la tempête, Rebekah était passée. Jefferson et Mickey pouvaient enfin sortir de l'Atomic Grill, le premier bar qu'ils avaient trouvé sur la route, juste avant Moab. Voilà plusieurs heures qu'ils patientaient là, assis sur des chaises en bois, devant une table recouverte d'une nappe en plastique, en attendant que la météo redevienne clémente. Il y avait quelques camping-cars sur le parking, des randonneurs épuisés au comptoir et l'odeur persistante des grillades pour les accompagner. Le lieutenant et le sergent avaient avalé un cheeseburger un peu trop gras, servi dans du papier brun, avec une portion de frites un peu trop cuites. Mickey avait géré à distance l'évacuation de touristes qui avaient défié la météo pour s'en aller faire un selfie devant la Mesa Arch, le site le plus célèbre du parc national de Canyonlands. Jefferson avait prévenu sa hiérarchie qu'il ne faudrait pas compter sur lui tant qu'il ne serait pas retourné sur le site de la découverte.

Et puis ils avaient parlé, tous les deux. Ils avaient appris à se connaître. Mickey avait demandé à Jefferson de lui raconter ses histoires de flic, et notamment l'affaire Gabriela Flores ; Jefferson avait demandé à Mickey de lui parler de sa passion pour le basket, de ses rêves de jouer en NBA. Au bout d'un moment, le lieutenant avait à nouveau émis le souhait de poursuivre l'enquête avec l'aide du sergent.

– Mais vous croyez vraiment qu'on m'autoriserait à travailler à vos côtés ? avait demandé Mickey. Je ne suis pas un enquêteur, moi, je ne fais pas partie de la bonne brigade ! La *Search and Rescue*, ça n'est pas vraiment le *Bureau of Investigation*, si vous voyez ce que je veux dire.

– Vous maîtrisez le terrain et vous connaissez le basket. Vous êtes la personne qu'il me faut, sergent. Il me suffit de passer un seul coup de fil, et on bosse ensemble sur cette affaire. Si vous êtes d'accord, évidemment. Mais faut me le dire maintenant.

– Ah oui, bien sûr, vous pensez bien que oui ! s'était empressé de répondre le jeune sergent.

Enfin le ciel avait fini par retrouver un peu de luminosité, passant du noir orageux au gris d'averse, puis au gris léger d'une pluie finissante. Les deux hommes payèrent leurs consommations et s'empressèrent de sortir de l'Atomic Grill.

C'est alors que le téléphone de Mickey résonna sur le parking. Au bout du fil, le sergent reconnut aussitôt la voix de l'un de ses hommes, qui était resté sur le site du Mineral Bottom Canyon. Mais il parlait avec empressement, cherchait ses mots, montait dans les aigus. Mickey fronça les sourcils, ce qui ne manqua pas d'alerter le lieutenant Collins.

– Sergent, c'est Wiggins. On a un problème, bredouilla la voix au téléphone.

– Qu'est-ce qui se passe, Wiggins ? Il vous est arrivé quelque chose ?

– Non, non, nous ça va bien. Pas de souci de ce côté-là. Mais... le problème, c'est que la pluie... Enfin...

– Eh bien quoi, la pluie ? Allez Wiggins, dis-moi ce qui se passe !

– Il a plu des cordes, ici. Un vrai déluge. Jamais vu ça. Des *flash floods* puissance dix. Il y avait tellement de flotte que ça a fait des glissements de terrain. Et au niveau du virage où il y a la faille, la terre de la corniche s'est affaissée, et elle a libéré toute l'eau qui s'était accumulée. Des litres et des litres qui ont dégringolé sur la dalle, jusqu'à la crevasse. Et tout est tombé dedans.

– Merde. Et vous êtes allés voir ?

– J’en reviens à l’instant. J’ai failli me casser la gueule vingt fois, mais j’ai pu jeter un œil dans la faille. Et… enfin…

– Et quoi, Wiggins ??

– Il n’est plus là, sergent. Il a dû être emporté par la flotte et il est tombé en dessous, j’en sais rien. Mais quand on regarde, on ne voit plus rien nulle part, même avec la lampe torche. Le squelette n’est plus là, sergent…

QUATRIÈME PARTIE
L'étrange monsieur Poppington

CHAPITRE 11

Le soleil se levait lentement sur l'Utah. Depuis le belvédère du Mineral Bottom Canyon, la vue était époustouflante, de celles qui vous font réaliser à quel point les mesquineries humaines sont futiles au regard des splendeurs de la nature. Un panorama si majestueux, si apaisant qu'il valait mieux éviter les selfies triomphants, au risque de passer pour un parfait demeuré. Il suffisait juste d'être là, et d'en prendre plein les yeux.

La matinée s'annonçait chaude et radieuse, on aurait tôt fait d'oublier le passage de la tempête Rebekah. Encore faudrait-il ne pas s'attarder sur les cicatrices de la terre : de profondes tranchées s'étaient creusées sur les contreforts des falaises et tout au long de la Mineral Road, qui resterait impraticable pendant plusieurs jours. La descente vers la Green River se révélait désormais impossible, car des portions entières de la route avaient purement et simplement disparu dans les glissements de terrain.

Face à la caméra, Kelly Kaminski ne prit pas la peine de se retourner pour admirer le paysage. Elle avait déjà perdu trop de temps. La veille, elle n'avait pu décoller de New York à l'horaire souhaité, car les pistes de l'aéroport de Salt Lake City étaient fermées par précaution. Son vol de la Delta Air Lines avait donc été retardé plusieurs fois, et elle avait dû attendre une éternité dans les salons de JFK avant de pouvoir embarquer. Plus de cinq heures de vol plus tard, Kelly avait fini par rejoindre l'Utah. Mais il était alors presque minuit ; il était donc bien trop tard pour espérer faire quoi que ce soit pour les journaux du soir. Jack McGee avait eu la gentillesse de venir l'accueillir à l'aéroport, mais ça n'avait pas suffi à lui redonner le sourire.

Depuis la veille, Kelly Kaminski était donc d'une humeur massacrante, à tel point que Jack ne reconnaissait pas la jeune journaliste qu'il avait croisée cinq ans auparavant. Ou plutôt si : à l'époque, elle se comportait déjà comme une starlette contrariée, mais c'était une attitude qu'elle testait auprès des autres, pas très sûre de l'effet qu'elle produisait. Désormais, Kelly maîtrisait à la perfection l'art de montrer qu'elle était devenue quelqu'un d'important, et qu'il ne fallait surtout pas l'approcher quand elle était agacée. Ça n'était qu'une suite logique de la construction de son personnage. En la retrouvant, Jack s'était donc dit qu'il n'y aurait pas grand-chose à attendre de la jeune femme, en termes de chaleur humaine ou de reconnaissance. À l'aéroport, il l'avait regardée tourner les talons avec sa petite valise à roulettes, avait soupiré, puis n'avait pu s'empêcher d'avoir à nouveau cette pensée inavouable à propos de son aimable postérieur.

Mais si Kelly était profondément agacée, ça n'était pas seulement à cause de son avion retardé. Il se trouvait qu'elle n'était pas si heureuse que cela de revenir sur ses terres, ici, dans l'Utah. Elle avait un peu l'impression de régresser, de remonter dans le temps, à l'époque où elle avait dû se battre pied à pied pour prouver sa valeur, quitte à dégrafer un bouton de son chemisier pour attirer l'œil de la caméra. Elle aurait pu se dire qu'elle revenait chez elle en impératrice, fière et victorieuse, toisant tous ceux qui avaient autrefois douté de ses capacités. Mais cette pensée n'aurait pas suffi à lui redonner le sourire, il y avait trop de mauvais souvenirs à Salt Lake City. Trop de soupirs, trop de larmes rentrées. Les larmes d'une petite fille blonde qui aurait tant voulu dire à sa mère qu'elle était bien plus capable qu'elle ne le pensait ; les larmes d'une gamine qui aurait tant voulu que maman la prenne dans ses bras, juste une fois, comme à l'époque où papa était encore avec eux. Non, Kelly ne voulait pas marcher sur ces traces-là, de peur de rouvrir ses anciennes blessures.

Et puis, si la journaliste était d'humeur massacrante, c'était aussi parce qu'elle et Jack n'étaient pas tout à fait seuls sur le belvédère du canyon, ce matin. Bien au contraire, il y avait même tout ce que l'Utah pouvait compter de caméras mobiles reliées à des paraboles, alignées sur une vingtaine de mètres le long de la falaise. Une véritable procession médiatique, qui bourdonnait au rythme des groupes électrogènes. Aux côtés de la Fox, la caméra de CNN avait pris ses aises, tout comme celle d'ABC, celle de la MSNBC, ou encore de l'équipe de la KUTV, et ainsi de suite. Pour l'exclusivité, c'était râpé. Tout le monde serait en direct avec la même image, peu ou prou : une plongée sur la dalle en contrebas, sur laquelle s'activaient quelques hommes de la *Search and Rescue*. Il faudrait donc rivaliser d'éloquence pour s'attirer la plus belle part d'audience.

Fort heureusement, Jack McGee avait anticipé cette situation hautement concurrentielle et s'était présenté à l'aube sur le belvédère pour s'approprier le meilleur emplacement, celui qui donnerait la meilleure image. Kelly avait bien constaté que, grâce à lui, elle était en première ligne, et l'avait remercié d'un simple hochement de tête. Puis elle s'était mise en place, dos à la scène, un doigt sur l'oreillette.

Depuis, elle attendait patiemment qu'on daigne la lancer depuis les studios de New York. L'émission *Fox & Friends* battait son plein, enchaînant les débats les plus conservateurs du pays, raillant les positions des Démocrates pour encenser celles des Républicains avec une mauvaise foi de tous les instants. Puis vint l'heure du *Fox News Live*, ce segment où l'information pure et dure reprenait enfin ses droits. Courtney Colby, la présentatrice glamour de cette tranche d'info, prit l'antenne avec un sourire éclatant qu'elle éteignit immédiatement pour évoquer les conséquences désastreuses de la tempête Rebekah. S'ensuivit un reportage qui recensait toutes les régions qui avaient dû subir le passage de la tempête, puis un duplex avec un envoyé spécial trempé jusqu'à l'os, sous un parapluie retourné par le vent, qui hurlait dans son micro que la tempête était toujours active à Phoenix, dans l'Arizona.

Kelly n'en finissait plus de s'agacer. Elle ne comprenait pas pourquoi on n'avait pas ouvert l'édition du journal avec son duplex à elle, pour évoquer cette découverte qui faisait tant parler. Enfin si, à la réflexion, elle comprenait bien que les dégâts causés par Rebekah dussent faire la une. C'était logique. Mais ça l'agaçait tout de même. Tout comme cette Courtney Colby, avec son brushing toujours impeccable, qui ne manquait jamais une occasion de lui parler avec condescendance et qui occupait exactement le poste dont elle rêvait. Voilà près de cinq ans que Kelly était en poste à la Fox, mais il lui faudrait encore du temps avant de parvenir à déboulonner les têtes d'affiche.

Enfin, on daigna lui parler dans l'oreillette. Depuis New York, Garrett Akron la prévint qu'on allait bientôt la passer à l'antenne et qu'il faudrait s'en tenir au minutage imparti. Jack reçut la même information et vérifia la netteté du gros plan sur la journaliste.

Puis Kelly entendit dans son oreillette la voix de Courtney Colby qui débutait son lancement, en direct sur Fox News :

– L'autre information du moment, c'est cette découverte qui fait grand bruit, justement dans une des régions traversées par la tempête Rebekah : le parc national de Canyonlands, dans l'Utah. Depuis hier, on vous parle de ce corps retrouvé au fond d'une crevasse et dont certains indices laissent à penser qu'il pourrait s'agir de celui de River Williams, ce basketteur NBA disparu il y a cinq ans. On retrouve tout de suite Kelly Kaminski, notre envoyée spéciale sur le site de la découverte. Bonjour Kelly, quelles sont les informations dont vous disposez à l'heure où l'on parle ?

– Eh bien Courtney, l'info du jour, c'est justement que ce site est à nouveau accessible après le passage de Rebekah. Vous le voyez derrière moi, quelques hommes de la *Search and Rescue* sont à pied d'œuvre pour descendre à l'intérieur de la fameuse crevasse. Ils espèrent pouvoir y récupérer tout ou partie du squelette découvert il y a vingt-quatre heures par un groupe de jeunes randonneurs. Le but est ensuite de le confier à la brigade scientifique qui tentera d'identifier la dépouille. Mais selon nos informations, l'affaire est plus compliquée que prévu. Car depuis le passage de la tempête, le squelette pourrait avoir été déplacé par les fortes pluies et les *flash floods* de ces dernières heures, jusqu'à le rendre inaccessible. Nous vous tiendrons évidemment informés de l'avancement de l'opération, ici dans le parc national de Canyonlands…

Alors que Kelly continuait de parler à l'antenne, Jack McGee déplaça lentement l'objectif de sa caméra, pour commencer à zoomer sur l'arrière-plan. La journaliste restait à l'écran, mais on pouvait désormais suivre la progression des hommes de la SAR, qui s'apprêtaient à descendre dans la faille.

– C'est bon, tu es sûr de l'ancrage ? demanda Mickey.

Un peu plus haut sur la dalle rocheuse, Wiggins en avait terminé avec ses coups de marteau. Le piton *knifeblade* qu'il venait d'enfoncer profondément dans une anfractuosité de la roche ne bougerait pas de sitôt. Restait à y fixer le mousqueton à vis, y passer la corde et tout mettre en place pour la descente en rappel.

– C'est bon, sergent, vous pouvez le tester.

Mickey commença alors à solliciter le point d'ancrage en donnant de violents à-coups avec tout le poids de son corps. La corde de 12 millimètres était insérée en « S » dans son descendeur autobloquant, lui-même relié au mousqueton de son baudrier, et malgré la vigueur de ses coups de reins, le piton ne broncha pas. Mickey allait pouvoir commencer à descendre. Il enfila son casque orange sur lequel était installée une caméra GoPro associée à une lampe frontale.

Un genou à terre au bord de la faille, le lieutenant Collins observait tous ces préparatifs avec une certaine admiration. Il se disait que lui, il avait exercé son métier bien différemment, tout au long de sa carrière. Jamais il n'avait été question de prouesses physiques. Jamais il n'avait dû grimper ou descendre quoi que ce soit, jamais il n'avait dû courir après un gangster qui prenait la fuite. Tout ça, pour lui en tout cas, c'était du cinéma. Pourtant, on lui avait régulièrement demandé de faire des tests physiques, de s'entretenir à la salle de gym, de s'adonner à quelques séances de tir sur de stupides silhouettes en carton. Mais pour le reste, tout n'était que jus de crâne. Trouver les indices. Les relier entre eux. Poser les bonnes questions. Arriver à une conclusion qui tienne la route et confondre les suspects. C'était ça, le job de Jefferson.

Mickey Perkins, lui, s'investissait autrement. En tant que sergent et leader d'équipe, il aurait pu laisser quelqu'un d'autre mettre le baudrier. Mais au bout du compte, c'était lui le meilleur dans cet exercice ; et puis, il avait envie de montrer au lieutenant de quoi il était capable.

Il vérifia son harnachement, saisit le descendeur autobloquant de la main droite et la corde pendante de la main gauche. Puis il recula vers la faille, jeta un œil en contrebas, et s'élança.

Après quelques mètres, il réalisa que le jeune randonneur à l'origine de la découverte avait été particulièrement inconscient en s'aventurant dans ce trou. Sans équipement de haute sécurité, avec la seule aide d'un camarade pour l'assurer, c'était pure folie. Au moindre faux pas, il aurait pu y rester, chuter lourdement, se retrouver coincé entre deux roches. Mickey ne put s'empêcher de repenser à la fameuse histoire d'Aron Ralston, ce grimpeur pourtant chevronné qui avait failli perdre la vie dans le Blue

John Canyon, à moins de vingt kilomètres d'ici, de l'autre côté de la Green River. Ralston avait été surpris par un rocher instable, était tombé dans une crevasse avant de se retrouver avec la main droite coincée entre la paroi et le rocher qui avait dégringolé avec lui ; il n'avait eu d'autre solution que de s'auto-amputer pour sortir de là, après 127 heures passées dans la faille.

Les parois que le sergent Perkins découvrait dans cette crevasse du Mineral Bottom Canyon ressemblaient fortement à celles du Blue John. Elles étaient rouges, ocre et brunes, comme la terre des pistes de la région. Le soleil qui pénétrait par endroits faisait exploser la lumière sur les roches, qui se teintaient alors d'orange et de jaune. On aurait dit un environnement organique tant la pierre était lisse, striée ici et là par le passage d'une rivière disparue, offrant quelques nœuds étranges qui n'avaient rien de minéral. C'était comme se glisser dans un corps écorché pour naviguer entre ses muscles longs, en craignant de les voir tressaillir au premier contact. Le spectacle était magnifique, à n'en pas douter, mais il était terriblement hostile et dangereux : impossible de trouver la moindre prise sur ces parois polies par l'eau et le temps. Mickey se demanda encore comment Justin avait bien pu arriver en bas sans se rompre le cou.

Après qu'il eut descendu cinq mètres, le sergent se retourna et braqua sa lampe frontale vers le petit promontoire sur lequel reposait le squelette, quelques heures plus tôt. Hélas, la lumière crue de la torche ne révélait plus rien d'autre qu'une roche mise à nu, lavée à grandes eaux par la cascade boueuse qui avait dégringolé depuis la surface. Le corps avait effectivement disparu, et avec lui tous ses effets, chaussures et vêtements. Il ne restait rien.

Mickey descendit encore de quelques mètres. Il prit appui sur la paroi de gauche pour se balancer au-dessus du vide et relâcher suffisamment de corde pour atterrir de l'autre côté, sur le petit promontoire accroché à la paroi de droite.

– Alors, sergent ? Ça ressemble à quoi ? demanda Jefferson Collins, qui suivait l'opération depuis la surface.

Mickey fit quelques pas sur la dalle, qui ne faisait pas plus de trois ou quatre mètres carrés. Il marchait avec précaution, de peur de corrompre la scène. Mais il n'y avait rien à corrompre.

– Pas grand-chose, lieutenant. Le sol est aussi lisse que le crâne de Wiggins.

Jefferson se retourna vers l'adjoint du sergent Perkins, qui rigolait bêtement. Wiggins était chauve comme un œuf.

– Je ferais bien quelques prélèvements pour la scientifique, poursuivit Mickey, mais il n'y a vraiment rien à prélever. Tout est parti dans le fond de la crevasse.

– Et vous pouvez le voir, le fond ?

Perkins s'agenouilla sur le promontoire et se pencha dans le vide. Sa lampe torche dessina un halo jaunâtre sur les parois. Mais au centre du halo, il était impossible de distinguer quoi que ce soit : il y avait tellement de profondeur que l'obscurité ne pouvait être vaincue.

– On a combien de mètres de corde ? cria Mickey à l'attention de Wiggins.

– 70 mètres, sergent. Mais comme on l'a doublée, ça vous fait 35 mètres de descente au total. Donc, de là où vous êtes, il doit vous rester 20, 25 mètres, je dirais.

– Ok, ça me laisse une bonne marge. Je vais aller voir plus bas.

– Faites attention quand même, intervint Jefferson Collins. On ne sait pas ce qu'il y a là-dessous, et puis faudra penser à remonter.

– Ne vous inquiétez pas pour moi, lieutenant. Là, vous êtes sur mon terrain. Je sais ce que je fais, et jusqu'où je peux aller.

Collins se retourna vers Wiggins, qui lui fit un signe de tête signifiant en substance : « Faites-lui confiance, il maîtrise. »

Dix mètres plus bas, Mickey Perkins agrippa son descendeur autobloquant et quitta le promontoire pour s'engager à nouveau dans le vide. Son cœur battait un peu plus fort. La lumière et la température baissaient à mesure qu'il progressait vers le fond. Il avait l'impression de plonger en apnée dans les profondeurs sous-marines, là où la vie se raréfiait, là où il était si facile de se perdre. L'ocre orangé de la roche disparaissait progressivement, pour laisser la place à des teintes beaucoup plus sombres, brunes et noires. Autour de lui, les parois se rapprochaient. La crevasse se transformait en un boyau de plus en plus étroit. Ça n'était plus de l'escalade, mais de la spéléologie. Et toujours rien, nulle part, qui puisse ressembler à un fragment de squelette ou de vêtement. Mickey respirait plus fort, à présent. Ou plutôt, c'était le son de sa respiration qui se répercutait sur la pierre et revenait plus vite à ses oreilles. Il avait descendu dix ou quinze mètres de plus et se demandait s'il aurait suffisamment de corde pour descendre jusqu'en bas.

Il n'eut pas à se poser la question très longtemps.

Presque à l'aveuglette, le sergent Perkins posa un pied, puis deux, sur une roche horizontale. Le restant de corde, environ deux mètres, était amassé sur un rebord de pierre. Il lui sembla avoir atteint le fond du boyau.

Sauf que ça n'était pas exactement le fond. Sur le côté, la faille descendait encore plus bas ; mais l'espace était désormais si réduit qu'il était impossible de s'y faufiler. Dépité, Mickey lâcha un juron, qui se répercuta sur les parois. Il ne put que constater son impuissance.

Car le constat était terrible : tout ce qui avait coulé depuis le promontoire avait bel et bien disparu dans ce goulot insondable, comme entraîné par une vulgaire chasse d'eau.

CHAPITRE 12

– Tu peux monter le son, s'il te plaît, Howdy ?

Raymond Wahkara s'était encore arrêté à la Howdy's Hilltop Tavern. Ça n'était pas qu'il avait absolument besoin de boire un verre, encore que : son premier réflexe avait été de demander une Budweiser à Howdy. C'était plutôt que sa télévision avait rendu l'âme et qu'il avait envie de voir la réalité de ses yeux, pas seulement avec son esprit. Alors il avait repris son pick-up hors d'âge, avait roulé vers l'ouest sur la Highway 191, avait traversé Fort Duchesne, dépassé le cimetière indien, l'école élémentaire de Eagle View, et s'était garé quelques centaines de mètres plus loin, sur l'immense parking de la Hilltop Tavern. C'était le bar local typique : un baraquement de planches un peu austère, avec un auvent soutenu par des poteaux de bois qui le faisait ressembler aux saloons des westerns d'autrefois. L'intérieur était à peine plus chaleureux, avec des banquettes en simili cuir et des tables en métal, un billard, un jeu de fléchettes électronique et même un vieux juke-box oublié dans un coin.

À cette heure de l'après-midi, Raymond savait qu'il ne serait pas trop dérangé par les consommateurs de passage. C'est aussi pour cette raison que Howdy accepta sans rechigner de couper la musique et de monter le volume de son téléviseur, branché sur la Fox.

– Je la reconnais, celle-là, s'étonna le gros Howdy, en scrutant l'écran. Ce serait pas la petite qui était passée au Plaza pour nous poser des questions, il y a quelques années ?

– Si, je crois bien que c'est elle, répondit Raymond. J'en suis même sûr, à la réflexion. Elle n'a pas trop changé.

– Quelle saleté, cette gamine. Elle était venue chez nous avec ses grands airs, elle nous parlait comme à des demeurés, comme si on était d'une race inférieure. J'aime autant te dire que personne ne lui avait dit quoi que ce soit, à l'époque.

– Moi non plus, je ne lui avais pas dit grand-chose. C'est vrai qu'elle était très arrogante ; une vraie petite oie blanche de Salt Lake City. Mais tu vois, je crois quand même qu'elle a un bon fond, je ne sais pas pourquoi…

– Un bon fond ? Suffit de la regarder pour…

– Attends, excuse-moi, Howdy : je voudrais écouter ce qu'elle dit.

Ils se turent, le regard tourné vers le téléviseur placé sur le mur, entre les bouteilles de whisky et le percolateur.

À l'antenne, Kelly Kaminski venait de prendre la parole.

« ... Et selon nos informations, le corps découvert hier aurait purement et simplement disparu, noyé et emporté vers le fond de la crevasse par un torrent de pluie. À en croire les enquêteurs, il faudrait dépenser des trésors de technologie, envoyer une sonde avec une caméra, voire une sorte de bras télescopique de plusieurs mètres de long pour espérer remonter quelque chose de ce trou dont on ne connaît pas la profondeur exacte. Et tout ça, sans avoir la moindre certitude de réussir. Évidemment, s'il s'agissait d'un être vivant, on n'hésiterait pas une seule seconde, on poursuivrait les recherches. Mais comme il s'agit du squelette d'un homme (ou d'une femme) qui serait décédé depuis plusieurs années, alors la tentation est forte de le laisser reposer dans sa dernière demeure, pour l'éternité... »

Sur le petit écran de la Hilltop Tavern, le journaliste en plateau à New York reprit la main pour poser une question supplémentaire :

« Kelly, ne faut-il pas aujourd'hui se poser la question de la rapidité de l'intervention des services de police ? N'ont-ils pas trop tardé ? N'auraient-ils pas pu intervenir dès hier matin, juste avant que la tempête Rebekah ne s'abatte sur la région ? »

Ce à quoi Kelly répondit :

« Clairement, la compétence des hommes du *State Bureau of Investigation* est mise en cause, même si certains spécialistes estiment qu'il était impossible d'intervenir en temps et en heure avant le passage de la tempête. Toujours est-il qu'aujourd'hui, le constat est terrible : il ne reste plus de ce cadavre que les quelques photos prises par les jeunes randonneurs et cette basket de taille 53, qui a été envoyée aux services scientifiques pour analyse. S'il s'avérait que la dépouille était bien celle du basketteur, celui qu'on recherche en vain depuis tant d'années, alors on pourrait dire que River Williams a disparu pour la seconde fois, cinq ans après sa première disparition… »

Fin du duplex de Kelly Kaminski.

Howdy se retourna vers Raymond.

– Eh bien, elle en prend pour son grade, la police du coin. On sait qui est en charge de l'affaire ?

– Oui. C'est le lieutenant Jefferson Collins.

– Collins ? Connais pas.

– Moi, je le connais. Tout le monde n'est pas au courant ici, mais c'est lui qui a contribué à innocenter l'un des nôtres dans une sombre histoire, il y a une dizaine d'années.

– L'un des nôtres ?

– Chayton, l'aîné des fils de Mary-Jane. C'était une affaire de trafic de drogue dans laquelle il y avait très peu d'indices, et pas vraiment de preuves. Mais Chayton faisait un coupable idéal pour les blancs : on l'avait déjà attrapé pour conduite sans permis, il avait une grande gueule et c'était un Amérindien. Tout pour en faire un dealer de cocaïne parfaitement crédible. Sauf qu'il n'avait rien à voir là-dedans. Il était juste au mauvais endroit, au mauvais moment… Le seul qui n'ait pas voulu se contenter de ce constat simpliste, le seul qui ait pris la peine de creuser un peu cette affaire, c'est Jefferson Collins. Il a repris l'enquête et il a fini par trouver les vrais coupables. Il a innocenté Chayton.

– Je ne savais pas… Si je comprends bien, il est plutôt digne de confiance, alors, ce policier blanc ?

– Oui, sans aucun doute. Ce gars-là, il n'est pas très chaleureux au premier abord, mais il est droit et juste. Depuis cette affaire, je lui suis redevable au nom de la communauté. D'ailleurs, il m'a appelé hier pour savoir s'il pouvait passer me voir, et j'ai accepté de lui parler. Il devrait être là dans l'après-midi. Je lui ai donné rendez-vous ici, ça ne te dérange pas ?

– Non. Enfin, sauf s'il se pointe avec une colonne de voitures de flics, toutes sirènes hurlantes. Ça ne serait pas très bon pour la publicité de mon établissement, tu comprends.

– Je te rassure : il est plutôt discret, le lieutenant Collins.

À peine Raymond Wahkara eut-il terminé sa phrase qu'un vrombissement commença à se faire entendre. Un bruit de pales d'hélicoptère qui se rapprochait suffisamment de la Hilltop Tavern pour faire un boucan de tous les diables. Howdy et Raymond se précipitèrent à l'extérieur, pour se retrouver nez à nez avec un énorme nuage de poussière qui leur fouettait le visage. C'était un hélicoptère du *Department of Public Safety* qui était en train de se poser sur le parking vide du bar. Howdy se retourna vers Raymond, et hurla dans le vacarme :

– C'est ça que tu appelles « être discret » ?!

Le porte-parole de la tribu des Utes se contenta de hausser les épaules avec un sourire gêné.

***

– Tu ne peux pas me dire ça, Mike. Le match est dans quatre heures ! Et c'est le plus important de la série, j'en suis persuadé. On est allés gagner une fois à Los Angeles, c'est très bien. C'est fantastique. Pour certains, c'était inespéré. Mais c'est maintenant qu'il faut confirmer, à la maison, pour prendre l'avantage et ne plus le lâcher. Et toi, tu viens me dire que tu ne sais pas si tu peux le jouer, ce putain de match ? Tu te fous de moi ??

Bruce Dawkins était hors de lui. Assis à ses côtés, dans l'une des tribunes encore vides de l'Arena, Mike DeAngelico n'en menait pas large. Le bras droit en écharpe, il grimaçait à chaque mouvement.

– Qu'est-ce qu'elle a, ton épaule ? Il dit quoi, le doc ?

– Il dit qu'il ne sait pas trop, coach. Que ça pourrait être une déchirure du… « labrum », je crois. Qu'il y a sans doute un bout de cartilage qui se balade. Qu'il faudrait faire des examens complémentaires. Peut-être opérer.

– Il est malade ou quoi ? Si tu passes sur le billard, ta saison est finie, Mike. Bye-bye, on te retrouve en octobre. Et encore, si tout va bien. C'est ça que tu veux ?

– Non, évidemment. Je ne peux pas rater la suite des play-offs. Pas maintenant.

– Alors on fait quoi ? beugla Dawkins, avant de redescendre d'un ton. Est-ce que tu pourrais jouer sous infiltration, avec des anti-inflammatoires à la cortisone ? Ça pourrait atténuer la douleur, non ?

DeAngelico resta silencieux un instant, l'air embarrassé.

– Coach, ça fait déjà un mois que je joue sous infiltration, finit-il par admettre. C'est moi qui ai demandé à ce que ça reste secret. Je pensais que ça passerait.

Bruce Dawkins se retourna vers son joueur, estomaqué. Il aurait deux ou trois mots à dire au médecin de l'équipe ; il faudrait même envisager une sanction, car le doc n'était pas censé lui cacher quoi que ce soit. Mais ce problème d'insubordination n'était rien au regard de l'énorme pépin qui se profilait : si DeAngelico avait enfin décidé de venir lui parler de ses douleurs à l'épaule, alors c'est que la situation était devenue vraiment handicapante.

– Et tu… tu peux continuer comme ça, ou pas ?

– Pas sûr… Peut-être. Mais je ne serai pas à 100 %, ça c'est certain.

– Même à 50 %, je te prends dans le cinq majeur, Mike. Alors je compte sur toi, ok ?

DeAngelico s'éloigna, penaud, se tenant le bras. Plus encore que l'état de son épaule, c'est cette image qui inquiéta le coach : son fidèle aboyeur n'avait plus rien d'un chien de garde. Pourtant ce soir, face aux Lakers, il faudrait montrer les crocs.

Bruce Dawkins soupira. La partie s'engageait mal.

Si au moins il pouvait bénéficier d'un petit coup de pouce du destin.

Comme il y a cinq ans.

***

Raymond et Jefferson étaient assis face à face, sur les banquettes en simili cuir de la Hilltop Tavern.

– Un hélicoptère, lieutenant ? Ça ne vous ressemble pas.

– Ne m'en parlez pas, Raymond. Si vous saviez comme je déteste ces engins ! Ils me fichent la trouille. Si ça n'avait tenu qu'à moi, j'aurais pris la route. Le problème, c'est qu'on vient du parc national de Canyonlands. En voiture, ça fait un peu plus de quatre heures pour monter jusqu'à Fort Duchesne…

– Oui, je sais, la réserve indienne est dans un endroit très reculé de l'Utah, on nous le dit toujours. Mais nous, ça nous va bien.

– Personne ne viendra vous chercher des ennuis dans le coin, c'est sûr… Enfin voilà : sur place, là où on a découvert le squelette, il y avait un hélico qui allait repartir à vide et qui s'est proposé de nous déposer à Fort Duchesne, pour nous faire gagner du temps. Le gamin avec lequel je voyage a sauté sur l'occasion. Faut dire qu'il aimerait bien être rentré pour le match de basket de ce soir, à Salt Lake City. Paraît que c'est un match important.

– Il paraît. C'est qui ce jeune policier ? J'espère qu'il n'a pas mal pris le fait que je préfère vous parler seul à seul ?

– Non, non, je ne pense pas. Et puis, il n'est pas policier à proprement parler. C'est le responsable d'une équipe de sauvetage et de recherche des personnes disparues, la *Search and Rescue*. Je lui ai demandé de m'aider sur cette affaire. Je pense que c'est un bon gars, digne de confiance.

Raymond hocha la tête en silence et s'adossa à la banquette. Il n'y avait toujours personne dans la Hilltop Tavern. Howdy lui-même était resté à l'extérieur pour tenir compagnie à Mickey ainsi qu'au pilote de l'hélicoptère. Le patron leur avait apporté deux canettes de Bud Light, et tous trois parlaient de la météo, s'étonnant encore de la violence de la tempête Rebekah, partie aussi vite qu'elle était arrivée.

Dans le bar, entre les bouteilles de whisky et le percolateur, l'écran plat continuait de diffuser la petite musique lancinante de la Fox. Une nouvelle heure d'info venait de débuter, et le duplex de Kelly Kaminski était rediffusé en intégralité. Jefferson le découvrit et comprit alors que les journalistes de la

Fox n'hésitaient pas à mettre en cause son inertie de la veille.

– J'aurais voulu les y voir, ces abrutis de journalistes, râla-t-il. Avec ces nuages noirs qui nous arrivaient sur le crâne, il était impossible de tenter quoi que ce soit.

– Vous êtes sûr, lieutenant ? demanda Raymond. Vous n'auriez pas pu descendre là-dedans et remonter aussitôt, en rapportant quand même un petit quelque chose ?

– Je n'en sais rien, ça n'est pas ma partie. C'était très risqué, voilà ce que j'ai compris. Et puis, on était à cent lieues de penser que tout, absolument tout serait emporté par la pluie. C'est fou, quand on y pense : le bonhomme est resté des années dans son trou, et le jour où on le retrouve, *pfuitt !* il disparaît à jamais. Comme s'il nous avait attendus juste le temps nécessaire pour nous signaler sa présence…

Raymond émit un petit rire.

– Les esprits sont parfois facétieux, lieutenant. Ils aiment bien jouer avec nos certitudes.

Jefferson Collins sourit à son tour et ne trouva rien à répondre. Un silence s'installa dans le bar de Howdy, seulement troublé par l'un des innombrables écrans publicitaires de la Fox. C'est Raymond qui reprit la parole.

– Pourquoi vouliez-vous me parler, lieutenant ? Pour convoquer un ou deux fantômes à notre table, j'imagine ?

– C'est un peu ça, oui. Il y a cinq ans, je n'ai pas suivi « l'affaire River Williams » de très près. Aujourd'hui, j'ai bien l'impression que c'est à mon tour de me casser le nez sur cette enquête. Alors j'ai besoin de tout reprendre depuis le début, et de ce que j'ai compris, ça commence avec la triste histoire de Heather Chesspook… Voilà le fantôme que j'aimerais connaître, Raymond.

Le porte-parole de la tribu ferma les yeux un instant.

Quand il les rouvrit, il se leva lentement, fit le tour du bar et s'en alla éteindre la télévision de Howdy. Sans presser le pas, sans un mot, il revint s'assoir sur la banquette. Puis il sortit de sa poche quelques lanières de cuir et des perles de tailles différentes, qu'il commença à assembler pour en faire un bracelet amérindien.

Au bout de quelques longues secondes, il se décida enfin à raconter l'histoire.

« Heather était une jolie petite fille. Un peu turbulente, toujours prête à faire les quatre cents coups, mais avec une vraie joie de vivre et une gentillesse de tous les instants. Elle vivait avec sa mère et son frère dans une maison modeste, juste à côté de la mienne. On était assez proches, tous les deux. Elle venait souvent chez moi pour me voler mes livres et repartir en riant. Mais elle ne faisait que les emprunter : elle finissait toujours par me les rendre, après les avoir lus. À chaque fois, elle prenait soin de griffonner un petit mot sur la page de garde, au crayon à papier, pour me dire ce qu'elle en avait pensé. "Celui-là, je l'ai beaucoup aimé", ou bien "celui-là m'a ennuyée", ou encore "dans celui-ci, le personnage principal, c'est un peu toi, non ?"

« Et puis la gamine a fini par grandir. Elle s'est transformée en une jolie jeune fille, avec ses magnifiques yeux bleus qu'elle avait hérités de sa mère. C'était un peu la star de la communauté, parce qu'elle faisait tout pour se mettre en valeur, à la manière des femmes de Salt Lake City. D'ailleurs, elle faisait toujours des pieds et des mains pour trouver quelqu'un qui puisse l'emmener à la capitale ; et quand elle arrivait à ses fins, on la voyait revenir en traînant les pieds, pas très heureuse de retrouver Fort Duchesne. À cette époque, elle ne venait plus chez moi pour me voler mes livres, évidemment. Les histoires, elle voulait les vivre, pas les lire. Le vieil imbécile que j'étais ne l'intéressait plus. J'essayais de la mettre en garde sur la cruauté de la vraie vie, alors ça ne lui plaisait pas, vous vous en doutez. On se croisait de temps en temps, mais on ne se parlait plus comme autrefois.

« À dix-sept ans, Heather a eu besoin d'argent, comme tous les jeunes de son âge. Il faut dire qu'il lui était de plus en plus coûteux de vouloir ressembler aux filles de la grande ville. Mais je dois avouer qu'elle s'est bien débrouillée, puisqu'elle a décroché un petit boulot saisonnier, pendant les vacances d'hiver. Elle était serveuse au Taco Bell, un fast-food de Salt Lake City. Ça n'avait rien de prestigieux, mais ça suffisait à son bonheur. Alors elle a quitté la réserve pour s'installer chez Sammy, son frère, qui de son côté avait trouvé un emploi dans un restaurant chic de la ville, le Bambara. Bref, tout semblait aller pour le mieux, cet hiver-là. C'était censé durer deux semaines, juste le temps pour Heather de se faire un peu d'argent de poche.

« Et puis, au bout d'une semaine, je l'ai vue revenir à Fort Duchesne, dans la maison de sa mère, pour ne plus en ressortir. Je l'apercevais de temps en temps, depuis le jardin. Elle avait le visage sombre, dur, fermé à double tour. Elle ne disait plus rien, s'enfuyait à chaque fois que j'essayais de l'approcher. La plupart du temps, elle restait enfermée chez elle. Il ne fallait pas être devin pour comprendre qu'il s'était passé quelque chose, là-bas. J'ai appelé Sammy, mais il n'a pas voulu m'en dire plus. Il m'a même raccroché au nez.

« J'ai laissé passer un peu de temps. Plusieurs semaines. Je voyais bien qu'elle était en train de changer. Son corps changeait. Son ventre s'arrondissait. Et puis un soir d'été, c'est elle qui est venue me voir. Elle a frappé à la porte et elle est entrée sans parler. Elle s'est installée dans mon salon sans rien dire. Elle ne pleurait pas, mais son visage exprimait une réelle détresse. Moi non plus, je ne savais pas quoi dire. Au bout d'un moment, j'ai pointé son ventre du doigt, et j'ai demandé si tout allait bien, si “il” ou “elle” grandissait bien. Elle a un peu souri et m’a dit que oui, son petit garçon grandissait bien, qu’il était même particulièrement en avance par rapport au nombre de semaines. Pour couper court à la suite de la discussion, elle a tout de suite ajouté qu’il n’avait pas de père, et qu’il n’en aurait jamais. C’est tout ce qu’elle a bien voulu me dire de ce qui s’était passé cet hiver-là, à Salt Lake City. Je n’ai pas voulu poser d’autres questions, je n’ai pas osé. »

– Elle n’a jamais évoqué cet homme de passage, venu de Los Angeles et reparti on ne sait où ? demanda Jefferson.

Raymond se contenta de faire non de la tête. Au même instant, deux clients entrèrent dans le bar, les premiers de cette fin d’après-midi. Les pantalons tachés et les souliers sales, ils venaient de quitter un chantier et s’installèrent, fourbus, de l’autre côté de la salle, près du juke-box. Howdy les suivit, prit leur commande et s’en alla rallumer la musique, histoire de préserver l’intimité de chacun.

Raymond reprit alors le cours de son histoire, presque en chuchotant.

« Les jours et les semaines qui ont suivi, je l’ai accompagnée comme j’ai pu. Elle ne pouvait pas vraiment compter sur sa mère qui, elle, comptait un peu trop sur la bouteille. Alors c’est moi qui ai conduit Heather à la maternité de Heber Valley et qui l’ai ramenée à Fort Duchesne, avec le petit River dans ses bras. J’ai joué au grand-père, et je dois avouer que ça m’a bien plu, à l’époque. J’ai poussé le landau plus souvent qu'à mon tour, j'ai donné le biberon, j'ai même changé les couches sales ! Oui, lieutenant, j'ai fait tout ça. Pour Heather. Pour qu'elle retrouve le sourire. J'ai aussi passé un savon à tous ceux qui regardaient le petit bizarrement, à cause de sa couleur de peau ; et puis à tous ceux qui s'étonnaient que le bébé n'ait pas de père, ou que sa mère soit si jeune. Je l'ai défendue comme j'ai pu, lieutenant. Mais j'ai échoué, il n'y a pas d'autre mot. Heather n'a pas pu supporter sa nouvelle condition. Et six mois après la naissance de River, elle… elle l'a confié à l'adoption. Sans m'en parler. »

Raymond Wahkara prononça ces derniers mots avec une voix cassée par l'émotion. Jefferson le regarda plonger dans ce qu'il restait de sa Budweiser. Il faudrait bientôt rappeler Howdy pour remplir les verres.

Le lieutenant sentit alors que c'était à lui de renouer le fil.

– Mais j'imagine que ça ne l'a pas soulagée pour autant, dit-il. Et ça l'a même rendue encore plus malheureuse qu'avant. C'est ça, la suite logique ?

– Évidemment, répondit Raymond avec une voix devenue rauque. Un an jour pour jour après avoir dit adieu à son bébé, Heather a raté un virage. On a conclu à un accident parce que c'était plus simple pour tout le monde. Je vous laisse vous faire votre propre opinion sur ce qui s'est réellement passé, lieutenant. C'est l'histoire la plus triste que j'aie à vous raconter…

Lorsque Jefferson sortit de la Hilltop Tavern, il avait encore le visage grave. Cette histoire l'avait touché plus qu'il ne l'aurait pensé. La douleur de Heather, la générosité vaine de Raymond, l'abandon de River… c'était effectivement d'une tristesse infinie.

Mickey vit bien que son aîné était un peu perturbé par cette longue entrevue avec le porte-parole des Utes.

– Ça va, lieutenant ? demanda-t-il. Il y a un problème ?

Jefferson ne répondit pas et continua à marcher droit devant lui.

– Venez avec moi, sergent Perkins. On va saluer un fantôme.

Tous deux traversèrent le parking un peu moins vide de la Howdy's Hilltop Tavern et longèrent la Highway 191, qui n'avait d'autoroute que le nom. Il y avait bien quatre voies, certes, mais elles étaient poussiéreuses et cernées par des buissons d'herbes folles. Cette *highway* n'était qu'une simple ligne droite tracée dans un univers aride.

Après dix minutes de marche, Jefferson et Mickey prirent un petit chemin sur la gauche et se retrouvèrent au cœur du cimetière indien. Le lieutenant Collins suivit tant bien que mal les indications données par Raymond Wahkara. Il se dirigea vers le grand arbre, tourna à droite après le drapeau américain, dépassa trois sépultures avant de s'arrêter devant un monticule de terre entouré de simples cailloux.

La tombe de Heather Chesspook était d'une simplicité étonnante, mais c'était l'une des plus colorées de tout le cimetière indien. Car elle était entièrement recouverte de fleurs, fraîchement coupées.

Mickey Perkins souligna l'évidence.

– On n'est pas les seuls à rendre hommage à un fantôme, dit-il.

Puis il s'agenouilla et observa longuement la photo de la jeune fille, dont les traits commençaient à s'évanouir avec le temps. Il parvint tout de même à percevoir sa grande beauté, sa peau dorée, ses longs cheveux bruns ; et ses yeux clairs, si rares parmi les Indiens de la région. Enfin, Mickey lut à voix haute l'épitaphe inscrite sur la plaquette de bois.

– Heather Chesspook. *No Flowers No Wedding Dress. That Night She Went Down To The River…* « Ni fleurs, ni robe de mariée. Cette nuit-là, elle est descendue vers le fleuve. » J'imagine que c'est une métaphore, mais je ne vois pas trop ce que ça veut dire.

– Ça fait sans doute référence à son statut de fille-mère… « Ni fleurs, ni robe de mariée ». Elle n'a pas eu droit à tout ça, la pauvre.

– Aujourd'hui, elle les a, les fleurs. Ils sont sans doute nombreux à la porter encore dans leur cœur.

– Même s'ils ne sont pas si nombreux, alors ils ont un cœur énorme.

– Et la suite de l'épitaphe, lieutenant ? « *That Night She Went Down To The River*... »

– Je ne sais pas. Accessoirement, ce sont les paroles un peu remaniées d'une chanson magnifique.

– Ah bon ? Vous êtes sûr ? Ça ne me dit rien…

– Vous êtes trop jeune pour la connaître, sergent. C'est un classique de Bruce Springsteen, sorti au tout début des années 80.

– Ah oui ? Et c'est quoi le titre ?

– « The River », tout simplement.

CHAPITRE 13

Kelly avait quitté le parc de Canyonlands avec soulagement. Elle n'en pouvait plus de ce trou perdu qui, certes, offrait à voir un panorama à couper le souffle, mais où l'on courait le risque de s'ennuyer à mourir. D'ailleurs, il y avait fort à parier que le bonhomme dans la crevasse était tout simplement mort d'ennui, avait-elle pensé en souriant bêtement, au moment de prendre place dans la camionnette de Jack.

Quatre heures plus tard, éreintés, ils arrivaient aux portes de Salt Lake City. Kelly se promit alors de ne plus accepter pareil reportage à l'avenir. Une telle expédition, si loin du monde civilisé, c'était bon pour les débutants prêts à avaler les kilomètres sans broncher, dans l'espoir de se faire remarquer par une hiérarchie reconnaissante envers les bons soldats. Kelly, elle, n'en était plus là. Parce qu'elle avait un statut à faire respecter, désormais ; et parce qu'elle avait fini par comprendre que la hiérarchie en question n'était que trop rarement reconnaissante envers les bons soldats, aussi valeureux fussent-ils.

Si Kelly avait accepté de partir séance tenante vers l'Utah, c'est avant tout parce que cette histoire lui appartenait. C'était elle qui, cinq ans plus tôt, avait révélé les origines de River Williams, sans se douter vraiment que ce scoop aurait de telles conséquences, de telles répercussions pendant des semaines et des semaines. Oui, c'était peut-être à cause d'elle qu'une superstar de la NBA s'était volatilisée. La coïncidence était telle qu'on ne pouvait dissocier les révélations de Kelly de la disparition de River : moins de quarante heures avaient séparé ces deux événements et le lien semblait tout trouvé.

Cette coïncidence avait d'ailleurs mis la journaliste dans une situation des plus délicates. À l'époque, on l'avait accusée d'être à la solde du Jazz, d'avoir sorti ces informations dans le seul but de déstabiliser la star de l'équipe adverse ; on l'avait sommée de révéler ses sources, ce qu'elle avait farouchement refusé au nom de la déontologie journalistique. Et puis, on l'avait aussi méprisée parce qu'elle avait touché à l'intime sans vergogne, se moquant des dégâts que cela pourrait causer. Kelly avait même reçu des menaces explicites, par courrier, au siège de la KUTV ou directement chez elle. Un fan des Celtics un peu éméché l'avait suivie dans la rue pendant quelques minutes en hurlant des insanités, avant de se faire rappeler à l'ordre par la police locale. Kelly avait commencé à avoir peur de sortir de chez elle ou d'apparaître en public, et s'était tout de même demandé si elle n'était pas allée trop loin dans sa quête de reconnaissance médiatique.

Mais cette peur s'était aussitôt évanouie après qu'elle eut reçu l'appel de la Fox News Channel. On lui proposait de venir faire un essai du côté de New York, on lui parlait de promesse d'embauche, de dimension nationale. Bref, tout ce dont elle avait rêvé. Après tout, s'était-elle dit, ça valait bien la peine de se faire harceler pendant quelques jours. Avec le temps, les critiques les plus acerbes seraient oubliées, alors que le contrat avec la Fox, lui, serait signé pour de bon.

Kelly devait donc beaucoup à cette histoire de basketteur orphelin. Voilà pourquoi elle n'aurait laissé personne reprendre le fil de cette enquête qui la ramenait chez elle, dans l'Utah. À Salt Lake City, la ville de son enfance, de son adolescence.

Salt Lake City, la ville où sa mère attendait de ses nouvelles depuis si longtemps.

Depuis que Kelly était apparue en direct du Mineral Bottom Canyon, son téléphone n'avait cessé de vibrer. Régulièrement, elle avait consulté l'écran pour prendre connaissance de ces appels en absence. C'était bien le numéro de Gloria, sa mère, qui s'affichait. Gloria avait laissé un premier message peu amène, reprochant à sa fille de ne pas l'avoir prévenue qu'elle revenait au pays. Puis il y avait eu un deuxième message un peu plus chaleureux, qui demandait s'il était possible de se rencontrer à un moment ou un autre, à l'aéroport ou ailleurs, pour se remémorer le bon vieux temps. Enfin, il y avait eu un troisième message, un peu aigri, évoquant Kelly-la-star-de-la-Fox, qui en oubliait sa pauvre mère. En tout, il y eut treize appels en absence, pour trois messages vocaux.

Depuis la camionnette de Jack, Kelly ne put faire autrement que de rappeler Gloria et lui donner rendez-vous devant la salle du Jazz pour une brève entrevue avant de reprendre le direct, juste avant le match du soir. La journaliste savait qu'elle se mettait en danger, qu'elle serait perturbée par ces quelques minutes passées avec celle qui n'avait jamais cru en ses capacités à devenir quelqu'un, et qui aujourd'hui devait se gargariser d'avoir une fille qui travaillait à la télévision. Heureusement, ce bon Jack McGee la rassura : « Ne t'inquiète pas, avait-il dit, je m'occupe du duplex, j'installe tout et je prends contact avec les jeunes randonneurs pour l'interview. Pas de souci. » Kelly l'avait chaleureusement remercié et s'était préparée à revoir Gloria Kaminski.

– Je suis si heureuse de te retrouver, ma petite Kelly, ça fait si longtemps… Mais tu as l'air fatiguée, tu as vu les cernes que tu as sous les yeux ? Tu as vraiment une sale tête, excuse-moi de le dire.

Ainsi était Gloria. Incapable d'être seulement chaleureuse et aimante, il fallait toujours qu'il y ait une petite pique derrière chacune de ses démonstrations d'affection.

– Je te remercie beaucoup, maman. Je savais que je pouvais compter sur toi pour m'encourager en toutes circonstances. Surtout à moins d'une heure du prochain direct.

– Oh, mais ne le prends pas mal, ma Kelly chérie. Je suis si fière de toi, aujourd'hui. Qui aurait dit à l'époque que tu deviendrais une star du petit écran ?

– Certainement pas toi, maman. Mais je suis loin d'être une star, je ne suis pour l'instant que l'une des journalistes de la Fox. Pas une tête d'affiche.

– Oh, mais ça viendra, j'en suis sûre. J'en parle souvent avec Felicity, ma voisine. Tu te souviens de Felicity Parker ? On te suit à la télévision, toutes les deux. Enfin, c'est surtout elle qui me raconte ce qu'elle voit. Parce que moi je n'ai pas trop le temps, tu comprends. Et puis, tu sais ce que je pense de la télévision : c'est bon pour les abrutis qui n'ont rien d'autre à faire de leur journée.

– Je te rappelle qu'il s'agit de mon métier, maman.

– Oui, oui, pour l'instant. Mais tu sais ce qu'on dit : le journalisme, ça mène à tout, à condition d'en sortir. Je te vois bien entrer en politique, tiens !

– Maman, je…

– Et où en es-tu sur le plan sentimental ? As-tu un fiancé à me présenter, enfin ? Un projet de maternité ? Ça n'est pas que j'ai hâte d'être grand-mère, mais tout de même, il serait temps que tu t'y mettes, tu vas bientôt avoir trente ans !

Cette dernière réflexion maternelle finit de convaincre Kelly qu'elle en avait assez fait pour renouer avec sa génitrice. Elle regarda sa montre, fit mine de s'alarmer, se leva, embrassa sa mère et la laissa plantée dans le café où elles s'étaient donné rendez-vous.

La comédie avait assez duré, Kelly Kaminski avait un direct à assurer.

***

Bruce Dawkins ouvrit la porte du vestiaire du Jazz avec appréhension. Il savait qu'à moins d'une heure du coup d'envoi du match, il saisirait aussitôt l'humeur de l'équipe. Il espérait y trouver la décontraction habituelle d'un groupe de jeunes loups prêts à faire fi de tous les pronostics, entre chambrages et blagues potaches, rires et cris de guerre collectifs.

Mais lorsqu'il entra dans cette pièce imprégnée de l'odeur du camphre, le coach sentit un autre parfum passer d'un casier à un autre : celui de la peur. Et c'est exactement ce qu'il avait redouté depuis l'après-midi, depuis que Mike DeAngelico lui avait annoncé qu'il ne serait pas à 100 % de ses capacités, qu'il était même proche d'un éventuel forfait. Dawkins savait l'influence du vétéran sur les gamins de l'effectif ; il avait une aura, un regard dur et déterminé qui les rassurait. Tout le monde avait envie de partir à la guerre à ses côtés. Sans lui, les jeunes loups ressemblaient à des chiots qui jouaient à la baballe : prêts à courir dans tous les sens, sans logique et sans but, effrayés pour un rien, hérissant le poil à la moindre contrariété.

Bruce traversa le vestiaire en frappant dans ses mains pour réveiller tout son petit monde : « Allez, allez les gars ! Je veux des gladiateurs sur le terrain ce soir ! Que vous soyez prêts à mourir les uns pour les autres ! Pas de quartier ! » La métaphore empruntée aux jeux du cirque n'eut pas l'effet escompté, et les regards de l'assistance se perdirent vers le sol carrelé. Agacé, le coach entra sans s'annoncer dans la pièce réservée aux soins médicaux. Mike DeAngelico était allongé là, sur le dos. Il grimaçait pendant que le kiné lui massait l'épaule avec une infinie délicatesse.

– Alors, Mike ? demanda Dawkins.

– Je pense que je vais pouvoir jouer, coach. Mais pas tout le match. Pas les 48 minutes, c'est sûr et certain. Ne me mettez pas dans le cinq majeur, je préfère sortir du banc et apporter à l'équipe quand elle sera en difficulté…

– Ça, c'est moi qui décide ! dit le coach avec cette voix fluette qui minimisait chacune de ses manifestations d'autorité. Moi je préfère te faire débuter, poursuivit Dawkins. C'est mieux pour le moral de l'équipe. Il faut montrer aux gamins que tu es là, avec eux. Dès le début.

– Comme vous voudrez, c'est vous le coach, répondit DeAngelico avant de grimacer à nouveau.

Bruce Dawkins traversa le vestiaire dans l'autre sens, toujours en tapant dans ses mains, en signe d'encouragement. Mais il n'entendit que quelques murmures en retour, ceux des chiots qu'il allait devoir houspiller pendant quatre quart-temps pour qu'ils se transforment en loups.

Une fois dans le couloir, il entendit d'autres voix, autrement plus vaillantes et belliqueuses. Ces exclamations provenaient du vestiaire des Lakers, à l'opposé. Ça beuglait, ça braillait tellement fort que la porte en tremblait sur ses gonds. On aurait dit une armée de Wisigoths prêts à conquérir Rome.

Et non, ça n'était pas très rassurant.

***

Jefferson s'assit en tribunes aux côtés de Mickey. Le gamin avait gagné, il était parvenu à convaincre le lieutenant de venir assister au match. Et puis, le hasard faisait bien les choses : Mickey avait deux tickets, l'un pour lui, et l'autre pour un vieux camarade du lycée qui, hélas, n'avait pu prendre son avion pour Salt Lake City, la faute à Rebekah. C'était donc écrit, Jefferson Collins assisterait à son tout premier match de basket NBA, et il ne pourrait pas refuser ; de toute façon, une demi-finale de la conférence Ouest entre le Jazz et les Lakers, ça ne se refusait pas.

Mais dans cette enceinte fermée, le lieutenant n'était pas à son aise. Il n'avait pas ses repères, lui qui était habitué aux stades ouverts et à l'ambiance de la NFL. Avec sa lourde veste en cuir, ses lunettes de soleil et sa casquette des Broncos de Denver, il avait tout faux. Mickey en rigolait encore lorsqu'il revint auprès de lui avec les hot-dogs et sodas réglementaires. Il l'aida à se débarrasser de la veste en cuir, car il fallait absolument qu'il se mette à l'unisson du public du Jazz : sur chacun des sièges, un tee-shirt violet avait été mis à la disposition des supporters, pour que toute la tribune soit de la même couleur et qu'elle encourage son équipe comme un seul homme. Il y a cinq ans, la franchise avait eu la même idée pour les matches à domicile contre les Celtics de Boston. Sauf que cette année, la couleur choisie était le violet, en hommage au maillot de la fin des années 1990, celui de l'âge d'or de la franchise, le *jersey* des Finales jouées par Stockton et Malone face aux Bulls de Chicago.

Lorsque Mickey lui tendit le tee-shirt, Jefferson refusa tout d'abord. Hors de question pour lui de suivre bêtement le troupeau. Puis il finit par accepter en bougonnant. Il ôta sa casquette, enfila le maillot violet par-dessus sa chemise de trappeur canadien et regarda Mickey, sceptique. Le sergent Perkins leva son pouce avec une mimique d'approbation qui ne suffit pas à convaincre le lieutenant du bon goût de l'affaire. Il se tourna sur sa droite et croisa le regard d'un gamin qui avait enfoui son avant-bras dans une main géante en mousse sur laquelle était inscrit « Go Jazz ! » Le môme toisa Jefferson de haut en bas et lui fit un clin d'œil qui validait l'ensemble.

Ouf. La partie pouvait commencer.

***

À quelques centaines de mètres de là, juste à l'extérieur de l'Arena, Kelly finit par rejoindre Jack McGee. Comme promis, il avait déjà tout installé : la caméra était calée sur son pied, tout comme l'éclairage, destiné à compenser la baisse de luminosité du jour finissant. Enfin, les tests de transmissions avaient été validés par la régie new-yorkaise de la Fox. Tout était prêt, restait à régler les derniers détails de l'interview.

– C'est bon ? demanda Kelly. Tu as pu contacter les jeunes randonneurs ?

– Oui. Viens, je vais te les présenter.

– Merci pour ton aide, Jack. J'apprécie que tu aies pu organiser tout ça en mon absence.

– Pas de souci, Kelly. En revanche, il y a une bonne et une mauvaise nouvelle.

– Je déteste quand on me présente les choses de cette manière. Que se passe-t-il, Jack ?

– Eh bien, le randonneur qui a retrouvé le corps me dit qu'il a récupéré sur place un indice assez intéressant qu'il n'a pas encore remis aux enquêteurs. C'est donc la bonne nouvelle : il nous offre une sorte de scoop. La mauvaise nouvelle, c'est qu'il ne l'offre pas vraiment. Il demande 500 dollars pour en parler à l'antenne.

« Ah », fit Kelly en fronçant les sourcils. Ils rejoignirent le petit groupe de *backpackers* qui attendait un peu plus loin, près du symbole du Jazz, sur l'esplanade de l'Arena. Ils étaient là tous les cinq : Justin, Tracy, Gordon, Wayne et Jennifer. On fit rapidement les présentations avant de passer aux choses sérieuses. C'est Justin qui parlerait pour les autres, c'est lui qui répondrait aux questions de Kelly.

– C'est quoi cet indice que vous n'avez pas remis aux enquêteurs ? demanda la journaliste.

– Je préfère vous en parler pendant le direct, madame Kaminski. Je protège mon information, vous comprenez.

– Mais comment je peux savoir si elle vaut quelque chose, cette information ? Si elle vaut vraiment les 500 dollars que vous demandez ?

– Faites-moi confiance, madame. C'est du lourd. Du très lourd.

Après un temps de réflexion, Kelly prit son téléphone et se mit à l'écart. Elle appela Garrett Akron à New York, pour avoir son sentiment sur cette drôle de requête. Le responsable de production de la Fox commença par insulter le randonneur qui avait l'impudence de monnayer un scoop. Puis il se ravisa, estima que 500 dollars, ça n'était pas la mer à boire pour une chaîne de cette dimension, et donna son feu vert. C'est Kelly qui avancerait la somme, on se débrouillerait plus tard pour les modalités de remboursement.

La journaliste raccrocha et serra le poing. Il était dit qu'à chaque fois qu'elle serait en direct depuis l'esplanade du Jazz, elle aurait un scoop à délivrer.

***

L'Arena grondait de plaisir. Ce jour serait celui de la reconquête, sans le moindre doute. Le jour où l'équipe de l'Utah retrouverait sa gloire passée, le jour où elle effacerait le doute et la suspicion qui avaient entaché le premier titre de la franchise.

Le match fut lancé avec toutes les promesses nées de la précédente opposition, de cette victoire à Los Angeles qui avait estomaqué le monde de la NBA. Les équipes étaient les mêmes au coup d'envoi. Le cinq majeur du Jazz était toujours composé d'une bande de jeunes ambitieux, menés par un vieux briscard qui avait connu les campagnes victorieuses des années passées : Mike DeAngelico bravait la douleur et tenait son rang, pour le plus grand bonheur de son coach. En face, l'équipe des Lakers était parfaitement équilibrée, l'une des plus compétitives du moment : le meneur était le meilleur passeur de la saison, l'arrière shooteur avait le meilleur pourcentage à 3 points, le pivot était le défenseur le plus dissuasif des *big men* de la ligue. Bref, cette addition de talents avait logiquement toutes les faveurs des pronostics. Il avait fallu une rage de tous les instants pour la renverser au match 2, sur son propre terrain.

Les premières minutes de ce match 3 furent âprement disputées, comme prévu. Les deux équipes se rendaient coup pour coup, couraient d'un côté à l'autre du terrain sans prendre le temps de construire quoi que ce soit. C'était le *run and gun* pour les uns, la pénétration en jouant des coudes pour les autres. Ici, il était question de marquer son territoire, de se poser en patron, de montrer ses muscles pour intimider l'adversaire, et tant pis si les pourcentages d'efficacité étaient déplorables. On verrait plus tard pour régler la mire ; il fallait privilégier le combat physique.

Du haut de sa tribune, Mickey Perkins hurlait comme un damné, au diapason de la férocité déversée sur le parquet. Il ne tenait plus en place, se levait sans cesse, huait les Lakers quand ils avaient le ballon, murmurait une vague prière lorsqu'un joueur du Jazz tentait un shoot en déséquilibre, lorsque le ballon rebondissait sur le cercle, comme au ralenti, avant de se décider à rentrer. À ses côtés, le lieutenant Collins se surprit à s'enthousiasmer pour ce jeu qu'il pensait inintéressant puisque circonscrit à un tout petit périmètre. Lui qui n'aimait rien tant qu'une passe de *quarterback* ou un *touchdown* à la course était estomaqué par l'intensité qui se dégageait de ces premières minutes. Il ne se levait pas de son siège, contrairement à Mickey, mais il se crispait sur chaque action, offensive ou défensive, comme si c'était lui qui produisait l'effort. Lorsqu'un joueur du Jazz rentrait un shoot à longue distance avec élégance, ou claquait un gros dunk avec brutalité, Jefferson laissait échapper un « Wohoooo » qui ne voulait rien dire et tout dire à la fois. Puis il se retournait vers Mickey et éclatait de rire, tout étonné de se prendre au jeu.

Mais à la fin du premier quart-temps, la ferveur de l'Arena commença à retomber. Sur le terrain, l'intensité faiblissait à mesure que les Lakers prenaient l'ascendant sur le Jazz. Les hommes de Bruce Dawkins avaient moins de talent que leurs adversaires, c'était une évidence ; s'ils mettaient ne serait-ce qu'un tout petit peu moins d'énergie dans chacune de leurs actions, alors cette évidence devenait plus criante encore. Et c'est bien ce qu'il se produisit, dans cette enceinte qui, lentement, était en train de comprendre.

Le Jazz s'étiolait, à l'image d'un Mike DeAngelico dont l'influence se réduisait comme peau de chagrin. Celui qui était censé être l'âme de l'équipe semblait avoir perdu la foi ; celui qui était censé être son principal moteur se mettait à avoir des ratés. Il grimaçait sur ses tentatives de shoot, manquées pour la plupart, il grimaçait sur chacune de ses passes, qui ne parvenaient pas à créer de brèches dans la défense adverse. Avant même la fin du quart-temps, le coach du Jazz se décida à le sortir du terrain, pour qu'il n'entraîne plus l'équipe vers le fond comme un poids mort. La tête basse, DeAngelico rejoignit le banc sous le regard inquiet des milliers de supporters venus pour l'acclamer. Le kiné accourut aussitôt pour placer une poche de glace sur son épaule douloureuse, trahissant ainsi la réalité de sa condition : désormais, chacun savait qu'il était touché physiquement.

Et c'était une sacrée mauvaise nouvelle.

DeAngelico réapparut quelques minutes pendant le deuxième quart-temps, pour un rendement tout aussi catastrophique. Il ne pouvait pas, il ne pouvait plus jouer au basket dans cet état. Il était inutile de s'acharner, et Bruce Dawkins le rappela sur le banc, pour de bon cette fois. DeAngelico refusa néanmoins d'aller se faire soigner au vestiaire ; il voulait rester auprès de l'équipe. Malgré ce soutien grimaçant, le Jazz finit par prendre l'eau. À la mi-temps, il était mené de vingt-deux points par les Lakers.

Dans la salle, l'ambiance s'était réduite à un simple murmure, et Mickey cessa de se lever pour encourager ses couleurs. Il se retourna, l'air contrit, vers Jefferson. Mais le lieutenant ne regardait plus le match. Il avait les yeux rivés sur son téléphone portable.

Sur l'écran de son smartphone, il était en train de découvrir une information exclusive, révélée par Fox News, relayée aussitôt par les réseaux sociaux. Il faillit s'en étrangler.

– Ça va, lieutenant ? demanda Mickey. Vous avez l'air contrarié. Ce sont les stats de DeAngelico que vous êtes en train de consulter ou quoi ?

– Non, sergent. C'est juste que je déteste quand on me cache des informations et quand je me retrouve à les apprendre dans les médias. Ça me met hors de moi.

***

Une heure plus tôt, Kelly Kaminski avait pris l'antenne sur le parvis de l'Arena. Derrière elle, on entendait la salle gronder ; c'était le début du match, et l'espoir était encore de mise pour les supporters du Jazz.

Jack McGee avait peaufiné sa petite mise en scène. Il s'était dit qu'il commencerait en gros plan sur la journaliste avant de dézoomer pour découvrir son invité : Justin, le jeune randonneur. Aux côtés de Kelly, Justin était raide comme un piquet, plus intimidé qu'on ne l'aurait imaginé. C'était la première fois qu'il passait à la télévision, et il voulait absolument faire bonne impression. Il pensait à tous ses potes, là-bas, à San Diego, qui n'en reviendraient pas de le voir à l'antenne ; il réfléchissait surtout aux mots qu'il allait choisir pour essayer de faire comprendre à la journaliste que s'il avait caché un indice à la police, c'était par simple négligence.

Après de longues minutes d'attente, le doigt sur l'oreillette, Kelly avait été lancée par les studios new-yorkais de la Fox. Elle avait alors introduit son propos, en revenant brièvement sur la découverte du squelette et sa disparition soudaine, puis elle s'était tournée vers son invité, l'avait présenté avant de lui demander de raconter ce qu'il avait vu dans la crevasse. Justin avait un peu balbutié au début, puis il avait rapidement retrouvé sa verve habituelle, celle du sale gosse qui adore se faire mousser en société. Il avait commencé par détailler sa descente héroïque avant d'être interrompu par Kelly qui souhaitait surtout qu'il lui parle de sa trouvaille. Alors Justin avait enfin décrit ce qu'il avait vu sur le promontoire rocheux, ce corps réduit à l'état de squelette, la position étrange de ses membres, l'impression d'une mort pas forcément naturelle, et puis ces baskets aux couleurs des Celtics.

– Vous avez d'ailleurs remonté l'une de ces chaussures de sport à la surface, avait précisé Kelly.

– Oui, bien sûr, c'était un indice que je souhaitais fournir aux services de police, avait menti Justin. Je pensais que ça pourrait faire avancer l'enquête, parce qu'une basket de cette taille-là, et avec un tel logo, c'était forcément troublant, vous comprenez.

– Et vous me disiez hors antenne que vous aviez également rapporté un autre indice de votre petite expédition. Un indice que vous n'avez pas remis à la police, cette fois ?

– C'est-à-dire que, euh… Enfin, oui, j'ai retrouvé quelque chose sur le corps du géant, je l'ai mis dans ma poche en me disant que ça n'était pas très important et j'ai complètement oublié de le donner aux enquêteurs. Pour moi, l'histoire de la chaussure de taille 53, c'était ça, le plus important.

– Vous avez donc fouillé dans les poches du cadavre ?

– Eh bien oui, pour essayer de savoir à qui j'avais affaire. Mais il n'avait pas de portefeuille, ou quoi que ce soit qui permette de l'identifier.

– Qu'avez-vous trouvé, alors ?

– Eh bien… C'était dans une enveloppe, voyez-vous. C'est pour ça que c'était relativement bien conservé. C'était dans sa poche de pantalon. Tenez, je vous le montre.

Justin avait alors sorti un petit sac transparent, sur lequel Jack avait aussitôt zoomé. Sous le plastique, un petit document rectangulaire et coloré était apparu à l'antenne.

– C'est un billet, avait dit Justin avec gravité. Pour un match de basket. Mais pas n'importe lequel : pour le match 6 des Finales NBA d'il y a cinq ans, entre le Jazz et les Celtics !

– Le soir où River Williams a disparu…

– C'est ça. Avec le temps, on ne voit plus grand-chose sur ce billet, mais j'ai réussi à déchiffrer l'essentiel, c'est-à-dire la date et l'affiche du match : *Utah Jazz vs Boston Celtics*. Je me suis dit que ça me ferait un super souvenir, c'est aussi pour ça que je l'ai mis dans ma poche et que… j'ai « oublié » d'en parler aux enquêteurs.

De l'autre côté de la caméra, les camarades de Justin l'avaient regardé avec colère et incompréhension.

Le sale gosse avait dépassé les bornes et il l'avouait avec ingénuité, sans se douter qu'il pourrait y avoir des conséquences. Son inconscience était décidément épuisante.

– Voilà qui semble confirmer l'hypothèse qu'il s'agissait bien du corps de River Williams, dans cette crevasse… Et ce sont les seules informations que vous avez trouvées sur ce billet ? reprit Kelly.

– Sur le billet, oui. Mais au dos de l'enveloppe, il y avait un mot écrit au stylo-bille. Il était presque effacé. Je ne m'en suis rendu compte que ce matin, je ne l'avais pas remarqué jusqu'ici.

Justin montra l'enveloppe à la caméra, en pointant du doigt un petit gribouillis presque illisible.

– Vous voyez, c'est là, tout en bas. On ne voit pas bien, mais le mot qui est inscrit, je suis à peu près sûr qu'il s'agit de… « Poppington ». Au début, je croyais que c'était ce mot d'argot qui veut dire « formidable », « incroyable » ou « extraordinaire ». Mais j'ai vu qu'il y avait une majuscule ; et puis je crois qu'il y a une autre lettre devant, comme un G majuscule. Alors je me suis dit qu'en fait, ça pourrait être un nom : un certain G. Poppington. Et c'est là que j'ai compris qu'il fallait vraiment que j'en parle à la police.

En entendant les mots prononcés par Justin, Kelly Kaminski s'était raidie.

Poppington. Ce nom-là, elle le connaissait.

CHAPITRE 14

La télévision était muette, désormais. Mais elle continuait d'éclairer la pièce d'une lumière blafarde et mouvante. Sans le son, les images des journaux d'actualité semblaient encore plus anxiogènes, soulignées par les bandeaux alarmants de la Fox, jamais avare en *Breaking News* de tous genres.

L'autre source lumineuse provenait d'une ampoule faiblarde vissée sous un abat-jour élimé ; c'était une lampe posée sur le bureau, entre des piles de documents au classement aléatoire. Par la fenêtre, les réverbères éclairaient les derniers mètres de cette petite rue qui menait à une impasse. C'est ici qu'il avait souhaité s'installer, il y a quelques années, en plein cœur de Salt Lake City. L'immeuble de Cactus Street n'était certes pas très reluisant, et les vingt mètres carrés de son bureau étaient devenus un peu étroits avec le temps, mais ils suffisaient bien à son activité. L'important était d'avoir une adresse en centre-ville. Ça rassurait le client, se disait-il.

Dans cette semi-pénombre, il s'activait, transpirait. Il paniquait. Il se disait qu'il fallait qu'il rassemble tous les papiers qu'il pouvait, pour les fourrer dans une mallette forcément trop petite. Parmi ces documents, il y avait ceux qui concernaient directement l'affaire, bien sûr. Les fiches de renseignement, les notes diverses établies pendant le processus, l'accord signé par les deux parties, sans que chacune ait connaissance de l'autre. Il n'était pas censé avoir ces documents en sa possession, ils auraient dû être conservés depuis des années dans les archives verrouillées de la Utah Foster Care. Il les avait gardés parce qu'il se disait qu'ils auraient forcément de la valeur à un moment ou à un autre.

Puis il avait bourré la mallette avec d'autres documents, qui n'avaient rien à voir avec ce dont on pourrait l'accuser mais qui concernaient son activité du moment. Mieux valait préserver la discrétion de sa clientèle, au cas où. C'est qu'il avait le sens de la déontologie, tout de même. Enfin non, pas vraiment. Ou alors pas tout le temps. Il suffisait qu'on tombe sur un dossier mal ficelé, bouclé avec des méthodes pas tout à fait réglementaires, pour que son cas s'aggrave et que les accusations fassent boule de neige.

Il s'arrêta tout à coup d'entasser tout et n'importe quoi dans cette mallette. Après tout, qu'avait-il à se reprocher dans cette histoire, celle qui faisait à nouveau l'actualité ? Rien. Strictement rien. Il n'avait rien fait qui puisse le conduire au poste de police. Enfin, il n'en avait pas l'impression. Il réfléchissait. Il essayait de se rappeler les quelques épisodes de cette affaire absurde. C'était il y a cinq ans et ça faisait un bon bout de temps qu'il n'y avait plus repensé. Dans son souvenir, il avait été réglo d'un bout à l'autre. Sauf, peut-être, quand il était allé voir la petite journaliste, à la demande de l'autre fou furieux. Ça, ok. Ça n'était pas joli joli. Pas très déontologique. Mais par la suite, franchement, il n'y avait pas eu de quoi fouetter un chat. Et si ça avait dégénéré, si ça avait fini par prendre de telles proportions, ça n'était pas de sa faute, après tout.

Alors pourquoi s'enfuir maintenant ? C'était irrationnel, voire complètement stupide. Mais c'était la seule option qui lui semblait valable dans l'instant : faire comme s'il était parti en voyage d'affaires, ou en voyage tout court, et se faire oublier le temps que tout se tasse. Car s'il restait en ville, on allait lui tomber dessus à bras raccourcis, c'était sûr et certain. On allait le harceler. On parlerait de lui à tous les coins de rue, on le montrerait du doigt avec dégoût. Ce serait une très mauvaise publicité qui pourrait avoir des conséquences catastrophiques sur sa petite entreprise.

Depuis que la télévision avait craché son venin, le téléphone n'avait pas arrêté de sonner. Il n'avait pas osé répondre. Il avait préféré débrancher cet engin de malheur, pour l'empêcher de brailler toutes les cinq minutes. Il avait mis son portable en mode avion.

Il fallait qu'il disparaisse. Qu'il fasse le mort.

Il n'arrêtait pas de transpirer. Son surpoids n'était pas idéal pour ses problèmes de sudation. Son stress non plus. Avec ces gigantesques auréoles sous les bras, il aurait été préférable qu'il change de chemise. Mais il n'en avait ni le temps, ni l'envie. Le sac qu'il avait balancé dans le coffre de sa vieille Chevrolet Impala contenait à peine de quoi tenir une semaine avant la prochaine lessive : un pantalon supplémentaire, trois tee-shirts et deux chemises, une poignée de caleçons et autant de chaussettes, c'était bien peu pour ce grand gaillard de plus de cent dix kilos qui ne s'habillait qu'en taille XXL. Mais c'est tout ce qu'il avait pu réunir dans l'urgence. Alors tant pis si, les heures passant, il commencerait à dégager une odeur suspecte. Dans la Chevrolet, il serait le seul à la sentir, cette odeur ; elle ne l'incommoderait pas le moins du monde.

Il se passa la main sur le front, épongea ce qu'il pouvait d'un revers de manche, et desserra son nœud de cravate. Puis il s'empara de la mallette et de son veston avant de fermer la porte à double tour.

En s'éloignant, il jeta un dernier coup d'œil à la plaque en laiton qui, jusqu'ici, faisait sa fierté. Le symbole d'une reconversion réussie en tous points. Enfin, presque.

En arabesques élégantes, on pouvait y lire :

Greg Poppington
Private Investigations

***

L'Arena du Jazz s'était tue, défaite. Voilà un bon moment qu'elle ne croyait plus à la possibilité d'un miracle. Lorsqu'avait débuté le dernier quart-temps, les Lakers menaient déjà de près de trente points. C'était considérable. C'était insurmontable. Plus personne n'osait imaginer un retour des hommes de Bruce Dawkins, parce qu'ils n'en avaient pas les moyens, parce qu'ils étaient dominés dans tous les compartiments du jeu. Mike DeAngelico n'était jamais revenu sur le parquet et s'était contenté d'encourager mollement ses jeunes camarades depuis le banc de touche. Sans lui, la différence de niveau était plus que criante, on aurait dit une opposition entre des hommes et des enfants. Dawkins s'était époumoné tant qu'il pouvait, pour essayer de pousser les gamins, mais il avait fini par se résigner à son tour.

Le dernier quart-temps du match passa sans qu'on s'en aperçoive vraiment. Il n'y avait plus aucun enjeu, plus aucune envie. On était entré alors dans le *garbage time*, ce temps de jeu à mettre à la poubelle ; ces minutes pour rien où les entraîneurs, estimant que le résultat était acquis, faisaient sortir leurs principaux joueurs pour lancer les derniers des remplaçants. Dans les tribunes, les fans du Jazz comprirent qu'il était désormais inutile de s'infliger un tel supplice et commencèrent à quitter la salle ; quitte à passer une mauvaise soirée, autant éviter les bouchons de fin de match. C'est donc devant une Arena à moitié vide que cette partie se conclut sur le score humiliant de 142 à 94. Près de cinquante points d'écart et une terrible sensation de malaise : la suite serait du même tonneau, c'était une évidence. Encore deux matches et le Jazz sortirait par la petite porte, éliminé au stade des demi-finales de conférence par des Lakers d'un tout autre standing.

Longtemps après la fin de la rencontre, alors que la salle s'était totalement vidée, Bruce Dawkins revint sur le parquet. Seul. Les mains dans les poches et la cravate dénouée. Il regarda ces tribunes qui avaient longtemps vibré, grondé, jusqu'à ce qu'il n'y ait plus aucune raison de vibrer ou de gronder. Il observa les deux paniers, de chaque côté du terrain, qui s'étaient si souvent refusés à ses joueurs. Pour la première fois depuis des semaines, il se sentait impuissant. Il avait l'impression de ne plus rien maîtriser. Un peu comme son prédécesseur, Donovan Fitzcarter, il y a cinq ans.

Mais cette fois-ci, il n'y avait pas de miracle à attendre. Et les rêves de grandeur du coach Dawkins allaient se fracasser dans moins d'une semaine, au Staples Center de Los Angeles.

***

Greg Poppington roulait à vive allure. Il n'avait pourtant aucune raison valable d'aller aussi vite :

personne ne le suivait, personne ne l'empêcherait de passer la frontière avec le Nevada. Il avait réagi tellement vite après avoir entendu son nom à la télévision qu'il n'y avait aucune chance pour qu'on l'ait repéré en train de sortir de son bureau, avec une mallette pleine de documents.

Enfin, à la réflexion, si : il avait perdu du temps. Parce que la Chevrolet Impala avait refusé de démarrer. Pourtant cette vieille carne ne lui avait jamais fait faux bond, elle avait traversé la ville des milliers de fois, avait cent fois traversé l'Utah, s'était rendue dans tous les États voisins, au Wyoming, dans le Colorado, en Arizona. Mais là, au moment où il avait besoin de décamper au plus vite, elle avait fait des siennes. Un problème avec l'allumage ou un truc comme ça. Greg Poppington n'y connaissait rien, de toute façon. Alors il avait pompé comme un abruti sur la pédale d'accélération et avait failli noyer le moteur.

Le temps de paniquer plus que de raison, de tremper un peu plus sa chemise, et la Chevrolet avait tout de même daigné démarrer dans un vrombissement aussi puissant que déchirant. Mais pas vraiment discret. Le détective privé avait tassé son quintal sur le siège en skaï, avait attendu de voir si des lumières s'allumaient aux fenêtres, puis s'était doucement engagé dans Cactus Street, tous feux éteints. Il avait pris à gauche sur University Boulevard avant de commencer à réaccélérer.

Lorsqu'il avait rejoint les six voies de la Lincoln Highway, il avait mis le pied au plancher.

Direction le Nevada. Et Las Vegas, après sept heures de route, si la Chevrolet ne le lâchait pas avant d'arriver à destination. Il avait là-bas un ami fidèle, un ancien collègue digne de confiance, qui pourrait l'héberger pendant un moment, le temps de trouver une solution un peu plus durable.

Pour rejoindre Vegas, Poppington ne choisit pas le chemin le plus court, celui qui l'aurait fait descendre presque tout l'Utah vers le sud-ouest. Il préféra rallonger son temps de parcours et changer d'État au plus vite. En optant pour l'Interstate 80, il fila tout droit vers l'ouest pour s'assurer d'être au Nevada en moins de deux heures. Il se disait qu'une fois de l'autre côté de la frontière, il pourrait profiter des pesanteurs de l'administration fédérale pour éviter d'être poursuivi ; on n'allait pas faire appel au FBI pour si peu. Ainsi, il passa devant l'aéroport international, longea l'immense étendue d'eau du Great Salt Lake, et se dirigea vers la zone la plus inhospitalière de la région : le désert de sel du Bonneville Salt Flats, cette plaine de 260 kilomètres carrés recouverte de chlorure de sodium, dernier vestige d'une mer intérieure évaporée depuis des milliers d'années. L'Interstate 80 la traversait de part en part, comme une autoroute tracée sur la lune.

En pleine nuit, il était néanmoins difficile de se rendre compte de l'étrangeté de ce paysage d'une platitude absolue, à la blancheur aveuglante en plein soleil. Les phares de la vieille bagnole n'éclairaient rien de plus qu'un double ruban de bitume à la rectitude parfaite. Greg Poppington avait l'impression d'être seul au monde, au bout du monde. Et ça lui allait très bien. Le moteur de la Chevrolet Impala ronronnait comme autrefois, sans soubresaut. Certes, il n'allait pas pouvoir battre le record du monde de vitesse établi non loin de là, sur le Bonneville Speedway, cette piste dessinée sur le sel, mais il allait atteindre le Nevada en moins de deux heures, et c'était bien là l'essentiel.

Il commençait enfin à se relâcher. Sa chemise avait séché, laissant ici et là les traces d'un autre sel, celui de sa transpiration. Il alluma l'autoradio, tomba sur une station locale où des journalistes sportifs analysaient la débâcle du Jazz avec le ton dramatique des correspondants de guerre assistant à la chute d'un régime. L'heure était grave à Salt Lake City, et Greg Poppington en sourit sans savoir réellement pourquoi. Ça ferait les pieds à l'autre fou furieux, s'était-il dit. Après avoir écouté cinq minutes de ce débrief larmoyant et courroucé, il changea de station et opta pour une radio musicale.

Puis il se rendit compte que deux véhicules le suivaient désormais, et semblaient se rapprocher inexorablement. Pourtant, au compteur de l'Impala, il flirtait allègrement avec les 100 miles à l'heure ; c'est dire si ces véhicules allaient particulièrement vite. Leurs phares puissants commençaient à éclairer le désert salé tout autour de la Chevrolet, révélant cette étendue immaculée qui s'était humectée depuis le passage de la tempête Rebekah. Mais Poppington ne prit pas la peine d'admirer ce paysage fantomatique. La sueur réapparut sur son front, tout comme les auréoles sur sa chemise.

Il n'avait sans doute aucune raison de s'inquiéter : il n'était pas censé être absolument seul sur cette autoroute, même si l'heure était tardive. Tout était normal. Il essaya de se raisonner, de respirer par le ventre, comme le lui avait appris cette sophrologue dont il était secrètement amoureux. L'autoradio serinait un air country des plus rassurants, puisqu'il lui rappelait son enfance texane. Tout allait bien. Dans moins d'une heure désormais, il serait au Nevada ; dans moins de six heures, il serait à Las Vegas, planqué chez son pote. Et on pourrait toujours courir pour l'en déloger, il n'en bougerait pas tant qu'on ne lui ficherait pas la paix dans les médias. Là-bas, espérait-il, on ne viendrait plus lui rappeler cette histoire qui semblait lui coller à la peau comme un sparadrap indésirable. Il referait sa vie une troisième fois, changerait de nom si besoin. À Vegas, tout était possible. Mais qu'on ne lui parle plus de River Williams et de son père.

Les deux véhicules, pleins phares, s'étaient rapprochés de la Chevrolet. Dans son rétroviseur, Poppington était aveuglé. Il ne pouvait pas voir de quels types d'automobiles il s'agissait, mais elles étaient assurément imposantes. Des 4 × 4 très hauts et très puissants, des monstres de la route, se dit-il.

L'un des deux poursuivants commença à le doubler. En une accélération prodigieuse, il se retrouva à la hauteur de la Chevrolet. Poppington jeta un œil par la vitre latérale mais ne put rien voir des occupants du 4 × 4, cachés derrière un verre teinté. Instinctivement, il accéléra encore, bien que sa vieille monture soit à peu près au maximum de ses capacités. Le monstre de la route accéléra à son tour et le doubla sans peine, se rabattant devant lui avec autorité.

Poppington se retrouvait désormais intercalé entre ces deux véhicules mystérieux, qui le serraient de près. À plus de 110 miles à l'heure au milieu du désert, cette procession tenait de la folie. C'était désormais sûr et certain : les intentions de ses poursuivants étaient hostiles.

À bord de la Chevrolet, l'autoradio continuait à chantonner paresseusement des airs de country, offrant un contraste pathétique avec l'urgence de la situation.

Mais que voulaient ces deux véhicules ? Pourquoi ne se contentaient-ils pas de l'humilier en le laissant sur place ?

Le premier des 4 × 4 commença à freiner, obligeant Poppington à faire de même. Derrière lui, l'autre 4 × 4 ralentissait à peine et semblait vouloir se coller à son pare-chocs. Le détective privé comprit alors qu'ils souhaitaient qu'il s'arrête ici, au beau milieu du désert, sur une autoroute qu'on ne fréquentait plus à cette heure de la nuit.

Terrifié, Poppington se dit qu'il fallait à tout prix qu'il échappe à ses poursuivants, au risque de finir ses jours avec une balle dans la tempe, affalé sur ses sièges en skaï. Sans vraiment réfléchir, il tourna son volant d'un coup sec. La Chevrolet quitta l'Interstate 80 et se lança dans la plaine de sel, en direction de nulle part.

Pendant quelques secondes chaotiques, la vieille voiture enchaîna les dérapages plus ou moins contrôlés, avant de retrouver un peu de stabilité sur cette croûte salée qui avait l'avantage d'être plate comme un lac gelé.

Poppington jeta un coup d'œil dans ses rétroviseurs et constata avec horreur que ses poursuivants l'avaient imité. Leurs phares éclairaient désormais les gerbes blanches projetées dans le sillage de la Chevrolet. Debout sur la pédale d'accélération, il hurla pour chasser sa peur et pousser sa monture à se dépasser. Mais le rapport de forces lui était clairement défavorable : avec leurs pneus imposants et leur moteurs surpuissants, les 4 × 4 semblaient voler sur le lac salé.

Ici et là, quelques flaques d'eau témoignaient du récent passage de Rebekah. Poppington les découvrait au dernier moment dans la lueur fatiguée de ses phares et donnait des coups de volant pour les éviter. Les 4 × 4 en profitèrent pour se rapprocher encore et le doubler chacun de son côté. Ils l'encadraient désormais, dans une course furieuse dont l'issue ne pouvait être que fatale.

Poppington regarda à droite, à gauche, puis encore à droite et à gauche, sans apercevoir quoi que ce soit de ses poursuivants.

Il oublia juste de regarder devant lui pendant ces quelques secondes.

Et il propulsa la Chevrolet sur le seul poteau indicateur à des kilomètres à la ronde.

La vieille carne s'écrasa sur le petit ouvrage de béton qui indiquait le départ du Bonneville Salt Flats International Speedway, la piste de vitesse tracée en plein désert.

CINQUIÈME PARTIE

Kelly vs Jefferson

CHAPITRE 15

– Alors comme ça, vous venez tout juste d'apprendre qu'il s'agissait d'un détective privé ? s'étonna Jefferson. Pour quelqu'un qui balance des scoops sans scrupule et sans réelle vérification, je pensais que vous seriez mieux informée que ça…

Kelly Kaminski se renfrogna. Elle n'aimait pas du tout la manière dont ce policier lui parlait. Le bonhomme était certes agacé d'avoir été devancé sur cette histoire de billet au nom de Poppington, mais ça n'était pas une raison pour l'agresser de cette manière. À la réflexion, elle n'était même pas obligée de lui répondre : un journaliste n'a pas de comptes à rendre à un représentant de la police, quel qu'il soit. Si elle avait accepté cette entrevue avec le lieutenant Collins, c'est parce qu'elle espérait avoir des informations en retour, dans un échange de bons procédés. Point final.

Kelly avait également accepté parce que ça n'était pas ce Collins, mais bien son adjoint qui était venu la trouver à son hôtel. Et, de prime abord, le sergent

Perkins s'était montré autrement plus sympathique. Avec un large sourire et son look de jeune premier, il avait su trouver les mots pour la convaincre de partager ce qu'elle savait de l'affaire. Il l'avait embobinée, voilà tout. Elle avait compris un peu tard que ces deux-là jouaient la partition du *good cop, bad cop* à la perfection, et qu'elle en avait fait les frais. Elle s'était retrouvée assise sur une banquette du Little America Coffee Shop, sur Main Street, face à un petit bonhomme tout sec, avec des yeux d'un bleu perçant et un crâne plus que dégarni. Une sorte de Ed Harris, en plus rustre.

Le jeune premier, lui, se tenait en retrait et laissait son aîné mener l'interrogatoire. Car c'était bien de cela qu'il s'agissait, même si la jeune femme n'avait évidemment rien à se reprocher.

– Si ma réponse ne vous convient pas, alors allez vérifier par vous-même, lieutenant. Allez faire votre boulot sur le terrain, ça vous évitera de découvrir les développements de votre affaire à la télévision.

Kelly y était sans doute allée un peu fort, sur ces derniers mots. En arrière-plan, Mickey Perkins grimaça comme s'il venait de recevoir l'uppercut à la place de Jefferson. Mais celui-ci ne broncha pas. Bien au contraire, il retrouva le sourire, semblant apprécier l'audace et la combativité de la jeune femme.

– Je ne manquerai pas de suivre votre conseil à l'avenir, mademoiselle Kaminski. Mais pour tout vous dire, il se trouve que j'ai déjà vérifié. Des gens avec un nom pareil, il n'y en a pas des dizaines à Salt Lake City. Et le « G. Poppington » dont le nom était inscrit sur l'enveloppe est effectivement Greg Poppington, détective de son état, dont le bureau est situé sur Cactus Street, pas très loin d'ici. Vous aviez donc raison. Mais ne vous donnez pas la peine d'y aller : il n'y a personne là-bas, pas plus qu'à son domicile. J'ai bien l'impression que ce Poppington a filé à l'anglaise. Votre joli scoop a dû l'effrayer.

– Si vous avez mené votre petite enquête, pourquoi m'avez-vous demandé si je le connaissais ? Visiblement, vous en savez déjà plus que moi !

– Parce que je pense que vous n'avez même pas eu à faire ces recherches de votre côté. Et je me doute qu'à vos yeux, il n'est pas qu'un détective privé. Je peux me tromper, mais j'ai l'impression que vous le connaissiez déjà, le bonhomme. C'est vous qui en savez plus que moi.

– Qu'est-ce qui vous fait dire ça ? s'offusqua Kelly.

Jefferson Collins prit son temps avant de lui répondre.

– Voyez-vous, mademoiselle, le gros avantage des chaînes d'info en continu, c'est qu'elles font de l'info en continu, même la nuit. Sauf que la nuit, elles rediffusent les séquences les plus marquantes de la journée, puisqu'il n'y a plus personne pour faire des interventions en direct, si je ne m'abuse. C'est comme ça que j'ai pu revoir l'interview que vous avez faite de Justin, ce sale gosse qui voulait garder pour lui cet indice de la plus haute importance. D'ailleurs, je lui réserve un chien de ma chienne, à celui-là… Bref. J'ai observé avec attention le moment où il vous a annoncé qu'il avait trouvé le nom de Poppington sur l'enveloppe. Ce moment où vous avez presque sursauté en entendant ce drôle de patronyme. Ce moment où vous avez perdu un peu le contrôle. Pas longtemps. Pendant une seconde ou deux, pas plus. Vous étiez visiblement très troublée, mademoiselle. Je me trompe ?

Kelly ne répondit rien. Elle savait qu'à cet instant précis, elle n'avait pas su maîtriser sa réaction, effectivement. Elle le savait, et s'en voulait. Elle avait pensé appeler New York pour demander au chef d'édition de couper la fin, ou de faire quelque chose au montage si toutefois ils voulaient rediffuser la séquence. Mais c'était impossible, elle s'en doutait bien. L'instant de la révélation était le moment le plus fort du duplex avec Justin, on ne pouvait pas y toucher. Alors Kelly avait espéré que sa réaction passerait inaperçue. Car oui, elle avait sursauté en entendant le nom de Poppington. Sur le coup, elle ne s'attendait pas à ce que ce fantôme resurgisse du passé, aussi brutalement. Cinq ans plus tard.

– Mademoiselle Kaminski ? Je me trompe, ou pas ?

– Euh… À propos de quoi, déjà ? Vous m'avez perdue.

– Poppington. Vous le connaissiez déjà. C'est pour ça que ça vous a fait un choc en découvrant son nom sur l'enveloppe.

– Je… Je n’ai pas à répondre à cette question.

– Pourquoi ? Parce que vous avez toujours l’intention de protéger votre source, c’est ça ? Vous vous abritez derrière la fameuse déontologie journalistique ? Très bien. Vous ne voulez pas me parler, alors c’est moi qui vais vous raconter ce que je sais, mademoiselle. Je n’ai pas beaucoup dormi, voyez-vous. Après avoir regardé la Fox cette nuit, j’ai un peu bossé sur le cas Poppington. Un détective privé, donc. Mais c’était une reconversion, vous étiez au courant, j’imagine. Il y a un peu plus de vingt ans, monsieur Poppington travaillait dans un service d’adoption et de placement en familles d’accueil, la Utah Foster Care, dans la ville de Murray, à une quinzaine de kilomètres d’ici. Il était en poste depuis de nombreuses années, et avec le temps, il avait fini par trouver le moyen d’arrondir ses fins de mois : il monnayait quelques secrets professionnels contre un petit billet. Et puis de temps en temps, il allait piquer dans la caisse. Mais un beau jour, il s’est fait prendre la main dans le sac et il a été renvoyé de l’institution. Il venait d’avoir quarante ans, il en a profité pour changer de métier. Il s’est trouvé une adresse en centre-ville et il a ouvert un bureau de détective. « Greg Poppington, *Private Investigations* ». Ça claque, non ?

– Pourquoi vous me racontez tout ça, lieutenant ? Vous voulez que je vous félicite pour avoir bien fait vos devoirs ?

– Pourquoi ? Parce que mon petit doigt me dit que ce Poppington, c'est votre « gorge profonde », votre informateur, votre source mystérieuse. C'est lui qui vous a tout dit de ce gamin confié à l'adoption alors qu'il n'avait que quelques mois, de cette adolescente un peu perdue, descendue en pleurant de la réserve indienne. Une certaine Heather Chesspook. C'est lui qui vous a raconté que le petit River avait été confié à la famille Williams, à Philadelphie, avant de devenir ce basketteur génial qui a fait trembler la NBA. C'est lui, Poppington, qui s'est encore assis sur la discrétion professionnelle qu'il était censé respecter. Il vous a pris combien, pour ce scoop qui a lancé votre carrière ?

Kelly s'adossa à la banquette, le regard baissé sur ses doigts dont elle faisait craquer les articulations. Elle se disait que Collins avait compris bien des choses, et qu'il était sans doute inutile d'espérer préserver quoi que ce soit. Par ailleurs, ce Poppington ne méritait sans doute pas d'être protégé, vu le passé douteux du personnage.

Elle releva la tête et répondit en bravant le regard du lieutenant.

– Rien. Vous me croirez si vous voulez, mais aussi étrange que cela puisse paraître, il ne m'a rien demandé. C'est bien lui qui m'a contactée, qui m'a proposé de me raconter cette histoire. Il ne demandait rien en échange. Je dois vous avouer que ça m'a paru un peu suspect, mais j'ai fini par comprendre qu'il était… en service commandé, en quelque sorte. « On » lui avait demandé de tout me raconter, et je pense que c'est ce « on » qui a dû lui verser je ne sais quelle commission.

– Vous avez une idée de qui ça pouvait être ?

– Pas la moindre. Mais il est facile de reprendre les scénarios évoqués à l'époque. Si le but du jeu était de déstabiliser le joueur, alors à qui cela pouvait-il profiter ? Je vous laisse réfléchir.

– Oui, je me souviens de tous ces fantasmes : la mafia, les bookmakers, pourquoi pas les Russes ou les Chinois… et l'équipe du Jazz, bien sûr. Aucune piste n'avait paru satisfaisante, à l'époque, et c'est l'une des questions à laquelle il faut qu'on réponde aujourd'hui.

Jefferson Collins fit une pause, avant de reprendre en fronçant les sourcils.

– Mais tout de même, qu'est-ce qui vous a convaincue de foncer dans cette histoire tête baissée ? Ne me dites pas que ce détective véreux s'est débrouillé pour vous inspirer confiance ?

– Non, mais il avait avec lui tous les documents de l'époque : la fiche de Heather, celle de la famille Williams, le contrat qui officialisait l'adoption avec toutes les signatures et tous les coups de tampons qui vont bien. Et même une photo du petit River, avec ses yeux clairs et ses boucles afro. Ça aurait pu être n'importe quel bébé, je sais. Mais c'était on ne peut plus crédible. Moi, j'étais encore débutante dans le métier, j'avais besoin d'une histoire comme celle-ci. Pour me faire remarquer, enfin. Pour me barrer de Salt Lake City.

– Je ne me souviens pas d'avoir vu tous ces documents à l'antenne, à l'époque. Il les a gardés avec lui ?

– Oui, c'était un peu comme son trésor. Il m'a laissée les regarder avec attention, les photographier avec mon portable, et puis il a tout remis dans une mallette fermée à clef.

Jefferson hocha la tête et se leva.

– Merci pour votre coopération, mademoiselle. Si, à l'avenir, on venait vous donner un nouvel indice sur cette affaire, n'hésitez pas à me faire signe. Juste avant de le révéler en direct sur la Fox, ça serait bien. On est d'accord ? Je vous souhaite une bonne journée.

Puis il sortit du Little America.

Mickey Perkins s'avança à son tour pour serrer la main de la journaliste. Mais avant de prendre congé, il brûlait de lui poser une dernière question.

– Dites-moi, Kelly : avec tout ce qui s'est passé, la disparition de River Williams et le bordel qui s'en est suivi, avec la découverte aujourd'hui d'un corps qui pourrait être le sien, est-ce que vous regrettez d'avoir balancé cette histoire, juste pour vous faire bien voir ?

La mâchoire serrée, Kelly se leva et fixa le jeune premier qui se tenait face à elle. Elle ne voulait pas perdre la face une seconde fois, et tenait à faire comprendre au sergent Perkins qu'il n'aurait pas dû jouer au joli cœur avec elle.

« Non, pas une seule seconde », souffla-t-elle avant de s'éclipser à son tour.

***

Bruce Dawkins se présenta face aux journalistes sans enthousiasme. C'était un passage obligé, et la NBA ne plaisantait pas avec les obligations médiatiques des acteurs de la ligue. Jusqu'ici, le coach du Jazz appréciait l'exercice. Parce qu'il le mettait en pleine lumière, lui, l'ancien assistant devenu calife à la place du calife ; lui, le petit bonhomme rondouillard et à la voix fluette, dont les schémas tactiques avaient déjoué tous les pronostics. Face aux micros et aux caméras, il était même plutôt considéré comme un « bon client » par la presse spécialisée. De ceux qui savent sortir des discours conventionnels et lâcher les quelques *punchlines* qui font les bons papiers et les titres accrocheurs.

Mais cette fois, Dawkins n'avait pas envie. Vraiment pas. Il allait devoir expliquer la défaite de la veille, trouver des excuses à certains, donner son point de vue sur les qualités de l'adversaire et reconnaître la supériorité intrinsèque des Lakers. Et puis, il lui faudrait analyser la contre-performance de DeAngelico, sa sortie prématurée, et donc donner quelques indices sur son état de santé, qui feraient comprendre à l'assistance que ça n'était pas gagné pour la suite.

– Coach, vous avez à nouveau perdu l'avantage du terrain, et les Lakers ont semblé supérieurs dans tous les domaines. Vous avez perdu DeAngelico et vous avez encaissé plus de 140 points dans une défaite qui n'est rien d'autre qu'un *blowout*, une véritable leçon de basket infligée par l'adversaire. Est-ce que vous parvenez tout de même à trouver ne serait-ce qu'un seul élément positif dans ce qui s'est passé hier soir ?

Ouch. Les journalistes n'étaient pas tendres avec Dawkins. Ils lui faisaient sans doute payer son arrogance des dernières semaines, quand il leur assurait que le style de jeu qu'il prônait allait détruire toutes leurs belles certitudes.

– Je n'ai pas perdu Mike, tenta-t-il de répliquer. Il a un petit problème à l'épaule. C'est un peu handicapant pour le moment, mais ça va se régler. Il n'est pas *out* pour le reste de la série, il est en *day-to-day* : on va le réévaluer chaque jour et dès qu'il sera prêt, il sera à nouveau le joueur majeur qui va conduire l'équipe.

Un murmure se répandit dans l'assistance. Tout le monde avait vu les images d'un DeAngelico grimaçant, et personne ne voulait réellement croire que son épaule puisse être rafistolée pour le match 4. On s'attendait à d'autres interventions sur la défaite de la veille et sur le rendez-vous décisif du lendemain, mais c'est une question toute différente, presque incongrue, qui s'immisça dans la conférence de presse. Elle émanait d'un journaliste du *Salt Lake Tribune* qui n'appartenait pas au service des sports de son journal ; ils étaient d'ailleurs quelques-uns, ce matin, à ne pas s'intéresser à la situation sportive du Jazz. Leur intérêt était tout autre :

– Monsieur Dawkins, demanda le journaliste. Avez-vous, d'une manière ou d'une autre, entendu parler d'un certain Greg Poppington, qui pourrait être lié à l'affaire River Williams ?

Dawkins blêmit.

Il se retourna, furieux, vers son responsable des relations avec la presse, qui commença à paniquer et s'apprêta à intervenir pour recadrer l'impétrant. Mais le coach le devança. Hors de lui, Bruce Dawkins rappela la consigne : il n'était là que pour parler de basketball, et certainement pas de la rubrique faits divers.

La consigne n'ayant pas été respectée, il se leva et quitta la salle aussi sec.

CHAPITRE 16

Ça lui faisait presque bizarre, à Jefferson Collins, de se retrouver seul dans la voiture. Voilà plus de 48 heures qu'il faisait équipe avec le jeune Mickey, et il avait commencé à s'habituer à cette présence rafraîchissante, à cet enthousiasme de tous les instants. Il s'était pourtant toujours débrouillé, au long de sa carrière, pour travailler seul, sans l'aide de quiconque, sans présence inutile ou nuisible à sa concentration. Mais cette fois-ci, sans qu'il comprenne vraiment pourquoi, il avait éprouvé le besoin d'avoir le jeune sergent à ses côtés. Sans doute parce que Mickey connaissait le basket sur le bout des doigts, alors que lui ne comprenait rien à ce sport de géants. Mais pas seulement : il avait aussi senti que son nouveau camarade avait une forme d'intelligence situationnelle, une capacité de déduction qui n'était pas sans lui rappeler ce qu'on disait de lui à ses débuts.

Alors qu'il s'approchait du crépuscule de sa carrière, le lieutenant Collins aurait sans doute aimé transmettre le flambeau à ce gamin-là, au sergent Perkins. Le seul problème, c'est que Mickey ne faisait pas partie de la grande famille des enquêteurs du SBI, et son grade n'avait aucune valeur aux yeux des responsables de l'investigation criminelle. Le sergent Mickey Perkins n'était que le petit chef de la *Search and Rescue*, une unité dont la mission se bornait à la recherche et au sauvetage des personnes disparues. Ses supérieurs avaient d'ailleurs vu d'un très mauvais œil qu'il délaisse provisoirement son unité pour s'en aller seconder le lieutenant Collins au bord de cette crevasse. Au bout de 48 heures, ils avaient donc sifflé la fin de la récréation et rappelé Mickey à ses obligations.

Ainsi, juste après avoir assisté à l'interrogatoire de Kelly Kaminski, le sergent Perkins avait reçu un message urgent : on l'attendait pour partir à la recherche d'un automobiliste disparu à la suite de l'accident de son véhicule. Les circonstances de l'accident étaient suffisamment exceptionnelles pour qu'on rappelle Mickey à sa première mission : c'est lui qui conduirait les recherches et ça n'était pas négociable.

Voilà pourquoi Jefferson roulait seul dans sa propre voiture, une vieille Chrysler qui sentait le chien mouillé. Il avait quitté Salt Lake City par l'est et remontait l'Emigration Canyon en direction du Ruth's Diner.

Depuis quelques heures, on lui avait donné carte blanche pour qu'il reprenne l'enquête à zéro. Même si le corps retrouvé dans la crevasse ne devait jamais réapparaître, l'intérêt pour « l'affaire River Williams » s'en était trouvé considérablement ravivé, et chacun souhaitait qu'on rouvre le dossier, qu'on le réétudie à la lumière des nouveaux éléments dont on disposait. Le public et les médias ne demandaient que ça. On promettait des émissions spéciales sur toutes les antennes du pays pour raconter l'histoire sous un nouveau jour, à grand renfort d'images d'archives, d'experts en tous genres et de musiques mélodramatiques. Le président américain lui-même s'était fendu d'un tweet lapidaire, exhortant les autorités à faire enfin toute la lumière sur cette tragique disparition. Ça ne durerait qu'un temps, mais le pays tout entier sembla se passionner, une seconde fois, pour ce pauvre basketteur disparu.

Le lieutenant Collins fut donc officiellement investi de cette mission. Puisqu'il était déjà sur le dossier, puisque sa réputation allait bien au-delà des services du SBI, il était sans conteste l'homme de la situation.

Mais Jefferson n'avait pas attendu ce feu vert officiel pour avancer sur le dossier. Seul, comme autrefois. Il s'était tout d'abord lancé à la recherche de ce Greg Poppington, en vain. Puis il avait fini par comprendre qu'il ne pouvait plus se contenter des rapports de l'époque : il lui faudrait interroger, à nouveau, tous les personnages clés de cette histoire.

Il décida donc de commencer par celui qui avait été brièvement arrêté avant d'être relâché faute de preuves, il y a cinq ans. Celui qui n'était autre que le frère de Heather.

Sammy Chesspook, le cuisinier du Ruth's Diner.

La route qui grimpait doucement dans le canyon n'avait rien à voir avec la Mineral Road du parc de Canyonlands. Ici, Jefferson roulait sur du bitume, certes un peu abîmé par endroits, et les poteaux électriques l'accompagnaient d'un bout à l'autre. Il venait à peine de quitter l'environnement urbain de la capitale et s'enfonçait doucement dans une nature sauvage qui n'avait rien d'hostile : les montagnes naissantes qui l'entouraient était encore vertes, même si la végétation qui les habillait était de plus en plus rase. Il passa les quelques habitations de Johnsons Hollow, contourna le Rattlesnake Point, et se retrouva bien vite devant le *diner* le plus célèbre du coin. Une adresse incontournable pour ceux qui souhaitaient s'échapper un peu de la ville, une première étape indispensable pour ceux qui s'en allaient dans les montagnes de l'Utah, une vénérable institution fondée par la dénommée Ruth en 1930.

Jefferson gara sa Chrysler sur le vaste parking de l'établissement. Il était presque trois heures de l'après-midi, il n'y avait plus grand-monde sur les tables extérieures et dans la salle au charme suranné du *diner*. Le lieutenant était affamé et, avant toute chose, il commanda un hamburger en s'installant à l'intérieur.

Quelques minutes plus tard, une jeune femme au brushing volumineux vint lui apporter le formidable *Ruth's Deluxe Pork Burger*, accompagné de *french fries* et de *pinto beans*. Il avala l'ensemble sans attendre, avec une Blue Moon à la pression. Lorsque la serveuse revint pour lui demander s'il souhaitait autre chose, il la complimenta sur la qualité du burger.

– C'est notre cuisinier, Sammy, qui est un vrai chef ! dit-elle en souriant un peu trop. Ça fait un moment qu'il travaille ici, et je crois que la carte lui doit beaucoup.

– J'aimerais le féliciter, si c'est possible, demanda Jefferson.

La jeune femme s'étonna de la requête de ce client solitaire, mais comme il n'y avait plus personne dans le restaurant, elle se dit qu'elle pouvait transmettre la demande en cuisine.

Aussitôt après, elle ressortit avec le cuisiner en chef. Un homme d'une quarantaine d'années, souriant, athlétique, à la peau mate et aux yeux clairs, vêtu d'un tablier qu'il s'empressa d'enlever. Jefferson se leva pour le saluer et le complimenter. Puis il l'invita à s'assoir à sa table, ce que refusa poliment le chef, encore occupé en cuisine à préparer la soirée barbecue promise sur les écriteaux de l'entrée.

– Il faut que je vous parle, Sammy, c'est important, dit Jefferson à voix basse. Vous vous prénommez bien Sammy ?

– Oui, pourquoi ?

– Sammy Chesspook ?

– Tout à fait. Mais de quoi voulez-vous me parler ? Pardonnez-moi, mais… on se connaît ?

– Je suis le lieutenant Jefferson Collins, du *State Bureau of Investigation*. J'ai repris l'enquête sur la disparition de River Williams, et j'ai besoin de connaître votre version de cette histoire.

Sammy s'empourpra et tourna aussitôt les talons.

– Ah non alors ! lança-t-il en s'éloignant. J'ai déjà raconté tout ce que je savais il y a cinq ans, et plusieurs fois. Alors il faut me laisser tranquille, maintenant !

Puis il disparut vers la cuisine.

Jefferson soupira et regretta d'avoir opté pour cette approche faussement subtile, qui avait pourtant fait ses preuves, autrefois. Il se leva et prit à son tour la direction des cuisines, sous le regard interloqué de la jeune serveuse au brushing volumineux.

Mais lorsqu'il poussa les portes battantes, il ne trouva que deux autres cuistots, affairés à laver les ustensiles à grandes eaux, dans un vacarme assourdissant fait de couverts s'entrechoquant et de chants mexicains braillés à l'unisson d'une radio dont le son avait été poussé au maximum.

Nulle trace de Sammy dans cet univers où l'inox régnait en maître.

Au fond de la pièce, une porte se refermait doucement. C'était la seule autre issue possible. Le lieutenant pressa le pas, contourna l'îlot central, manqua de déraper sur le sol détrempé et traversa la cuisine pour sortir à son tour.

Une fois dehors, il se rendit compte qu'il était au pied de la colline qui surplombait le restaurant. Une allée sur la gauche rejoignait le parking et Jefferson craignit un instant que Sammy ne soit allé rejoindre sa voiture pour filer à l'anglaise. Mais cette voie-là était dégagée, et aucun bruit de moteur ne vint confirmer ses craintes.

Il se retourna vers la colline, qui grimpait à pic. En plissant les yeux, la main en visière, il parvint à distinguer une silhouette qui suivait un petit chemin tracé entre les buissons. Jefferson râla, puis s'élança.

Au bout de quelques mètres, il était déjà essoufflé. Le *Deluxe Pork Burger* pesait une tonne dans son estomac, et la pinte de bière avait alourdi ses jambes. Si au moins ce bon Mickey avait été avec lui, il l'aurait laissé prendre de l'avance dans la montée… Il s'arrêta une seconde, reprit son souffle, les mains en appui sur les genoux, puis poursuivit son ascension, à un rythme plus mesuré.

Le petit chemin qui serpentait entre les buissons semblait beaucoup plus court, vu d'en bas. Au bout de quelques minutes, Jefferson s'arrêta à nouveau et se retourna pour constater qu'il s'était élevé bien plus qu'il ne le pensait : le *diner* était déjà loin, tout en bas. Et de l'autre côté, vers le sommet de la colline, la silhouette était encore plus loin, comme si son avance ne cessait de s'accroître.

« Arrête, Sammy ! Tu es en train de faire une grosse connerie et tu le sais très bien ! Ça s'appelle un délit de fuite ! »

Le lieutenant s'était époumoné en vain, pensait-il. Mais là-haut, la silhouette s'arrêta à son tour, se retourna et observa la scène un instant, avant de reprendre sa marche en avant. Alors Collins regroupa l'essentiel de ses forces et s'élança à sa poursuite avec encore plus d'intensité et de hargne.

Il soufflait comme un bœuf, faisait de trop grands pas, manquait de perdre l'équilibre et s'écorchait les mains en tentant de s'agripper aux buissons. Mais il ne lâcherait pas l'affaire. Ainsi était Jefferson Collins : une teigne qui ne voulait jamais s'avouer vaincue quand son honneur était en jeu. En la circonstance, cet honneur était tout de même sérieusement mis à mal, car son cœur battait de plus en plus vite et ses jambes avaient de plus en plus de difficultés à négocier les passages difficiles.

Après quelques minutes qui lui parurent interminables, il parvint au sommet de la colline. Pour constater que juste derrière elle commençait la montagne. Il lui faudrait descendre cinquante mètres dans la rocaille, traverser un ruisseau avant de recommencer à grimper, sans savoir où aller. Car la silhouette s'était évaporée dans cet espace qui s'était ouvert en un panoramique aussi démesuré que majestueux.

Le lieutenant hurla de dépit et s'avança, chancelant, les mains sur les hanches.

C'est alors que son pied dérapa sur un éboulis de cailloux. Il tenta de se rattraper aux branches, mais il n'y avait plus de buisson sur ce pierrier qui dégringolait depuis le haut de la colline jusqu'au ruisseau en contrebas. Impuissant, Jefferson se sentit partir et se retrouva bientôt sur le dos, à dévaler la pente. Des dizaines d'angles saillants, durs et pointus, lui labouraient les côtes et les fesses. Et le final s'annonçait plus douloureux encore : il serait projeté à grande vitesse contre les mastodontes de granit qui l'attendaient à l'arrivée.

Mais une main puissante le saisit pour interrompre la chute.

Il se retrouva, tout penaud, au pied de cette silhouette qu'il avait poursuivie pendant quelques minutes. Ce type plutôt bien bâti, à la peau mate et aux yeux clairs. Sammy Chesspook s'était caché là, derrière une roche, dans la descente ; il le regardait, mi-inquiet, mi-amusé.

– Ça va, lieutenant ?

– Ça va, grimaça Collins. Je ne vais plus pouvoir m'assoir pendant au moins deux semaines, mais ça va. Merci pour le coup de main.

– On peut considérer que ça efface mon délit de fuite ?

– On peut. Mais tu restes responsable de cette course-poursuite grotesque dont j'aurais pu faire l'économie. J'hésite quand même à te foutre mon poing dans la gueule, après t'avoir remercié. Ou à te placer en détention provisoire, juste pour la nuit. Mais ça ne changerait rien à l'état de mon postérieur.

– Faut pas m'en vouloir, lieutenant. J'ai enterré cette histoire du mieux que je pouvais. Je ne m'attendais pas à ce qu'on me demande de la déterrer.

– Ben maintenant, tu y es obligé. Tu m'es redevable, Sammy.

Jefferson et Sammy remontèrent au sommet de la colline, où ils s'arrêtèrent un instant pour que le lieutenant retrouve ses esprits. C'est là, assis sur les roches surplombant l'Emigration Canyon, sous un soleil retrouvé, que Sammy commença son récit.

– Ce que vous devez comprendre, lieutenant, c'est que je m'en veux terriblement. Je vous parle de ce qui s'est passé il y a vingt-trois ans, pour être précis. Je ne pourrai jamais me pardonner, et c'est pour ça que j'ai autant de mal à raconter… Parce que c'est moi qui ai présenté Travis à ma sœur.

– Travis ?

– C'était un saisonnier, un grand gaillard qui travaillait comme barman dans le restaurant où je venais de me faire embaucher comme apprenti, le Bambara. Il venait de Los Angeles pour la saison hivernale, et c'était un véritable expert en cocktails exotiques. Moi je l'aimais bien, ce type, au début.

C'est pour ça que je l'ai présenté à ma sœur. À l'époque, elle logeait dans mon petit appartement, pas loin de Main Street. Elle, elle travaillait dans un Taco Bell. Tout se passait bien pour elle. Pour nous. Et puis, il y a eu cette soirée de cauchemar. Celle dont je me souviendrai toujours, parce que je me sentirai éternellement responsable de ce qui est arrivé à Heather. C'était ma sœur, j'avais le devoir de la protéger, mais je ne l'ai pas fait. Pas comme je l'aurais dû. Je l'ai laissée partir avec Travis, cette nuit-là. Ils avaient bien sympathisé et malgré la différence d'âge, je trouvais qu'ils allaient bien ensemble. Heather avait 17 ans, Travis la trentaine, mais ça ne se voyait pas trop. Je me disais qu'ils allaient juste passer une bonne soirée, tous les deux, qu'ils allaient… Je ne sais pas ce que je me disais, en fait. Je n'imaginais rien en particulier. Mais aujourd'hui, je regrette encore de ne pas avoir imaginé le pire. Voilà pourquoi je me suis tu toutes ces années, même quand je me suis fait choper par la police. Je n'ai jamais rien raconté parce que j'avais honte d'avoir laissé faire. Pire : je me disais que j'étais à l'origine de cette sale histoire. Je me le dis toujours.

– Qu'est-ce qu'il s'est passé, ce soir-là ?

– Lorsque j'ai retrouvé Heather, au petit matin, elle était dans un sale état. Elle avait passé la nuit dehors, à errer dans le froid pour rentrer chez nous. Elle avait été frappée. Sa pommette était enflée, sa paupière était en train de changer de couleur, sa lèvre était fendue. Elle disait avoir été violée. Elle le hurlait. Puis elle s'est tue, elle aussi, cloîtrée dans sa chambre. Travis, lui, n'est jamais revenu servir les cocktails au Bambara. Personne ne l'a jamais revu en ville. Moi, j'ai raccompagné Heather à Fort Duchesne, sans vraiment expliquer ce qui s'était passé. Heather est restée silencieuse. On n'en a plus jamais reparlé ensemble. Elle était persuadée que je ne voulais pas croire à son histoire de viol, et elle n'avait pas forcément tort. J'étais un jeune imbécile à l'époque, je ne pensais qu'à ma propre réussite et je ne voulais pas que cette histoire me retombe dessus. Mais j'ai fini par comprendre que ce qu'elle disait était vrai, et qu'on aurait dû porter plainte, même si ça n'aurait sans doute servi à rien. Neuf mois plus tard, River est né, sans qu'il y ait le moindre doute possible sur l'identité du père.

– C'est à ce moment-là que Heather s'est rapprochée de Raymond Wahkara ?

– Vous le connaissez, Raymond ? Oui, un peu après. Moi j'étais retourné à Salt Lake City, là où je travaillais. Je ne voulais plus entendre parler de tout ça. Je vous l'ai dit, j'étais un imbécile, un égoïste. Je n'ai pas vraiment accompagné ma sœur dans ce qui apparaissait comme une terrible épreuve à ses yeux. Je ne me rendais pas compte à quel point c'était douloureux pour elle. Jusqu'à ce qu'elle se sépare du gamin. Jusqu'à ce qu'elle ait cet accident de voiture.

– Jusqu'à ce qu'elle se suicide, vous voulez dire ?

– … Sans doute.

– Et ce Travis, il n'est jamais revenu à Salt Lake City, vraiment ?

– Si, une fois, à ce qu'on m'a dit, balbutia Sammy. Dix-huit ans plus tard. Après les révélations des médias sur les origines de River. Il serait revenu dans le coin pour renouer avec son fils, devenu entre-temps une superstar de la NBA, un futur millionnaire. Mais je n'y crois pas. Ce sont des on-dit, des racontars…

– Et vous, vous avez essayé d'entrer en contact avec River ? demanda Jefferson. Après tout, c'était votre famille, votre sang…

– En fait, c'est lui qui a cherché à me rencontrer, répondit Sammy, visiblement perturbé. Enfin, pas lui directement. Quelqu'un de l'équipe, une sorte de responsable de la sécurité. Il avait mené sa petite enquête et il était tombé sur mon nom, je ne sais pas comment. Il m'a attendu à la sortie du boulot, il était déjà tard. Puis il s'est montré très insistant pour savoir si je confirmais ou pas ce qu'avaient balancé les télés. Il ne voulait pas de détails, il voulait juste savoir si ce qu'avait raconté la journaliste, c'était des *fake news* ou pas. J'ai confirmé. Alors il m'a obligé à le suivre et m'a fait entrer au Grand America, l'hôtel des Celtics, dans le plus grand secret. Personne ne devait me voir, on aurait dit un film d'espionnage. Et puis j'ai rencontré River dans sa chambre, brièvement, pour lui raconter ce que je savais de ses vrais parents, Heather et Travis. C'était au milieu de la nuit. On m'a fait promettre de ne rien révéler de cette entrevue. Je lui ai tout dit et puis je suis reparti. Je ne l'ai plus jamais revu, lieutenant.

– Vous lui avez vraiment tout dit à propos de ses parents ?

– Non, pas vraiment. Là encore, j'ai menti par omission. Je lui ai raconté la rencontre éphémère entre Heather et Travis, sans entrer dans les détails sordides de l'histoire. Je lui ai juste expliqué que son père avait disparu au lendemain de sa conception, point final.

– Et comment a-t-il réagi à tout ça ?

– Il s'est mis à pleurer comme un gamin… Ça m'a surpris, venant d'un grand gaillard comme ça. Mais après tout, il n'était qu'un gamin, ni plus, ni moins. Un jeune sportif protégé à l'extrême, apparemment très sûr de lui, et qui pourtant cachait une terrible fragilité. Au moment de me saluer, il m'a serré dans ses bras longuement, comme on dit adieu à un membre de sa famille, sur un quai de gare. Ça m'a fait quelque chose, je peux vous le dire. En repartant, le responsable de la sécurité de l'équipe m'a plus ou moins fait comprendre qu'il détestait profondément ses parents adoptifs et qu'il avait toujours rêvé de connaître sa vraie famille. Tout ça pour apprendre que sa vraie mère était morte et que son vrai père s'était évanoui dans la nature. Ça a dû lui faire un sacré choc, tout de même.

– Et vous ne l'avez pas revu par la suite ? Vous n'avez pas eu la moindre nouvelle de sa part ou de celle du responsable de la sécurité ?

– Rien, lieutenant. Le soir, je suis allé me balader autour de la salle du Jazz, en espérant le croiser à un moment ou à un autre. Mais je n'ai réussi qu'à me faire repérer par les caméras de surveillance. Et les flics de l'époque ont cru que j'étais plus ou moins responsable de sa disparition. C'est pour ça qu'ils m'ont coffré pendant 48 heures.

– Et vous leur avez raconté la même histoire qu'à moi ?

– Pas vraiment. Une version très simplifiée, disons.

– C'est bien ce qu'il m'avait semblé, en lisant les comptes-rendus de l'époque. Vous m'avez l'air d'être un spécialiste du mensonge par omission, Sammy…

***

En remontant dans sa Chrysler qui sentait le chien mouillé, Jefferson Collins n'était qu'à moitié satisfait. D'un côté, il avait le sentiment d'avoir vraiment progressé dans la connaissance de cette histoire intime, devenue affaire publique : il savait désormais que River Williams était né de ce qui ressemblait à un viol, et c'était une information capitale. De l'autre côté, il avait tout de même la désagréable impression que Sammy Chesspook ne lui avait pas tout dit, à lui non plus.

Après tout, il était difficile d'avoir confiance en un témoin potentiel qui détale dans la montagne à la première question posée.

Il en était là de ses réflexions lorsque son téléphone vibra dans sa poche arrière. Il se réjouit de découvrir le nom de Mickey Perkins sur l'écran, et décrocha sans attendre.

– Quelles sont les nouvelles, sergent ? La SAR a bien travaillé ? Vous avez retrouvé votre automobiliste disparu ?

– Oui, lieutenant. C'est dingue : le mec, on l'a retrouvé au beau milieu du lac salé de Bonneville Salt Flats, complètement hagard, paumé à plusieurs kilomètres de sa voiture accidentée. À l'heure où je vous parle, il est en réanimation parce qu'il a perdu connaissance. Et vous n'allez pas me croire : si j'en crois le nom inscrit sur ses papiers, il s'agit de Greg Poppington…

CHAPITRE 17

Kelly Kaminski n'avait pas du tout apprécié cet interrogatoire improvisé, lorsqu'elle s'était retrouvée coincée sur les banquettes du Little America Coffee Shop. Il y avait eu la forme, qu'elle avait trouvée brutale, même si ce lieutenant Collins n'avait jamais dépassé les bornes ; et puis il y avait eu le fond de cet échange, qui la perturbait profondément. Pour la première fois depuis le début de l'affaire, elle avait dû révéler l'identité de sa source. Ou du moins ne pas démentir le nom qu'on lui avançait.

Si elle était aussi mal à l'aise, c'est surtout parce que le pot aux roses avait été découvert : le scoop qu'elle avait révélé, cinq ans plus tôt, elle ne le devait pas à ses qualités d'investigatrice, à son talent pour dénicher des infos, à son sens inné de la *breaking news.* La vérité, c'est qu'on le lui avait servi sur un plateau. C'est ce Greg Poppington qui était venu la voir, alors qu'elle végétait à la rubrique des chiens écrasés sur une chaîne locale sans prétention. Un beau jour, ce détective privé avait demandé à la rencontrer en secret et lui avait tout balancé, sans contrepartie, preuves à l'appui. Et son récit s'était avéré fascinant. Il contenait tous les ingrédients d'une bonne histoire : une dose de pathos, un soupçon de sordide, une superstar du sport et le contexte des Finales NBA, qui offraient une formidable caisse de résonance à l'ensemble.

Kelly n'avait pu refuser le cadeau. Elle avait tout de même posé des questions sur cette offrande miraculeuse. Pourquoi elle ? Pourquoi maintenant ? Mais Poppington était resté très évasif. Ce qu'elle avait compris, pourtant, c'est qu'il semblait ne pas avoir pris seul l'initiative de ces révélations. Lorsqu'il tentait d'expliquer le pourquoi de l'opération, le détective privé ne parlait pas toujours à la première personne. « On a pensé que vous seriez la meilleure pour diffuser l'information », disait-il ; « on se disait que c'était le bon moment pour en parler », ajoutait-il. Au fil de la conversation, Kelly avait fini par comprendre que Poppington était en service commandé. Certes, c'était bien lui qui s'était occupé de l'adoption du petit River, des années plus tôt. Mais au moment de balancer le scoop, il agissait pour le compte de quelqu'un d'autre.

À l'époque, la jeune journaliste n'avait pas cherché à en savoir plus. Dans son souvenir, Poppington avait bien dû, involontairement sans doute, lui donner un vague indice sur ce partenaire mystérieux ; mais elle n'avait pas jugé bon de creuser de ce côté-là. On lui assurait l'exclusivité de l'info, et c'était là le plus important.

Désormais, il fallait qu'elle comprenne qui était le fameux commanditaire. Il en allait de sa crédibilité journalistique.

Bien que l'idée ne lui plût qu'à moitié, Kelly se décida à retourner chez sa mère, à Millcreek, dans la banlieue de Salt Lake City. Là où, il n'y a pas si longtemps, elle avait encore sa chambre de jeune fille. Jack McGee proposa de l'y conduire dans son Chevy Van ; il n'allait pas lâcher la jeune journaliste de sitôt.

En moins de vingt minutes, ils se retrouvèrent devant la maison de Gloria Kaminski, sur Mary Rose Drive. C'était une petite bicoque de plain-pied qui ne payait pas de mine, avec ses murs ocre et son toit blanc, son jardinet bien entretenu et sa petite barrière bucolique sur le côté ; l'indispensable drapeau américain flottait sur le perron.

Gloria les accueillit à bras ouverts et les fit aussitôt entrer dans son intérieur propret, où l'on entendait en permanence le bruit de fond d'un talk-show télévisé. Elle leur proposa toutes sortes de choses à manger, notamment parce qu'elle trouvait que sa fille était bien trop maigre et qu'elle ressemblait à un cadavre ambulant, avec de sacrées valises sous les yeux. Jack adressa un regard gêné à sa jeune collègue, mais Kelly lui fit comprendre qu'il ne fallait pas accorder trop d'attention au discours de sa charmante mère. Sans attendre, elle se rendit dans sa chambre et constata qu'elle était restée en l'état, comme si elle l'avait quittée la veille. « Merci maman », se dit-elle en redécouvrant son poster de Beyoncé, ses peluches sur le lit et ses trophées de patineuse artistique.

Là, dans le tiroir de son vieux bureau, Kelly retrouva son ancien téléphone, dont la batterie s'était vidée depuis bien longtemps. Elle le mit en charge et patienta pendant quelques minutes, le temps que le smartphone revienne à la vie. Dans la cuisine, elle entendait Jack faire du gringue à Gloria et s'en amusa.

Enfin, l'écran se ralluma, révélant tout un pan de l'ancienne vie de Kelly, à commencer par cette photo d'accueil qui la montrait au bras d'un garçon dont elle avait presque oublié l'existence. Et puis, parmi les applications aujourd'hui démodées, il y avait son cher dictaphone, cet outil tout simple qui lui avait rendu de précieux services à ses débuts, en presse écrite. Ce même dictaphone qu'elle avait activé au moment de rencontrer Poppington, en se disant qu'elle garderait une trace de cette étrange entrevue. Elle lista les enregistrements dans la mémoire de l'appareil et se réjouit de constater que le fichier audio était toujours là. Il ne restait plus qu'à l'écouter, à nouveau.

« *Bonsoir, mademoiselle Kaminski* », tels avaient été les premiers mots de Greg Poppington, presque chuchotés, d'une voix doucereuse qui contrastait avec son physique lourd et imposant. Kelly se souvenait bien de l'impression initiale laissée par ce drôle de bonhomme. Puis elle s'entendit lui répondre, sur un ton des plus méfiants. Elle se rappelait aussi qu'elle n'avait pas compris, tout d'abord, ce que lui voulait ce détective privé, et pourquoi il tenait à tout prix à lui confier cette histoire d'adoption. Comme elle ne s'intéressait pas vraiment au basket NBA, il avait fallu lui expliquer qui était River Williams et ce qu'il représentait. « *Ce que je vous raconte est une petite bombe médiatique en puissance, un scoop puissance dix...* » Ces mots-là, Kelly n'avait pas eu besoin qu'on les lui explique. À partir de cet instant, elle avait redoublé de concentration, pris des notes, posé les questions qui lui semblaient essentielles afin de raconter l'histoire sans qu'on puisse mettre en question sa crédibilité.

En réécoutant cet échange, la jeune journaliste frissonna. Après tout, c'est bien à ce moment précis que sa carrière avait pris un tournant décisif. Il était étrange et presque miraculeux de pouvoir y assister à nouveau, comme en direct, des années plus tard.

Mais elle n'était pas là pour se remémorer les étapes majeures de sa courte existence. Ce qu'elle voulait désormais, c'était rebondir, repartir de l'avant, à un moment de sa carrière où elle commençait à se sentir en difficulté. Il lui fallait pour cela retrouver, dans cet enregistrement, cette phrase dont elle ne se souvenait que très vaguement : celle où

Poppington lâchait une information sur son fameux commanditaire.

Dans la cuisine, des éclats de rire retentirent. Visiblement, Gloria et Jack s'entendaient très bien, comme s'ils n'avaient pas remarqué l'absence de la jeune femme. Tant mieux, se dit Kelly. Elle n'en serait que plus tranquille.

Après dix minutes d'écoute, elle tendit l'oreille vers son vieux smartphone. C'était là. Sur cet enregistrement à la qualité sonore parfois discutable. Juste après qu'elle eut demandé si l'information qu'on lui servait était vraiment digne de confiance. Irrité, Poppington s'était raclé la gorge et avait répondu : « *Vous savez, on sait très bien ce qu'on fait. On n'est pas des têtes brûlées ou des amateurs. Moi j'ai géré l'adoption du gamin, et "l'autre" a travaillé dans le lycée où River est devenu un grand basketteur. Alors vous voyez qu'on maîtrise ce dossier d'un bout à l'autre. Faites-moi confiance, s'il vous plaît.* »

Sous le coup de l'agacement, Poppington avait donc évoqué cet « autre », sans le vouloir.

Et Kelly savait désormais où chercher.

***

Mickey se retourna vivement en maintenant sa casquette d'une main. Mieux valait tourner le dos à un hélicoptère qui atterrissait dans le désert du Bonneville Salt Flats : les projections de sel vous fouettaient le visage, les mains, les bras et chaque partie dénudée du corps.

Dans le nuage blanc qu'il venait de créer, l'engin s'immobilisa et son pilote stoppa les pales au plus vite. Après que le calme fut revenu, la porte de l'hélicoptère s'ouvrit enfin, et Jefferson Collins en descendit.

– Alors lieutenant ? Je suis sûr que vous commencez à prendre goût à ces petits voyages aériens, rigola Mickey. Vous reconnaîtrez qu'il n'y a quand même rien de plus rapide pour traverser la région !

– Non, sergent. Je ne m'y ferai jamais. J'ai passé le voyage à engueuler le pilote parce que j'avais l'impression qu'il faisait n'importe quoi !

Mickey regarda par-dessus l'épaule de Jefferson et adressa un petit signe au pilote, qui le lui rendit en haussant les épaules, avec une mimique un peu embarrassée. Lui aussi était sans doute heureux d'être arrivé à bon port, et surtout de se débarrasser de ce désagréable passager.

Jefferson Collins se retourna et donna une tape sur l'épaule du pilote, comme s'il s'excusait en silence. Puis il fit quelques pas vers la carcasse de la Chevrolet Impala, qui s'était bêtement encastrée sur le seul ouvrage en béton à des kilomètres à la ronde. Au vu des traces profondes imprimées dans la croûte de sel juste avant l'impact, le conducteur avait freiné tant qu'il avait pu, mais sur une distance trop courte. La calandre de l'Impala était enfoncée en son milieu, le radiateur avait explosé en vol, tout comme le pare-brise. Le capot avant était plié en deux.

Le sergent Perkins s'approcha et reprit la parole, sur un ton plus grave :

– Poppington vient de repartir. On l'a transporté sur un brancard à bord d'un autre hélico.

– Dans quel état est-il ?

– Assez sérieux, disent les médecins. Il a été touché au thorax dans l'accident de sa voiture, apparemment. Mais ça ne l'a pas empêché d'en sortir et de marcher pendant un bon moment, ce qui est incompréhensible. Il a dû faire un kilomètre en titubant, et puis il s'est effondré dans une saline, en croyant peut-être qu'il pourrait boire de son eau. Mais c'est évidemment impossible. Il a tout vomi avant d'essayer de se relever, sans succès. En tout cas, c'est ce que j'imagine. C'est comme ça qu'on l'a retrouvé, en survolant la zone. Quand on s'est approché de lui, il était encore conscient, mais il délirait. Et puis il a fini par sombrer dans une sorte de coma, selon les médecins.

– Merde. Quel est le diagnostic ?

– Je n'en sais rien. Mais *a priori* les nouvelles ne sont pas très bonnes. Son état empire et le pronostic vital est engagé. On en saura plus quand il arrivera aux urgences du Latter-Day Saints Hospital.

– Sale histoire. Quoi d'autre ?

– Eh bien… Dans son délire, il répétait toujours la même phrase. Il disait : « Je n'ai pas tué River, je ne l'ai pas tué ! » Dix fois, cent fois. Il avait l'air complètement catastrophé. J'ai essayé de lui poser des questions, mais il était en boucle là-dessus. Et puis il a perdu connaissance.

Jefferson Collins resta songeur un instant. Le lien avec l'affaire était évident, depuis qu'on avait retrouvé ce billet pour le dernier match de River Williams. Pas étonnant que ça lui soit monté à la tête, à ce pauvre Poppington.

Le lieutenant se retourna et se dirigea vers le lieu de l'accident, en observant les alentours.

– Je dois avouer que ce fichu hélicoptère a un sacré avantage, dit-il. Il permet de voir la scène d'en haut. Vous me direz que c'est une évidence, mais pour moi c'est toujours une surprise.

– Euh… oui, lieutenant.

– Vous aussi, vous avez pu observer les traces dans le sel, j'imagine ?

Mickey comprit enfin où Jefferson voulait en venir.

– Tout à fait. Il y a celles de la Chevrolet, mais pas seulement. Il y a deux autres trajectoires de part et d'autre, qui semblaient escorter Poppington et qui se sont arrêtées dans la zone de l'accident avant de repartir en sens inverse. Les pneus sont beaucoup plus larges que ceux de l'Impala. Je dirais qu'il s'agit de gros 4 × 4, bien puissants. Vous pensez qu'ils ont voulu se faire une petite course sur le lac salé, lieutenant ? Un rodéo trip sur le sel qui aurait mal tourné ?

– Non. Les conducteurs des 4 × 4 n'auraient pas laissé Poppington sortir de la carcasse de sa voiture et courir seul vers le grand nulle part si ça n'avait été qu'un jeu. À moins d'être sérieusement alcoolisés, mais je n'y crois pas. Je pense plutôt à une course-poursuite. Un truc suffisamment menaçant et angoissant pour que Poppington prenne ses jambes à son cou alors qu'il avait le thorax enfoncé.

– Mais si c'était une course-poursuite, pourquoi n'ont-ils pas continué à le poursuivre alors qu'il était à pied, et diminué ? Ça ne tient pas, lieutenant.

– Peut-être qu'ils n'en voulaient pas à sa vie. Peut-être qu'ils voulaient juste lui foutre la trouille. Ou récupérer quelque chose qui lui appartenait… Regardez ces traces dans le sel : l'un des occupants du 4 × 4 est sorti pour aller voir dans la Chevrolet. Ensuite, il est retourné à sa voiture en effaçant soigneusement ses traces de pas.

Mickey hocha la tête en silence et constata, à son tour, que le sol avait été grossièrement balayé sur quelques mètres, d'un véhicule à l'autre. Et puis toutes les portes de la Chevrolet étaient ouvertes, ainsi que le coffre. C'est donc qu'on l'avait fouillée.

– Sergent Perkins, on va considérer désormais qu'il s'agit d'une scène de crime, même s'il n'y a pas de meurtre à signaler. On protège le périmètre et on demande à ce que toutes les empreintes soient relevées. C'est compris, sergent ? Sergent Perkins ?

Mickey n'écoutait plus le lieutenant. Il était en train de consulter l'écran de son portable qui venait de vibrer dans la poche de son blouson.

– Sergent, vous m'écoutez, oui ou non ? Qu'est-ce qu'il y a de si intéressant, sur votre téléphone ?

– C'est un… un message de Kelly Kaminski, lieutenant.

– Comment a-t-elle eu votre numéro, celle-là ?

– Eh bien, c'est moi qui lui ai donné. Je me suis dit que ça pourrait… Enfin, que c'était bon pour l'enquête, d'une manière ou d'une autre.

– Bon pour l'enquête, hein ? Si vous le dites. Et qu'est-ce qu'elle dit, la journaliste ?

– Elle dit qu'elle veut me rencontrer. Qu'elle a des révélations à me faire.

CHAPITRE 18

– Et là, vous voyez, c'est le tendon qui est rompu.

– Vous êtes sûr, doc ?

– On ne peut plus sûr. Un tendon de la coiffe des rotateurs. Rupture totale.

– Ça veut dire quoi ?

– Ça veut dire opération.

– Vous êtes vraiment sûr ?

– Certain. Alors évidemment, on peut continuer à se servir de son épaule avec une rupture de coiffe. Mais il en résulte une perte de force assez importante. Et pour un shooteur, c'est une catastrophe.

– Si on opère, c'est quoi l'indisponibilité ?

– Trois à six mois. Dans son cas, plutôt six, avant de reprendre les entraînements collectifs. Je dirais novembre. Pas avant.

– Et donc… Pour la suite des play-offs…

– C'est mort, coach. On a déjà beaucoup trop tiré sur la corde. Maintenant, on ne peut plus rien faire. On en a déjà parlé avec Mike. On s'était dit qu'il fallait vous mettre au courant, et qu'après on filerait au bloc. Le plus tôt sera le mieux. Il sera opéré demain matin.

Bruce Dawkins se retourna vers son joueur, qui écoutait la conversation avec un air abattu, assis sur la table de massage. DeAngelico avait perdu bien plus que son épaule. Il avait aussi laissé sur le parquet toute sa rage de vaincre et ses derniers espoirs de remporter une seconde bague de champion NBA. Il le savait, il était impossible de battre ces Lakers avec une équipe aussi diminuée. Il y aurait encore un match à Salt Lake City, le lendemain, puis un dernier à Los Angeles, dans quatre jours, et c'en serait fini de la belle histoire du Jazz pour cette saison. Rideau. On ne parlerait plus de cette joyeuse bande de jeunes loups menés par un mâle alpha aux dents longues.

« Désolé, coach », dit Mike DeAngelico avant de quitter la pièce, la tête basse.

Dawkins le regarda s'éloigner puis se décida à réagir. Il traversa le vestiaire et se rendit aussitôt dans la salle de musculation où les plus assidus de ses joueurs prenaient soin de leur corps. Il les observa avec attention, les uns sur des machines barbares, les autres avec quelques kilos de fonte entre les mains. Il se dirigea vers l'un d'eux, assis sur un banc de traction pour les dorsaux. Un jeune gaillard qui dépassait le double mètre, dont la musculature impressionnante ondulait sous une peau d'ébène. Un colosse au visage d'adolescent, avec des cheveux crépus, une petite moustache peu fournie et des yeux immenses qui lui mangeaient le visage.

Il s'appelait Duncan Leonard. C'était un *power forward*, un ailier fort qui n'avait que très peu joué cette saison, parce qu'il était la doublure de DeAngelico, et que DeAngelico jouait quarante minutes par match, avant qu'il ne se blesse. Le jeune Leonard n'était qu'un *rookie* prometteur mais inexpérimenté, qui avait attendu de faire ses preuves pendant des mois, en vain.

– Duncan, à partir de maintenant, je compte sur toi, dit Dawkins en posant sa main sur l'épaule du joueur. Je sais que jusqu'ici, tu n'as pas eu l'occasion de montrer ce que tu savais faire. Mais j'ai confiance en tes capacités. Demain soir, tu débutes le match ; tu seras parmi les *starters*.

Leonard le regarda avec ses grands yeux où l'on pouvait lire de la joie, de la reconnaissance, mais aussi une incompréhension totale. En quelques mots, le coach venait de le sortir du bout du bout du banc pour le propulser dans le cinq majeur.

Dawkins sentit qu'il lui devait quelques explications supplémentaires.

– Tu as du talent, Duncan. Beaucoup de talent. Tu me fais penser à un gamin que j'ai eu la chance de croiser, il y a quelques années. Un phénomène, comme on n'en avait plus vu depuis Jordan, Kobe ou LeBron. J'imagine que tu sais de qui je veux parler. Tu n'as ni sa taille ni sa puissance, mais tu as un truc en plus, comme lui. Un sens du placement, du timing, une vraie main. Et une énergie de tous les instants. Alors maintenant, c'est à toi de jouer.

Bruce Dawkins gratifia son jeune joueur d'une tape affectueuse sur la nuque et quitta la salle de musculation, laissant Duncan Leonard totalement abasourdi.

***

Jefferson Collins avait refusé de reprendre ce fichu hélicoptère. Le Bonneville Salt Flats n'était pas si éloigné que cela de Salt Lake City, il choisit donc de prendre la route. C'est Mickey qui conduisait, et le lieutenant en profita pour lui demander de le déposer au *State Crime Lab*, le laboratoire criminel de l'État.

En descendant du Ford Ranger, Collins se retourna vers Mickey. Il savait que le sergent s'en allait rejoindre Kelly Kaminski, et il hésitait à lui adresser une mise en garde. Cette journaliste ne lui inspirait rien qui vaille. Il craignait qu'elle l'embobine, qu'elle lui fasse la danse du ventre pour lui soutirer des informations. Après quelques secondes d'hésitation, le lieutenant se ravisa. Malgré son âge avancé, il était encore un peu tôt pour qu'il se mette à jouer au vieux con ; et puis Mickey savait très bien ce qu'il faisait.

Jefferson le laissa donc rejoindre le centre-ville et s'engouffra dans le *Crime Lab*, cet immeuble de verre et de béton situé à la périphérie de la ville, sur Constitution Boulevard.

Une fois à l'intérieur, il fut accueilli par le directeur du laboratoire, qui se fit un plaisir de le conduire vers les blouses blanches susceptibles de lui donner quelques réponses. Le *Utah Bureau of Forensic Services* était probablement ce qui se faisait de mieux dans tous les domaines de la police scientifique, de la balistique à la recherche d'empreintes digitales en passant par les analyses de sang ou d'ADN, l'étude des fibres ou des composants chimiques, l'enquête sur les incendies criminels.

Au deuxième étage du bâtiment, le lieutenant s'arrêta devant une grande table sur laquelle était religieusement posée la chaussure de taille 53. Celle de la crevasse, remontée par le jeune randonneur. Elle avait été auscultée sous toutes les coutures, passée au microscope et à la lampe fluorescente ; on avait prélevé tout ce qui était susceptible de révéler une trace d'ADN. Voilà 48 heures que les scientifiques du *Crime Lab* se relayaient autour de la relique.

– Alors, vos résultats ? demanda le lieutenant Collins, impatient.

– Lieutenant, j'ai bien peur de devoir vous décevoir, répondit le directeur du labo. Pour l'instant, les recherches sur la chaussure n'ont rien donné. On espérait trouver des fragments de tissu humain à l'intérieur, même microscopiques. On aurait pu les rentrer dans la base de données et surtout les comparer avec les échantillons ADN qu'on avait recueillis après la disparition de River Williams. Mais pour l'instant, c'est un échec. Pas la moindre trace de sang non plus. Les cinq années passées à l'air libre ont tout nettoyé comme à l'eau de Javel. On a juste trouvé des champignons dans la garniture intérieure.

– Donc vous ne pouvez pas me dire s'il s'agit bien de la chaussure du basketteur disparu ?

– Ce que je veux vous dire, lieutenant, c'est que cette chaussure à elle seule ne peut pas suffire à prouver que le squelette que vous avez retrouvé est bien celui de River Williams. Mais…

– Ah ? Il y a un mais ?

– On a analysé le modèle, et je peux vous assurer qu'il ne s'agit pas d'une chaussure qu'on peut trouver dans le commerce. Celle-ci a été fabriquée spécialement pour le sportif en question, à sa pointure précise et avec son logo sur le talon. C'est un modèle renforcé au niveau de la voûte plantaire, qui n'existe pas sur le marché. Et sachant que Williams était le seul à chausser du 53 à Boston, on est quasiment certain que cette chaussure a été faite pour lui. Elle lui a appartenu. Ça, oui, on peut le dire.

– Eh bien voilà, on avance un petit peu, tout de même… se réjouit le lieutenant Collins. Et le billet pour le match, qu'est-ce qu'il raconte ?

– Rien non plus pour ce qui est des analyses scientifiques. On sait juste que le numéro du billet fait partie du lot qui était réservé à l'équipe visiteuse, donc aux Celtics de Boston. Mais ce que je ne comprends pas, c'est pourquoi River Williams aurait en sa possession un billet pour un match qu'il était en train de jouer ? Ça n'a pas de sens.

– Ce billet n'était pas pour lui, monsieur le directeur. Il était pour le dénommé Greg Poppington, si l'on en croit le nom inscrit sur l'enveloppe.

– Oui, bien sûr. Vous avez raison, lieutenant. J'imagine qu'il n'y a plus qu'à lui demander directement, à ce Poppington ?

– Là, maintenant, ça va être un peu compliqué, je ne vous le cache pas…

***

Kelly sortit du Grand America. Elle se retourna un instant et admira la splendeur imposante du bâtiment, qui dominait tout Salt Lake City. Il y a cinq ans, elle faisait le pied de grue devant cet hôtel en tendant son micro à bout de bras, au milieu d'une foule de reporters, d'une cour des miracles agglutinée devant les seigneurs du sport. Désormais, c'est elle qui avait sa chambre au Grand America. La Fox n'avait pas été radine, sur ce coup-là, et lui avait réservé quelques nuitées dans le plus bel établissement de l'Utah. Il faut dire que tout s'était fait dans l'urgence et que Kelly était la seule à connaître le coin. C'est donc elle qui avait proposé le Grand America et le voyagiste de la chaîne ne s'y était pas opposé, amoureux qu'il était du joli minois de la journaliste.

Elle consulta sa montre et pressa le pas. Ses recherches lui avaient pris plus de temps que prévu et lorsqu'elle avait levé le nez de son ordinateur, c'était pour constater qu'elle serait sans doute en retard au rendez-vous qu'elle avait donné à ce sergent Perkins. Kelly se félicitait d'avoir contacté le jeune homme, plutôt que ce lieutenant Collins qui la mettait terriblement mal à l'aise avec ses yeux perçants et ses manières d'inquisiteur. Le sergent Perkins, lui, n'avait pas l'air d'être un mauvais bougre, au fond. C'est donc à lui qu'elle donnerait la primeur de ses informations, puisqu'elle-même ne pouvait pas les exploiter directement, étant trop impliquée dans la genèse de cette histoire.

Mais bon sang, ce qu'elle avait trouvé valait son pesant d'or, et il lui faudrait négocier une sacrée réciprocité avec la police de l'État.

Le rendez-vous avait été donné dans un pub un peu branché, le Green Pig, sur University Boulevard. Il ne lui fallait que dix minutes de marche pour s'y rendre, mais le sergent devait déjà l'y attendre. Kelly sortit de la voie privée qui menait au Grand America et prit à droite sur Main Street. Comme souvent à Salt Lake City, ces grandes artères étaient désespérément vides. La nuit était en train de tomber sur l'Utah, on était entre chien et loup, et les réverbères tardaient à donner leur pleine puissance.

Après quelques mètres, elle remarqua tout de même ces deux véhicules qui avançaient à un rythme de sénateur, comme s'ils ouvraient un cortège funèbre. Deux énormes 4 × 4 noirs aux vitres teintées, dont la carrosserie reflétait chacun des points lumineux de Main Street. Ils étaient si lents qu'ils ne parvenaient pas à la dépasser. Elle imagina les conducteurs cherchant leur route, en panne de GPS, dépliant tant bien que mal une carte à l'ancienne.

Puis elle n'y prêta plus attention et commença à traverser les trois voies du Cesar Chavez Boulevard. Là encore, il n'y avait personne à cette heure-ci, à part une petite Toyota rouge qui attendait au feu.

Une fois le carrefour franchi, elle poursuivit son chemin sur Main Street, en empruntant le trottoir, une petite allée goudronnée séparée du bitume par une bande herbeuse et plantée d'arbres.

De l'autre côté des arbres, les 4 × 4 noirs étaient toujours là.

Ils avançaient toujours au même rythme.

C'est-à-dire au rythme de Kelly.

La jeune femme se rendit enfin compte qu'il y avait quelque chose de menaçant dans cette manière de l'accompagner, si tel était le cas. Elle s'arrêta un instant, pour vérifier qu'elle ne se trompait pas. Les véhicules s'arrêtèrent à leur tour. Kelly resta figée ainsi pendant quelques secondes. L'immobilisme des 4 × 4 lui glaça le sang. Elle sentait qu'on l'observait derrière les vitres teintées. L'effet néfaste de sa célébrité naissante, sans doute.

Elle se remit à marcher, plus vite. Et les deux voitures avancèrent à nouveau, sur un rythme un peu plus soutenu, de manière à rester à sa hauteur. Kelly commença à paniquer et songea à faire demi-tour pour rejoindre le Grand America et prévenir la sécurité de l'hôtel. Ou plus simple encore : accélérer, voire sprinter sur les deux cents mètres qui la séparaient du University Boulevard, puis tourner à droite et rejoindre le sergent Perkins au plus vite. C'était la meilleure solution, à ses yeux.

Elle se mit donc à courir, droit devant elle.

Les 4 × 4 accélérèrent encore. L'un d'eux prit de l'avance et coupa le terre-plein de gazon pour se positionner sur l'allée du trottoir.

Kelly laissa échapper un petit cri de terreur. Le ciel s'assombrissait encore au-dessus de la ville et il n'y avait toujours personne dans les environs, à part ces deux monstres de la route qui lui faisaient barrage.

Sans vraiment réfléchir, elle traversa Main Street en passant entre les 4 × 4, se retrouva sur le trottoir d'en face et pénétra dans l'immense parking découvert du centre-ville.

Elle courut à en perdre haleine entre les voitures stationnées, slalomant d'une allée à l'autre pour semer ses poursuivants, se courbant à moitié pour disparaître de leur champ de vision. Mais très vite, elle entendit les deux engins rugir dans les allées. Ils avaient eux aussi traversé l'avenue et coupé les voies du tramway pour entrer dans le parking. Elle entendit aussi des bruits de portière. Deux des occupants des 4 × 4 en étaient sortis pour continuer la poursuite à pied.

Kelly s'arrêta derrière un pick-up, agenouillée, prise de panique. En entrant dans le parking, elle s'était éloignée du Grand America, mais aussi du Green Pig, et donc du sergent Perkins. Elle avait fait exactement ce qu'elle n'aurait pas dû faire.

Les véhicules menaçants remontaient les allées. Leurs conducteurs donnaient de grands coups de volant qui faisaient crisser les pneus. Les faisceaux des phares balayaient le parking, se croisaient parfois. Par moments, Kelly entendait les deux hommes à pied qui se parlaient à distance, afin de se coordonner pour couvrir l'intégralité de la zone.

Toujours courbée entre les voitures, le souffle coupé, Kelly se dirigea du plus vite qu'elle put vers la sortie nord du parking, celle qui menait au University Boulevard. Sur les premiers mètres, elle se rendit compte que ses talons faisaient un boucan d'enfer. Elle se déchaussa, balança les talons sous une voiture et reprit sa course. Lorsqu'elle arriva au boulevard, elle se précipita au milieu de cette artère gigantesque, traversa les six voies, toujours désertes, coupa le carrefour sans se préoccuper de la couleur des feux et se retrouva sur le trottoir du Green Pig, désormais distant d'une cinquantaine de mètres.

C'est à ce moment-là que l'un des 4 × 4 sortit en trombe du parking, grimpant sur le talus pour éviter d'avoir à exploser la barrière du péage. Puis il accéléra pour rattraper Kelly de l'autre côté du carrefour. Mais, ô miracle, un énorme camion traversa le boulevard en provenance de Main Street, bloquant le furieux véhicule pour offrir une demi-longueur d'avance à la jeune femme.

Pieds nus, les collants déchirés, Kelly se précipita à l'entrée du pub en hurlant : « Sergent Perkins, à l'aide ! »

Heureusement, Mickey était bien à l'heure au rendez-vous, lui, et vint aussitôt à sa rencontre. Comprenant qu'elle était pourchassée, il sortit sur le boulevard, prêt à en découdre.

Mais une fois dehors, il ne put qu'observer les deux 4 × 4 accélérer pour disparaître au carrefour suivant. Il lui sembla qu'il s'agissait de deux Jeep Wrangler, mais il ne put l'affirmer avec certitude et il était bien trop loin pour noter une quelconque immatriculation. En revanche, il se dit aussitôt que ce genre de véhicule aurait très bien pu se trouver, la veille au soir, dans le désert salé de Bonneville…

– Ça va, mademoiselle Kaminski ? Qu'est-ce qui s'est passé, vous pouvez me raconter ?

Assise à une table du Green Pig, Kelly mit du temps à retrouver son souffle, ses esprits, et à mettre un peu de côté la peur panique qui s'était emparée d'elle. Ses pieds la brûlaient, tout comme ses poumons, elle avait envie de vomir. D'une traite, elle descendit la moitié d'une pinte de bière et commença à retrouver une respiration normale.

– Je ne peux pas vous dire, sergent, dit-elle en tremblant encore. Je marchais dans la rue, et j'ai fini par comprendre que ces deux bagnoles en avaient après moi. Ces salopards voulaient m'embarquer avec eux, je crois. J'ai essayé de leur échapper comme j'ai pu et me voilà, dans un état pitoyable. Heureusement que vous êtes là, sergent.

Mickey sourit à la jeune femme, qui n'avait absolument rien de pitoyable à ses yeux, et commanda une autre bière.

– Vous avez une idée de la raison pour laquelle ils vous poursuivaient ? demanda-t-il.

– Aucune. Ça tient peut-être à cette histoire avec Poppington, que j'ai contribué à révéler à l'antenne. Ou peut-être parce que j'ai parlé ce matin à votre lieutenant. Je ne sais pas.

– Poppington… Il est dans un sale état, à l'heure où l'on parle. Lui aussi a été pris en chasse par deux véhicules de ce type. Le lien est tout trouvé avec ce qui vient de vous arriver.

– Pourquoi dans un sale état ? Ils l'ont tabassé ? demanda Kelly, toujours sous le coup de l'émotion.

– Apparemment non. Je pense qu'ils voulaient juste lui faire peur, et ça a mal tourné. Il a eu un accident. Si ça peut vous rassurer, je pense que vous aussi, ils voulaient juste vous faire peur. Vous empêcher de continuer à évoquer cette affaire, par exemple.

– Oh merde. Alors c'est peut-être aussi lié à ce que j'ai trouvé aujourd'hui.

– C'est ce dont vous vouliez me parler, c'est ça ?

– Oui. Je ne pensais pas que ça me mettrait en danger comme ça. Si j'avais su…

– On peut vous protéger, Kelly. Mais il faut tout me dire.

La jeune femme releva les yeux vers le beau gosse qui se la jouait protecteur, désormais. Pourtant, elle n'avait pas vraiment envie d'y voir un double jeu. L'heure n'était plus aux manœuvres tactiques. Elle se recula sur son siège et commença son récit.

– J'ai retrouvé l'enregistrement de mon entrevue avec Greg Poppington, là où tout a commencé. Quand il m'a raconté l'histoire de l'adoption de River Williams, pour que je la révèle à l'antenne. Je voulais réécouter ce qu'il m'avait dit à l'époque, parce qu'il me semblait bien qu'il n'était pas tout seul dans cette affaire. Et effectivement, sur cet enregistrement, il évoque une sorte d'« associé », sans le nommer. Un associé qui serait plutôt le commanditaire de la révélation. À un moment, il dit de lui qu'il a travaillé dans le lycée où River Williams est devenu un grand basketteur.

– Ah bon ? s'étonna Mickey. À l'Overbrook High School ?

– Oui. Vous connaissez, sergent ?

– Bien sûr. C'est un lycée de Philadelphie qui est revenu sur le devant de la scène quand River Williams a été sélectionné par Boston, à la draft. L'Overbrook, c'est aussi de là que vient une ancienne légende de ce sport : Wilt Chamberlain, dans les années 60.

– C'est aussi le lycée où Will Smith a étudié, pour info. J'ai appris ça en faisant mes recherches sur le net. Mais je voulais surtout aller jeter un œil sur l'organigramme de la section basket, celui des années où River y était. J'ai mis du temps à trouver ce que je voulais…

Kelly s'interrompit. Un crissement de pneus sur le boulevard la fit sursauter. Elle se remit à trembler, imaginant ses poursuivants de retour à ses trousses.

– N'ayez crainte, mademoiselle Kaminski, la rassura Mickey. Je ne pense pas qu'on les reverra de sitôt. Ils voulaient rester discrets, éviter au maximum de se faire remarquer. Leur opération a échoué, ils sont repartis la queue entre les jambes, j'en suis sûr.

La jeune femme se recroquevilla sur elle-même. Elle peinait à retrouver son calme et scrutait les alentours avec une terrible inquiétude.

Mais il fallait qu'elle se reprenne, se dit-elle dans un sursaut d'orgueil. Elle respira un grand coup, but à nouveau quelques gorgées de bière et continua son récit.

– Je n'ai pas tout de suite trouvé ce que je cherchais. Presque par hasard, je suis tombée sur des papiers bizarres dans la presse locale, dont un qui parlait à mots couverts de la fugue d'un jeune étudiant basketteur, qu'on avait retrouvé errant dans les rues de Philadelphie. C'était le jeune Williams, il n'avait que 17 ans à l'époque. On l'avait retrouvé à moitié nu, tenant un discours complètement décousu au sommet des « Rocky Steps », devant le Museum of Arts. Les psy avaient conclu à une « bouffée délirante », un épisode de folie passagère, sans conséquence pour la suite.

– Ah bon ? s'étonna Mickey. C'est curieux que cette histoire ne soit pas ressortie au moment où River est devenu célèbre. Vous connaissant, vous les journalistes, vous auriez adoré raconter tout ça dans les moindres détails…

– Moi, ça ne m'étonne pas que ça ait été passé sous silence. C'est le genre d'événement qu'il vaut mieux cacher si l'on ne veut pas que le joueur perde immédiatement de sa valeur marchande.

– Bien vu. C'est du business, tout ça. À un niveau qui nous dépasse totalement.

– Donc voilà, ce gamin, il avait une terrible fragilité psychologique, c'est la conclusion que j'en ai tirée. Et parmi le personnel qui encadrait l'équipe de basket du lycée, il y en avait un qui était aux premières loges, et qui s'en est souvenu avant de me contacter pour tenter de le déstabiliser.

– Le déstabiliser au point qu'on le retrouve mort au fond d'une crevasse ?

– Je ne sais rien de ce qui s'est passé après sa disparition, sergent. Là, je me suis intéressée aux origines de l'histoire. Et c'est pour ça que j'ai passé en revue les différents organigrammes correspondant aux années passées par River Williams à l'Overbrook High School.

– Et vous avez trouvé un nom qui vous parle ?

– Moi, je ne m'y connais pas en basket. Vous, si. Voici les listings. Dites-moi si vous, ça vous parle.

Mickey s'empara des feuilles que Kelly avait soigneusement pliées en quatre et cachées dans la veste de son tailleur.

Il les parcourut rapidement. Pour ce qui était de la dernière année de River, celle juste avant la draft, aucun nom ne lui semblait connu, même parmi les entraîneurs de l'équipe première.

Pour ce qui était de l'année précédente, celle des 17 ans de River, et donc de la fameuse « bouffée délirante », Mickey s'avoua tout aussi impuissant. Il n'avait jamais entendu parler du directeur de l'équipe, du coach ou de ses adjoints, tous ceux dont les noms étaient au sommet de la liste.

Il s'apprêtait à tourner la page, lorsqu'il tomba sur le nom de l'assistant vidéo de l'époque, tout en bas de la deuxième feuille. Le nom de celui qui était censé décortiquer les images de matches, analyser les performances de l'équipe ou celles des futurs adversaires.

Le nom d'un personnage obscur, qui pourtant était promis à une destinée inespérée.

Bruce Dawkins.

SIXIÈME PARTIE

Game Day

CHAPITRE 19

Minuit passé sur la Mineral Road.

Le ciel était d'un noir profond, que ne dévoyait aucun éclairage artificiel. Les étoiles n'en semblaient que plus brillantes, milliers de têtes d'épingles lumineuses disséminées sur la voûte céleste. La Lune, elle, était pleine, obèse, démesurée. Quand on l'observait depuis le belvédère, elle n'était plus ce simple satellite qui rythmait les nuits ; elle accédait enfin au statut de planète, imposante et majestueuse. Elle rayonnait au-dessus du canyon et offrait une digne alternative au disque solaire. Il suffisait de couper les moteurs, d'éteindre les phares et de prendre le temps de s'habituer à l'obscurité.

Alors se révélait ce paysage époustouflant qui s'étendait à perte de vue, ces reliefs teintés de gris et de bleu qui plongeaient jusqu'à la Green River. Cette impression d'embrasser l'horizon tout entier. Cette envie d'attendre des heures pour apercevoir, au loin, les premières lueurs du jour.

La fraîcheur de la nuit s'était installée sur ce décor nocturne. Au fond du canyon, le fleuve s'écoulait lentement dans la pénombre. Le silence était tel qu'on aurait pu entendre le clapotis des eaux boueuses.

Et ils étaient là, les bras chargés de fleurs, muets devant ce panorama en monochrome.

Ils étaient une dizaine d'ombres immobiles, hommes et femmes qui prirent le temps de se recueillir. Puis l'un d'eux donna un signal discret, et les ombres se mirent en marche le long de la Mineral Road.

On n'entendait que le bruit de leurs pas. Celui de la terre rouge qui crissait au rythme de la procession. Ils se frôlaient, se tenaient par les épaules, se prenaient la main sans honte. On aurait dit un cortège funèbre. C'était un pèlerinage.

Ils descendirent les lacets, sans se presser. Sans s'aider d'un quelconque éclairage, sans sortir les téléphones. Sans échanger le moindre mot. Tout cela était inutile.

Un virage, puis deux, puis trois.

Enfin, ils s'arrêtèrent devant la corniche qui menait à la fameuse crevasse. Celle du squelette en chaussures de basket. Tous, sans exception, s'approchèrent du rebord pour cracher dans la nuit. Les uns après les autres, comme on agite le goupillon au-dessus du cercueil.

Ensuite il se retournèrent, firent quelques pas de plus dans la descente. Et s'arrêtèrent à nouveau. Face au vide, face à la Green River en contrebas.

Alors ils jetèrent leurs fleurs dans la nuit. Elles volèrent un instant sous la lune puis disparurent dans l'obscurité, sans bruit. Ils s'écartèrent, et laissèrent le dernier d'entre eux s'approcher de la falaise.

« *Down to the river* », dit-il en guise d'oraison funèbre.

Puis Raymond jeta sa fleur, à son tour.

***

Duncan se leva d'un coup, malgré cette nuit interminable. Il avait eu un mal fou à trouver le sommeil. Il s'était réveillé vers trois heures du matin, puis à cinq heures. Il avait tourné en rond dans sa chambre avant de tomber à nouveau, épuisé. Il y avait trop de choses qui tournaient dans sa tête.

Lui, Duncan Leonard, 19 ans et quelques mois ; lui, le gamin du Bronx, allait débuter ce soir un match de play-offs NBA, avec le Jazz de l'Utah, contre les Lakers. Un match de play-offs. Le premier de sa jeune carrière. Il n'en revenait toujours pas.

Ce match, il l'avait rêvé toute la nuit, quart-temps par quart-temps. Il l'avait joué déjà trois fois dans son imagination, sans compter les délires de son inconscient pendant son sommeil. Et à chaque fois, il sortait vainqueur de cette opposition virtuelle. Lui et ses camarades parvenaient à déjouer les pronostics et à terrasser les Lakers. Ils égalisaient à deux victoires partout dans la série, et se relançaient formidablement avant de se déplacer à nouveau à Los Angeles.

Tout ça, c'était bien joli. Mais le vrai match, c'était ce soir qu'il allait se jouer.

Alors, même si Duncan avait mal dormi, il s'était levé sans attendre. Le programme était basique : petit déjeuner, réveil musculaire, et puis cet entraînement très léger qu'on nomme le *shootaround.* Quelques exercices de shoot, quelques dribbles, deux ou trois mises en place tactiques de la part du coach, et c'était tout. Juste de quoi se débarrasser de l'énergie négative des jours de match, évacuer le stress naissant et bien préparer la journée. S'ensuivrait une petite séance vidéo, pour se remémorer les points forts et les points faibles de l'adversaire, et puis ce serait déjà l'heure du déjeuner.

La routine, quoi. Un programme habituel, pour un rendez-vous exceptionnel. Ce soir, ce match serait un tournant capital dans la série qui opposait le Jazz aux Lakers, quoi qu'il arrive. Une victoire des hommes de l'Utah et tout serait relancé ; un succès des *Angelinos*, et les Lakers auraient fait un grand pas vers les finales de la conférence Ouest. Il y avait effectivement de quoi perturber le sommeil d'un *rookie* qui se voyait propulsé sur le devant de la scène.

Duncan Leonard se savait à la hauteur de ce rendez-vous, même s'il n'avait que très peu joué tout au long de la saison. Il avait confiance en ses capacités. Il lui fallait juste rester concentré, dans sa bulle.

Alors il mit son casque, branché sur du son venu de l'East Coast, forcément : Joey Bada$$ ou Meek

Mill. Puis il s'appliqua à rentrer dans cette journée du bon pied. La plus importante de sa vie, jusqu'ici.

***

– Aujourd'hui ? Vous voulez le voir aujourd'hui ?

Lisa Carlson avait blêmi en découvrant le badge de Jefferson Collins. Rien à dire, le lieutenant représentait bien la loi et son autorité ne pouvait être décemment contestée. Mais tout de même. En tant qu'*executive assistant*, l'une des missions premières de Lisa Carlson était de protéger le *head coach* de toute intervention extérieure. Monsieur Bruce Dawkins ne saurait être dérangé. Surtout un jour comme aujourd'hui. Elle tenta de plaider sa cause.

– Vous êtes au courant qu'aujourd'hui, c'est le *Game Day* ? Que monsieur Dawkins doit diriger ce soir un match de la plus haute importance ? Que les intérêts qui sont en jeu sont colossaux pour la franchise ?

– Je n'en doute pas une seule seconde, madame, répondit Jefferson. Mais croyez bien que si je souhaite le rencontrer ce matin même, c'est que j'ai de très bonnes raisons.

Lisa Carlson blêmit un peu plus encore.

– Il n'y a rien de grave, rassurez-moi ?

– Vous comprendrez également que je ne puisse rien vous dire, madame.

L'assistante comprit en effet qu'il n'y avait pas grand-chose à faire pour contrer la détermination du lieutenant du SBI. Elle se demandait à présent comment elle allait présenter la requête à Bruce Dawkins. Le coach n'était pas réputé pour être tendre avec ses subalternes. Comme bon nombre de ces managers qui ont connu une ascension fulgurante et inespérée, il avait développé une forme de mépris pour ceux qui étaient restés à l'étage inférieur, celui qu'il fréquentait autrefois. Et même s'il n'était qu'un petit bonhomme rondouillard à la voix fluette, ses colères épidermiques faisaient trembler tout le staff qui dépendait de lui.

Lisa invita donc les deux policiers à la suivre, tout en priant pour que cette histoire ne lui retombe pas dessus. Jefferson et Mickey lui emboîtèrent le pas.

Depuis l'« atrium », l'immense hall d'accueil de l'Arena, ils empruntèrent un passage protégé qui les fit descendre directement dans le saint des saints, dans les entrailles du stade. Ils se retrouvèrent bientôt dans un vaste couloir de béton brut, au plafond duquel couraient des canalisations imposantes. Ce décor sans âme était vaguement agrémenté de quelques portraits des stars de l'équipe et autres bannières aux couleurs de la franchise. Jefferson s'engagea dans ce couloir sans y prêter attention, à l'inverse de Mickey : le sergent reconnaissait là l'un des endroits par lesquels arrivaient les joueurs avant chaque match, devant les caméras de télévision. Ces images, il les avait vues mille fois sur son petit écran. Et voilà que lui, Michael « Mickey » Perkins, celui qui un jour rêva de devenir basketteur NBA, marchait dans les pas de ces géants qu'il vénérait aujourd'hui.

À la suite de leur accompagnatrice, les deux hommes passèrent non loin des *locker rooms*, les vestiaires du Jazz et de l'équipe visiteuse. Excité comme un gamin, Mickey en montra les accès à Jefferson, comme s'il était le guide touristique de l'Arena. Le lieutenant s'amusa tout d'abord de constater à quel point le jeune sergent était enthousiaste.

Puis il s'arrêta, réfléchit un instant, et s'adressa à Lisa Carlson.

– Dites-moi : au moment des Finales NBA, il y a cinq ans, le vestiaire des Celtics de Boston était celui-ci ?

– Oui, bien sûr. C'était juste après la rénovation de l'Arena. Tout n'était pas encore complètement terminé, mais déjà à l'époque, l'équipe adverse s'installait dans ce vestiaire. Pourquoi donc ?

– Et l'accès à la sortie se faisait déjà par cette porte ? Et uniquement par ici ?

– Oui, c'est ça. Comme je vous le disais, on avait entamé une rénovation qui avait traîné en longueur, et il y avait peut-être quelques imperfections ici et là. Mais l'un des accès était devant vous. Il y en avait un autre par l'arrière, pour les ouvriers et les équipes de nettoyage.

Jefferson mémorisa cette information et se promit de se pencher à nouveau sur la disposition des lieux. Mais pour l'heure, le plus important était d'aller parler à ce Bruce Dawkins.

Ils reprirent leur marche en avant et débouchèrent bientôt dans la grande salle de l'Arena, au bord du terrain qui portait les couleurs du Jazz. Mickey ne tenait plus en place. Vue du sol, la salle était encore plus impressionnante que depuis les tribunes. Il leva les yeux au plafond, pour y saluer les maillots retirés de la franchise : Karl Malone et John Stockton, les deux stars des Finales 1997 et 1998, mais aussi les anciens comme Pete Maravich, Jeff Hornacek ou Mark Eaton, l'un des meilleurs contreurs de l'histoire. Puis Mickey toucha le parquet de la pointe du pied, religieusement, comme on effleure le gazon sacré du Center Court de Wimbledon, en redoutant l'intervention des *bobbies*.

En arrière-plan, le *shootaround* de l'équipe avait débuté, avec un enchaînement de tirs un peu désordonnés, sans grande réussite. Les jeunes loups du Jazz s'échauffaient en silence, sans échanger le moindre mot, sans partager quoi que ce soit, la tête basse. Leur attitude n'était guère rassurante, car c'était bien la cohésion et l'esprit d'équipe qui avaient fait leur réussite jusqu'alors.

Un peu à l'écart, Duncan Leonard travaillait sa mécanique de tir à longue distance, dans le *corner*, bien calé contre la ligne de fond. À l'inverse de ses camarades, son regard en disait long sur sa détermination. Il gardait ses écouteurs sur les oreilles.

Sur le bord du terrain, le coach Dawkins observait la séance avec la tête des mauvais jours, les bras croisés et les sourcils froncés. On sentait bien que lui non plus n'avait pas passé une bonne nuit. On comprenait surtout qu'il n'avait toujours pas trouvé de réponse tactique au problème posé par les Lakers.

Craintive, son assistante s'approcha de lui.

– Vous rigolez ou quoi, Lisa ? Vous croyez que je n'ai que ça à foutre ?!

Comme prévu, Bruce Dawkins eut une réaction excédée et méprisante. Sa voix monta dans les aigus pour bien faire comprendre à Lisa Carlson qu'il n'était pas question qu'on le dérange. Mais il était trop tard. Jefferson Collins et Mickey Perkins étaient entrés sur le parquet à la suite de l'assistante.

C'est Jefferson qui prit la parole, sur un ton empreint de fermeté.

– Monsieur Dawkins, il faut absolument qu'on vous parle sans attendre. J'ai bien compris que le moment était mal choisi. Mais certains événements assez graves se sont produits ces dernières vingt-quatre heures et nous poussent à agir rapidement.

– De quoi voulez-vous parler ? Je vous signale que moi, j'ai un autre événement qui va se produire dans les heures à venir. Et il a une importance qui vous dépasse certainement. Alors je vais vous demander de sortir de ma salle sans attendre, et nous reprendrons cette discussion demain, à l'heure qui vous plaira. Lisa, raccompagnez ces messieurs.

– Je crois que vous n'avez pas très bien compris, monsieur Dawkins. Ça n'est pas à vous d'en décider.

C'est vous qui allez nous suivre dans un endroit plus discret, et vous allez répondre à nos questions.

– Écoutez-moi, lieutenant. Vous avez peut-être une jolie plaque d'officier, mais le patron, ici, sur ce parquet et dans cette salle, c'est moi. Alors, vous sortez.

Bruce Dawkins s'était avancé face à Jefferson Collins, qui n'avait pas bronché. Le coach du Jazz se croyait impressionnant, mais le lieutenant en avait vu d'autres. Des caïds, des parrains, des mafieux de toutes sortes, de ceux qui avaient le calibre à l'arrière du pantalon et des hommes de main dans tous les coins. Plus d'une fois, il avait senti la goutte de sueur froide dégringoler le long de son échine au moment d'entamer des négociations qui s'annonçaient délicates. Alors non, un petit coach d'une équipe de basket, aussi prestigieuse fût-elle, ça ne l'impressionnait pas le moins du monde.

Jefferson s'avança à son tour, jusqu'à ce que son nez touche presque celui de son interlocuteur. Sans desserrer les dents, sur un ton glacial, c'est lui qui se fit menaçant.

– Monsieur Dawkins. Je ne pense pas que vous soyez au courant. Alors je me permets de vous donner l'information : à l'heure où l'on parle, le dénommé Greg Poppington est entre la vie et la mort au Latter-Day Saints Hospital. Cage thoracique enfoncée, hémorragie interne. Et j'ai d'excellentes raisons de penser que vous y êtes pour quelque chose.

Surpris, Bruce Dawkins recula d'un mètre, cédant ainsi dans le duel physique qu'il avait pourtant souhaité imposer. Comme l'avait supposé le lieutenant, il n'était effectivement pas au courant de l'état de santé de Poppington. Et la nouvelle le laissa pantois. Il tenta tout de même de sauver la face.

– C'est bien triste, mais qu'est-ce que vous voulez que ça me fasse ? Je ne le connais pas, ce Poppington. Je n'ai rien à voir avec lui !

– Là encore, nos informations nous disent le contraire. Vous pourrez démentir tout ce que vous voudrez, mais je vous conseille plutôt de ne pas aggraver la situation.

– Enfin, mais de quoi voulez-vous parler ? Lisa, je vous ai demandé de faire sortir ces messieurs !

L'assistante était tétanisée, ne sachant quel parti prendre. À ses côtés, le sergent Perkins intervint à son tour, histoire d'enfoncer le clou.

– En revanche, dit-il à Dawkins, la bonne nouvelle, c'est que Kelly Kaminski, elle, se porte plutôt bien. Elle a été choquée sur le coup, mais elle va beaucoup mieux. Et l'autre bonne nouvelle, c'est qu'on a pu identifier l'un des deux véhicules.

C'était un mensonge, certes. Mais un mensonge tactique, que le lieutenant Collins apprécia à sa juste valeur. Dawkins en devint livide.

– Ok, suivez-moi. On va monter dans une loge. Lisa, vous pouvez nous laisser. Je serai injoignable pendant cette entrevue.

Les trois hommes avaient rejoint la loge officielle des dirigeants de la franchise. Un espace luxueux qui offrait une vue imprenable sur le terrain, des fauteuils en cuir et un bar de cinq mètres de long. Derrière les baies vitrées, Bruce Dawkins aurait même pu continuer à superviser le *shootaround*, mais le cœur n'y était plus.

– Écoutez, je ne sais pas ce que vous vous imaginez, mais je ne suis absolument pas responsable de ce qui s'est passé, dit le coach, qui avait perdu toute sa superbe.

– Pourtant, vous étiez au courant, non ? intervint Mickey. Pour Poppington et pour Kaminski. Vous saviez parfaitement qu'ils avaient été pris en chasse par deux 4 × 4 plutôt agressifs. Je me trompe ?

Dawkins balbutia quelques onomatopées incompréhensibles. Ses premières réactions l'avaient trahi, il avait du mal à faire machine arrière et feindre la surprise. À la suite de Mickey, Jefferson continua à jouer le coup de bluff : Dawkins ne savait pas qu'ils ne savaient pas vraiment. Il ne se doutait pas non plus qu'ils n'avaient que des doutes.

Alors le lieutenant abattit la dernière carte.

– Tôt ou tard, croyez-moi, on va finir par prouver que vous avez envoyé ces deux bagnoles aux trousses de Poppington et Kaminski pour leur ficher la trouille de leur vie. C'est un acte d'intimidation, une atteinte à la personne caractérisée. Mais vous voyez, je vous accorde le fait que le but de l'opération n'était pas de les éliminer. Pas de chance, ça a mal tourné avec Poppington. Alors maintenant, vous allez nous raconter ce que vous savez, et vous allez nous expliquer pourquoi vous avez eu besoin de faire taire Poppington et Kaminski.

Le coach marqua un temps d'arrêt. Son regard allait de l'un à l'autre, du lieutenant au sergent. Tout allait très vite dans son esprit. Trop vite. Il chercha une porte de sortie.

– Si je vous raconte ce que je sais, vous…

– Ne comptez pas sur nous pour passer l'éponge, le devança Jefferson. Mais nous tiendrons compte de votre coopération, monsieur Dawkins. Au moins le temps de vous laisser diriger le prochain match.

Le coach tout-puissant n'était plus que l'ombre de lui-même. Il s'effondra sur l'un des fauteuils en cuir de la loge.

– Quel abruti, ce Poppington, gémit-il. Il a réussi à se foutre en l'air…

Jefferson sourit intérieurement. Le coup de bluff était bien plus efficace qu'il ne l'aurait imaginé : ce Dawkins n'opposait aucune résistance. Il n'y avait plus qu'à débuter l'interrogatoire.

– Pourquoi l'avez-vous fait suivre ainsi ?

– Pour lui faire comprendre qu'il fallait qu'il ferme sa gueule. Son nom était apparu sur cette putain d'enveloppe retrouvée sur le corps de River Williams. Et il allait tout balancer, c'était sûr et certain.

– Balancer quoi ? demanda Mickey. Que c'est vous qui êtes à l'origine de la mort de River ?

– Non, non et non ! s'insurgea Dawkins, retrouvant une énergie insoupçonnée. Je n'ai rien à voir avec sa mort ! Je ne l'ai pas tué, vous comprenez ? À l'époque, tout ce que je voulais, c'était le fragiliser avant le match qu'il allait jouer contre nous. Ok, Poppington, je le connaissais : j'avais fait appel à lui, autrefois, parce que je voulais faire suivre ma femme que je croyais infidèle, à tort. Bref, peu importe. C'est à cette occasion qu'il m'avait raconté les origines de l'adoption de River Williams, au détour d'une conversation. Et quand, plus tard, on s'est retrouvé à jouer contre River pour les Finales NBA, je me suis souvenu de l'histoire et j'ai demandé à Poppington de la rendre publique, pour déstabiliser le gamin, parce que je savais qu'il était fragile. Point final. Il n'y a pas mort d'homme, non ? Je voulais que ça reste secret, c'est tout. Il faut absolument que ça continue à rester secret.

– C'est sûr que le premier titre du Jazz, qui est déjà contesté, serait carrément remis en cause si votre manigance était révélée, grinça Mickey. Et vous pourriez dire adieu à votre jolie carrière d'entraîneur en NBA…

– Je ne vous le fais pas dire. Même si je ne suis pas vraiment responsable de ce qui s'est passé, au bout du compte. Je voulais perturber River, je ne voulais pas qu'il finisse au fond d'une crevasse !

– Pourtant, vous nous l'avez dit, vous saviez que ce gosse était particulièrement fragile, n'est-ce pas ? intervint Jefferson. Vous étiez là, quand il a fait cette drôle de fugue, à l'Overbrook High School ? C'est bien à cette époque que vous étiez l'assistant vidéo de l'équipe de basket du lycée ?

Bruce Dawkins devint encore plus livide. Décidément, ces deux policiers avaient bien bossé leurs dossiers avant de venir le voir.

– Oui, j'étais là… En simple spectateur. Je l'ai vu revenir après ce que les médecins ont appelé une « bouffée délirante aiguë ». C'était le terme psychiatrique : une altération de la réalité, un changement d'humeur et de comportement complètement irrationnel, à cause d'un surcroît d'angoisse et d'anxiété. La version officielle, c'est qu'il avait simplement pété un plomb, que ça n'était qu'un épiphénomène et que ça ne se reproduirait plus. Mais moi je l'avais observé, le gamin. Dans mes vidéos et dans la vie de tous les jours. Je savais qu'il avait perdu le goût de jouer au basketball. Parce que c'était le sport que ses parents adoptifs l'avaient obligé à pratiquer, avec une sévérité et une dureté de tous les jours, pour qu'il devienne le champion dont ils avaient rêvé, eux. Un champion qui pourrait leur offrir un confort financier inespéré, et une gloire par procuration. À cause de tout ça, à cause de cette dureté, de cette absence totale de sentiments, River en était venu à cultiver une rancœur, une haine inextinguible envers ses parents adoptifs. Lui, il n'avait aucune envie de devenir un champion de basket, parce que ça n'était pas son rêve à lui. Et puis, il redoutait la notoriété comme la peste. Il aurait tant voulu se fondre dans le paysage et disparaître aux yeux de tous, pour être enfin tranquille… Mais ça n'est pas aussi simple quand on mesure 2,16 m, et qu'on est une superstar en devenir. C'est même carrément impossible. Ce gamin était un colosse, c'est entendu. Mais il était incroyablement fragile à l'intérieur.

– Et tous ces souvenirs des années lycée vous sont subitement revenus à l'esprit pour mettre au point ce plan pas très glorieux, se désola Mickey.

– Faut me comprendre. Je suis sûr que vous pouvez me comprendre, si vous connaissez un peu ce sport. Avec River Williams dans l'équipe d'en face, on n'avait absolument aucune chance. On aurait été la risée de toute la NBA. Je ne pouvais pas le supporter, même si ça n'était pas moi le coach principal, à l'époque. J'ai pensé bien faire, mais ça a dérapé, qu'est-ce que vous voulez…

– Justement, qu'est-ce que vous savez de ce… « dérapage » ? En clair, qu'est-ce que vous savez de la mort de River Williams ?

– Rien, je vous l'ai dit. Je n'ai rien fait de plus que de demander à Poppington de prévenir cette journaliste et de lui raconter son histoire. Contre une petite rémunération, évidemment. Une grosse, même. Mais ça ne fait pas de moi un criminel pour autant.

– Pourquoi avez-vous choisi Kelly Kaminski ? demanda Mickey.

– Parce qu'elle était jolie. C'est idiot, hein ? Et aussi parce qu'elle avait l'air d'avoir les dents qui rayaient le parquet. Je ne me suis pas trompé, sur ce coup-là. Sans le savoir, elle a joué le jeu au-delà de nos espérances.

Un silence s'installa dans la loge présidentielle. C'est Jefferson qui reprit l'interrogatoire, bien décidé à ne laisser aucun répit à Bruce Dawkins.

– Et pourquoi, au moment de mourir, River avait-il sur lui une enveloppe au nom de Poppington ? demanda-t-il.

– Je n'en sais fichtre rien, lieutenant ! Tout ce que je peux vous dire, c'est que cet abruti de Poppington en a fait beaucoup plus que je lui avais demandé. Il a fait du zèle, le con. Il s'est dit que s'il s'agissait de déstabiliser le meilleur joueur du moment, il fallait y aller franco.

– Et qu'est-ce qu'il a donc fait ? insista Mickey.

Dawkins secouait la tête en gémissant, les yeux rivés au sol, comme s'il se parlait à lui-même.

– Vous ne devinerez jamais… Quelle idée débile ! Il voulait le faire venir à la salle, mais je m'y suis opposé catégoriquement. Imaginez que ça galvanise son gamin au lieu de le fragiliser ? On se serait tiré une balle dans le pied !

– Mais de qui parlez-vous, enfin ? s'agaça Jefferson.

– Du père de River ! Poppington l'avait retrouvé à Los Angeles, et il l'a fait venir à Salt Lake City !

CHAPITRE 20

Kelly retrouva sans peine la direction des studios de la KUTV, sur Main Street. Elle n'avait pas oublié que c'est ici qu'elle avait fait ses débuts devant la caméra, qu'elle avait cultivé ses rêves pour en récolter le fruit quelques années plus tard. Lorsque les portes vitrées s'ouvrirent, elle se souvint aussitôt du parfum des lieux, du sourire de l'hôtesse d'accueil, qui n'avait pas changé, de la sonnerie du téléphone. Une foule de souvenirs lui revinrent à l'esprit. Une forme de nostalgie, également. Celle du temps de l'insouciance, de la concurrence inoffensive, de l'info de proximité ; tout ce qu'elle avait détesté, en vérité. Mais au lendemain de l'agression dont elle avait été la victime, elle trouva une forme de réconfort à revenir sur ses propres pas.

Ses anciens collègues vinrent la saluer et la féliciter pour son travail sur la Fox, l'encouragèrent à aller encore plus loin, jusqu'à obtenir sa propre émission. Il n'y avait pas de rancœur ou de jalousie dans leurs propos, ils étaient juste heureux de voir qu'une fille du coin s'était trouvé un destin grand comme le pays. Kelly en fut touchée bien plus qu'elle ne l'aurait imaginé ; elle n'était plus habituée à la simplicité des sentiments et des discours.

Puis ce fut Jack McGee qui vint à sa rencontre. C'est lui qui l'avait conviée dans les locaux de la chaîne locale, parce qu'il avait quelque chose d'important à lui montrer, disait-il.

Il la conduisit donc dans une petite salle à l'aménagement sommaire : deux chaises, une table sur tréteaux, deux moniteurs dédiés au montage vidéo, et un écran large qui servait au visionnage.

Le cameraman referma la porte et invita Kelly à s'assoir.

– Ma chère Kelly, je pense avoir de quoi nourrir ton prochain duplex… Figure-toi qu'il y a cinq ans, le soir du dernier match de River Williams, j'avais un camarade qui était dans le stade. Tex, il s'appelle. Il travaillait pour TNT, la chaîne qui retransmettait la rencontre sur le réseau national ; comme c'est l'usage, la production avait fait appel à des cadreurs locaux pour compléter ses équipes. C'est comme ça que Tex s'était retrouvé à bosser pour TNT. Évidemment, on ne lui avait pas confié le plan large du match ou les plans serrés sur les joueurs. Lui, on l'avait placé dans le tunnel d'accès au terrain, celui qui mène aux vestiaires. Il devait filmer les arrivées des joueurs pour illustrer l'avant-match, et puis toutes les images susceptibles d'être intéressantes dans cette zone bien précise de la salle.

– La zone qui est donc entre le terrain et les vestiaires, c'est bien ça ?

– Exact. C'est ce qu'on appelle le tunnel. Et mon pote Tex, il était tellement content de piger pour une télé nationale qu'il a enregistré tout ce qu'il a tourné sur un petit disque dur, histoire de se faire un souvenir, tu comprends ?

– Je comprends. Et il t'a donné les images.

– C'est ça. Enfin, c'est plutôt moi qui les lui ai demandées. Il m'avait tellement rabâché les oreilles avec son exploit que je ne me suis pas gêné. Ce matin, je suis venu ici pour les visionner, et j'y ai trouvé une séquence inédite, qui vaut son pesant d'or. Je te montre.

Jack se retourna sur le clavier de l'ordinateur et choisit le fichier correspondant au disque dur de son camarade. Une barre de défilement s'afficha sur les moniteurs, avec des petits points rouges pour marquer les séquences intéressantes. Jack cliqua sur le premier marqueur et une image apparut.

Là, sur l'écran de la salle de montage de la KUTV, un fantôme surgit du passé. River Williams, à son arrivée dans la salle. Juste avant ce match qui serait le dernier de sa vie.

Sous les yeux de Jack et de Kelly, le jeune homme traversa l'écran sans un regard pour la caméra, la tête baissée, le casque sur les oreilles. Concentré à l'extrême, ou perdu dans ses pensées.

– On la connaît, cette image, se souvint Kelly. Elle est passée en direct, et tout le monde l'a réutilisée par la suite, pour illustrer les sujets sur sa disparition.

– Oui, et celle-ci aussi, regarde : c'est pendant le match, un peu avant la fin du deuxième quart-temps. Quand River rentre au vestiaire parce que le coach l'a sorti du terrain. Tex le suit tout du long, jusqu'à ce qu'il referme la porte.

– C'est la toute dernière image qu'on ait eue de lui, murmura Kelly. Après ça, River Williams a disparu, purement et simplement. J'ai beau l'avoir vue des centaines de fois, ça me fait toujours quelque chose de revoir cette séquence. C'est comme si, juste après ces quelques secondes immortalisées par les caméras de télévision, il n'y avait plus rien qu'un grand mystère, une énigme insoluble.

Jack appuya sur la barre d'espace du clavier pour arrêter la vidéo et fixa la jeune journaliste.

– Si je t'ai appelée ici, c'est justement parce que je ne pense pas que ce soit la dernière image qui existe de River Williams.

Kelly ouvrit de grands yeux incrédules. Alors Jack sélectionna le dernier des marqueurs.

Sur l'écran de visionnage, la caméra de Tex sembla vaciller, tomber à terre. Bientôt, son objectif ne cadra que le béton du sol, le bas de la porte du vestiaire, et les pieds de Tex, qui visiblement venait de poser son outil pour prendre une pause.

– Le jeu avait repris sur le terrain, précisa Jack. Je pense que Tex a estimé à ce moment-là que le réalisateur du match n'avait plus besoin de sa caméra dans le tunnel. Alors il l'a posée au sol. Mais bien sûr, elle a continué à tourner, puisqu'elle était reliée au car-régie. Et c'est là que j'ai remarqué ça, à l'arrière-plan. Je te le passe au ralenti, tu verras mieux.

Kelly plissa les yeux, se rapprocha du moniteur de visionnage. À l'écran, les grosses chaussures de Tex finirent par sortir du cadre, libérant le champ et laissant l'autofocus faire le point sur le fond de l'image.

Et Kelly finit enfin par apercevoir ce que personne n'avait remarqué jusqu'alors, pas même Tex.

C'était furtif, mais suffisamment lisible au ralenti.

Au loin, elle distingua une ombre sortir par la porte arrière du vestiaire. Une ombre qui poussait un fauteuil roulant, sur lequel avait pris place un homme en survêtement, la capuche sur la tête. Stupéfaite, la journaliste ouvrit la bouche sans émettre le moindre son. Il lui fallut un temps avant de pouvoir formuler une question.

– Tu crois que… que River est l'un de ces deux hommes ? finit-elle par demander.

– Je ne suis sûr de rien, évidemment. Mais ces deux-là sortent du vestiaire de Boston, où River aurait dû se retrouver seul à ce moment-là.

– Mais ça pourrait être n'importe qui, on est d'accord ?

– Pas n'importe qui, non. Celui qui pousse le fauteuil roulant n'est pas River, c'est sûr : il a l'air de faire la même taille que moi. En revanche, celui qui est assis sur le fauteuil…

– Il est assis, justement, comment veux-tu que…

Kelly plissa encore les yeux, au moment où Jack choisissait une image arrêtée un peu plus précise, avant de zoomer sur la partie intéressante.

La journaliste se concentra, compara ce qui était comparable, puis se recula sur le dossier de son siège. Elle fut bien obligée de constater que les segments de l'inconnu en survêtement étaient démesurés. Ses bras, ses jambes, son torse prenaient difficilement place sur le fauteuil roulant. C'était un double-mètre plié en trois. Sa seule cuisse semblait faire la longueur du bras de celui qui poussait le fauteuil.

Jack sourit en observant Kelly, prise de stupeur. Il reprit la parole pour tenter de donner une signification à cette image étrange.

– Quelle est la solution pour faire sortir un géant avec discrétion ? demanda-t-il. Eh bien, c'est très simple : on l'assoit. On le plie, on le compacte. Avec une capuche sur les yeux et un masque chirurgical sur le visage. En allant un peu vite, sans s'attarder devant ceux qui de toute façon ne regardent que le terrain, ça peut passer. C'est souvent avec les stratagèmes les plus grossiers qu'on se fait avoir. Et ce soir-là, tout le monde s'est fait avoir.

Kelly continuait de fixer l'image arrêtée, ces quelques pixels de mauvaise qualité, sombres et imprécis.

Une image qui allait faire beaucoup parler dans les heures à venir, se dit-elle.

***

– Alors, pour commencer, vous allez m'expliquer ce que vous foutez, tous les deux, sur cette enquête.

Tom Kerr, le capitaine du SBI, semblait fortement contrarié. On lui avait rapporté les agissements de Jefferson et Mickey, et cette manière de faire le laissait circonspect, pour ne pas dire plus. Voilà pourquoi il les avait convoqués tous les deux dans son bureau, au deuxième étage du siège de Salt Lake City.

– Expliquez-moi : comment un simple sergent de la *Search and Rescue* peut-il travailler aux côtés d'un lieutenant du *Bureau of Investigation* depuis maintenant trois jours, sur une affaire si importante qu'elle pourrait relever de la police fédérale ?

Mickey s'empourpra. C'est Jefferson qui se chargea de répondre à son supérieur hiérarchique.

– Sauf votre respect, mon capitaine, cette affaire était presque ordinaire, il y a trois jours. Elle n'est devenue extraordinaire qu'avec le temps. Au tout début, on avait juste retrouvé un cadavre à l'état de squelette dans une crevasse du parc national de Canyonlands, et on n'avait aucune idée de son identité. C'est le sergent Perkins qui a été appelé en premier sur les lieux ; moi je ne suis arrivé que dans un second temps. Et comme le sergent avait une très bonne connaissance du terrain en question, j'ai souhaité le garder à mes côtés.

– Ça, je veux bien l'entendre, grogna le capitaine Kerr. Mais si je ne m'abuse, vous n'opérez plus dans Canyonlands, à présent ?

– Tout à fait. Mais il se trouve que le sergent Perkins a des connaissances sur le milieu du basket qui me sont précieuses. C'est pourquoi j'ai souhaité qu'il continue de travailler avec moi, d'autant qu'il a eu à intervenir sur l'accident de Greg Poppington, qui est aussi lié à l'affaire.

– Quoi ? C'est quoi le rapport ? Je ne comprends rien, Collins. Faut m'expliquer. Et me dire pourquoi vous étiez ce matin à l'Arena du Jazz. Me dire pourquoi vous avez cru bon de vous pointer là-bas pour harceler le coach Dawkins à quelques heures d'un match aussi important !

En entendant les mots de son capitaine, Jefferson comprit qu'il y avait eu une intervention en haut lieu. Et qu'à partir de maintenant, il allait devoir se montrer très convaincant.

– Je vais essayer de faire simple, dit-il, de vous résumer l'histoire en quelques phrases et en repartant depuis le début. Ça commence avec un simple match de basket : il y a cinq ans, au moment des Finales NBA, le Jazz était mal embarqué face à Boston, vous vous en souvenez sans doute. Dawkins était l'assistant du coach du Jazz, à l'époque. Il a eu l'idée de déstabiliser la star de Boston, River Williams, parce qu'il savait qu'il était très fragile psychologiquement, pour l'avoir côtoyé quelques années plus tôt dans son lycée. Il a donc fait appel au dénommé Greg Poppington, qui avait autrefois géré le dossier de l'adoption du petit River, quand il était à la Utah Foster Care. Poppington lui a tout raconté dans le détail, et ils ont contacté une journaliste locale pour qu'elle balance l'histoire à la télévision.

– Quelle histoire ? Celle de ses origines ? C'est Dawkins qui est derrière tout ça ?

– Exact. « Grâce » à Dawkins et Poppington, River a donc appris à la télévision qu'il était né ici, dans l'Utah, d'une mère amérindienne et d'un père afro-américain qui s'est évanoui dans la nature. Et on imagine que c'est ce qui est à l'origine de sa disparition, d'une manière ou d'une autre.

– Désolé, je ne vois pas de lien évident entre ces révélations et sa disparition.

– C'est ce qu'il nous reste à élucider, en effet, admit Jefferson. River Williams avait déjà été victime d'un coup de folie au lycée. Une « bouffée délirante ». On peut très bien imaginer qu'il en a eu une autre. Par ailleurs, Dawkins nous a appris que Poppington avait fait venir le père de River Williams le jour de son dernier match. On pourrait aussi chercher de ce côté.

– C'est un peu léger, tout ça, non ? C'est la raison pour laquelle vous êtes allés emmerder le coach un jour de match ? Mais vous êtes malades ou quoi ?

– Ce que vous ne savez pas, c'est que Dawkins a envoyé des hommes à lui, dans deux bagnoles surpuissantes, pour aller terroriser Poppington et la journaliste, Kelly Kaminski. Pour les empêcher de parler de cette histoire et de révéler qu'il en était à l'origine. Acte d'intimidation : c'est déjà un délit en soi. D'autant que ça s'est mal passé avec Poppington et que le pauvre est aujourd'hui à l'hosto, dans un sale état.

– Merde. Vous avez les preuves ?

– On ne devrait pas tarder à en avoir, avec l'identification des véhicules par les caméras de surveillance. Mais, à demi-mots, Dawkins nous a déjà avoué qu'il était plus ou moins derrière ces tentatives d'intimidation.

– « À demi-mots », « plus ou moins »… Vous savez très bien que ça ne voudra rien dire devant un juge. Attendez d'avoir ces preuves avant de lui passer les menottes. À six mois de la retraite, je ne voudrais pas être emmerdé par le gouverneur parce que j'ai coffré à tort l'entraîneur de son équipe préférée. Vous comprenez, messieurs ?

– Oui, capitaine, répondirent Jefferson et Mickey à l'unisson.

Tom Kerr se passa la main sur le crâne et caressa la brosse courte qui ne lui recouvrait plus que la nuque et les tempes. Il avait l'air sincèrement embarrassé, car il voyait bien que son lieutenant le plus capé n'était pas complètement à côté de la plaque. Quant à ce jeune sergent, on verrait plus tard ce qu'il avait dans le ventre ; s'il était ainsi parrainé par Jefferson, alors il faudrait sans doute se pencher sur son cas. Pour l'heure, il fallait continuer à enquêter, pour enfin répondre à cette question :

– Qui a tué River Williams ? C'est ça que je veux savoir, messieurs. Si vous voulez me faire un joli cadeau pour ma retraite, trouvez-moi le coupable.

– On n'a pas encore la preuve à 100 % que le squelette était bien celui de Williams, précisa le lieutenant Collins. En revanche, la chaussure lui appartenait, c'est une certitude.

– On n'est pas à 100 %, mais ça y ressemble, pas vrai ? Autre chose : puisque décidément l'époque est à la transversalité entre nos différents services, sachez que j'ai reçu ce matin un rapport intéressant de la *Highway Patrol*. La nuit dernière, une patrouille a intercepté un pick-up et une camionnette qui venaient du Mineral Bottom Canyon, là où vous avez trouvé votre squelette. À ce qu'on m'a dit, ils avaient stationné un petit moment sur la zone, et comme j'avais recommandé une vigilance renforcée, la *Highway Patrol* a fait un petit contrôle de routine. C'étaient une dizaine d'hommes et de femmes qui s'étaient entassés là-dedans. Techniquement, ils n'avaient absolument rien à se reprocher. Ils venaient tous de la réserve indienne de Uintah and Ouray. Les gars de la patrouille ont cru bon de prendre leurs identités. Je ne sais pas pourquoi ils ont fait du zèle comme ça. On va encore se faire taxer de racisme envers les *Native Americans*. Enfin, bon, voici le listing.

Jefferson Collins prit la feuille que lui tendait le capitaine et la parcourut rapidement.

Il ne lui fallut pas très longtemps avant de repérer les deux seuls noms qu'il connaissait : Raymond Wahkara et Sammy Chesspook.

En retournant à son bureau, le lieutenant ne prononça pas le moindre mot. Il semblait perdu dans ses pensées, ne desserrait pas les dents. Derrière lui, Mickey n'osa pas entamer le débriefing de cette entrevue chez le capitaine Kerr.

Ils traversèrent l'open space du SBI, suivis du regard par les quelques enquêteurs du service présents à cette heure de l'après-midi. L'un d'eux se leva pour monter le son de la télévision installée sur un mur. « C'est encore la journaliste de la Fox, brailla-t-il en manipulant la télécommande. Qu'est-ce qu'elle a pu encore trouver, cette emmerdeuse ? » Mickey faillit s'en étouffer. C'était bien Kelly qui était apparue à l'écran, en double fenêtre. Le sergent eut alors le réflexe de consulter son téléphone portable pour y découvrir un message de la journaliste, qu'il n'avait pas encore eu le temps d'ouvrir : « *Mickey, je vous avais promis de vous tenir au courant de mes avancées. On a retrouvé des archives intéressantes sur le dernier match de River Williams. Je serai en direct dans une heure, je vous conseille de jeter un œil. On en reparle quand vous voulez.* »

Mickey sourit discrètement et se félicita de constater qu'elle allait beaucoup mieux, la jolie journaliste. Elle n'était donc pas du genre à s'apitoyer sur son sort et à baisser les bras.

Aux côtés du sergent Perkins, Jefferson s'était lui aussi approché de l'écran, l'air beaucoup plus grave. Voire agacé.

Kelly Kaminski prit enfin la parole, lancée par les studios de New York. Au bas de l'écran, un bandeau rouge donnait le ton de son intervention, en lettres capitales : RIVER WILLIAMS – LES IMAGES DE LA DISPARITION. La journaliste commença alors son exposé, ne prit que quelques secondes pour expliquer d'où venait la vidéo, resitua le contexte et s'effaça derrière les images.

Sur l'écran du *Bureau of Investigation*, les enquêteurs découvrirent à leur tour la séquence dénichée par Jack McGee : cet homme gigantesque recroquevillé sur un fauteuil roulant, le visage caché par un masque chirurgical et enfoui sous une capuche. Et puis cet autre personnage, qui poussait le fauteuil sans se retourner. Kelly décrivait les images en soulignant la différence d'allure et de proportions entre les deux hommes, précisant qu'ils sortaient tous les deux du vestiaire de Boston. Puis elle décréta qu'il s'agissait bien là de River Williams, sans le moindre doute possible, avant de conclure son duplex en exposant cette théorie : « Au vu de ces images, de la position du basketteur et de son attitude apathique, on peut tout à fait imaginer que River Williams a été drogué, puis enlevé contre son gré, par l'homme qui pousse le fauteuil roulant. C'est donc vers cette hypothèse que les enquêteurs du SBI devraient s'orienter désormais. »

– Non mais pour qui elle se prend, celle-là ? beugla l'homme à la télécommande. Elle va nous expliquer comment on doit bosser, maintenant ? Quel culot !

Tout le monde se retourna vers le lieutenant Collins, qui logiquement devait se sentir visé par l'impudence de la jeune journaliste. Mais Jefferson avait déjà disparu.

Il n'avait pas pris la peine d'attendre l'ascenseur et dévalait les escaliers, suivi par un Mickey qui ne comprenait pas la raison d'un tel empressement.

Jefferson avait encore en main le listing de la *Highway Patrol* ; il avait encore en tête la silhouette de cet homme qui poussait le fauteuil. Un homme pas très grand, athlétique, dont on ne voyait que le dos sur toute la séquence diffusée par Kelly Kaminski.

Cette silhouette, il l'avait déjà vue.

Il l'avait même poursuivie de longues minutes, en grimpant une colline à l'arrière du Ruth's Diner.

CHAPITRE 21

Duncan Leonard ôta son casque. Quels que soient ses choix musicaux, aucun son ne pouvait l'empêcher de cogiter, de tourner en rond. Il en était arrivé à un moment où il fallait qu'il sorte de sa bulle. C'était bien joli de s'isoler pour garder sa concentration intacte, mais si c'était pour assister, impuissant, à la montée d'une angoisse irrépressible, alors mieux valait se changer les idées et s'ouvrir aux autres.

Le gamin aurait aimé parler au coach. Revoir avec lui les schémas tactiques, évoquer les points forts et les points faibles de celui qui serait sans doute son adversaire direct, du côté des Lakers. Mais Bruce Dawkins était introuvable depuis la mi-journée, et Duncan se sentait abandonné. C'était un comble : la veille au soir, le coach l'avait chargé d'une responsabilité considérable, lui avait accordé une confiance presque démesurée au regard de son jeune âge. Et voilà que le lendemain, il le laissait seul face au défi d'une vie : le tout premier match de play-offs de sa jeune carrière. Pas un obscur premier tour contre les modestes Kings de Sacramento ou les laborieux Wolves du Minnesota, non ; une demi-finale de la conférence Ouest contre les glorieux Lakers de Los Angeles. Il y avait de quoi se sentir tout petit et perdre une bonne partie de ses moyens.

Duncan aurait pu se tourner vers Mike DeAngelico, le vétéran, le grand frère, le leader incontesté de la jeune équipe du Jazz. Il aurait pu lui demander comment on préparait ce genre de match, ces confrontations qui n'avaient plus rien à voir avec celles de la saison régulière, ces combats âpres et rugueux où la défense primait sur l'attaque. Hélas, DeAngelico était passé sur le billard le matin même, pour rafistoler cette épaule qui était partie en vrille. On ne le reverrait pas avant un bon moment.

Alors, las de tourner en rond en attendant le signal du rassemblement, Duncan Leonard se rendit avant l'heure à l'Arena et demanda à ce qu'on lui ouvre la salle. Là, dans cet espace gigantesque qui sonnait creux, devant les quelques manutentionnaires incrédules qui préparaient les lieux pour le grand rendez-vous du soir, il prit un ballon et commença à enchaîner les shoots.

Mais la peur ne disparaissait pas. Bien au contraire, elle pesait sur son bras, l'empêchait de lever le coude et bloquait son poignet. Après avoir balancé trois briques et deux *air balls*, après que le ballon se fut lamentablement écrasé sur la planche ou eut filé dans les tribunes, il préféra s'arrêter, paniqué. Il avait l'impression d'avoir perdu son shoot et se dit qu'il serait incapable de jouer le match du soir.

Le conte de fées était en train de virer au cauchemar.

***

– Il n'est pas là aujourd'hui, lieutenant. Il a demandé sa journée.

– Pour quelle raison ?

La jeune serveuse du Ruth's Diner blêmit devant l'insistance de Jefferson Collins.

– Je… je ne peux pas vous dire exactement, répondit-elle. Je crois qu'il avait une urgence chez lui. Enfin, pas vraiment chez lui. Je crois qu'il est monté à la réserve de Uintah.

– À Fort Duchesne ?

La serveuse acquiesça et Jefferson la remercia.

Il attendrait donc avant d'écouter les explications de Sammy Chesspook, ou les nouveaux mensonges qu'il oserait lui servir. Si jamais le lieutenant arrivait à le retrouver.

En revenant à sa Chrysler qui sentait le chien mouillé, il fit alors ce qu'il n'avait plus fait depuis des années : il farfouilla dans sa boîte à gants pour en sortir un vieux paquet de cigarettes, oublié là depuis des années.

Jefferson n'avait plus fumé depuis l'enquête sur le meurtre de Gabriela Flores, cette jeune Mexicaine qui avait hanté ses nuits. À l'époque, sa consommation de tabac avait atteint des quantités vertigineuses. Il s'était alors promis que s'il parvenait à élucider l'affaire, il se débarrasserait sans attendre de cette saleté d'addiction. Après des jours et des jours à se poser la même question, après avoir réussi à y répondre, enfin, en traversant la frontière avec le Mexique, il avait donc balancé son dernier paquet dans la boîte à gants pour ne plus jamais y penser.

Mais aujourd'hui, la tentation était réapparue. Comme si le simple geste de tenir une cigarette, d'expulser la fumée d'un geste large en regardant vers le lointain, comme si tout cela pouvait lui permettre de mieux réfléchir. Hélas, le tabac qu'il tenait entre ses doigts était bien sec, et son goût âcre ne lui procura aucun plaisir, au début tout du moins. Il fit quelques pas sur le parking du *diner*, puis, lentement, il retrouva cet état d'isolement intérieur, cet état presque méditatif du fumeur solitaire.

Alors il attendit que tout se mette en place dans son esprit. Que les nombreuses informations de cette journée cessent d'entrer en collision les unes avec les autres pour finalement s'imbriquer et former une suite logique. Les images de la sortie du vestiaire en fauteuil roulant, la présence supposée de Sammy aux côtés de River, à ce moment-là ; l'apparition soudaine de Travis, le père scélérat ; l'intervention éventuelle de Bruce Dawkins ou encore celle de

Greg Poppington, à qui l'on avait réservé un billet pour le match, etc. Toutes les pièces du puzzle étaient désormais en la possession de Jefferson Collins. Il ne lui restait plus qu'à les assembler, à leur donner du sens.

Et répondre enfin à cette question : que s'était-il réellement passé le soir du match 6 des Finales NBA entre le Jazz et les Celtics ? Comment River s'était-il retrouvé au fond d'une crevasse, à quatre heures de route de Salt Lake City ?

Jefferson cogita encore. Mais l'étincelle se faisait attendre. Il reprit quelques bouffées de l'infâme cigarette. Et finit par retourner s'assoir au volant de sa Chrysler.

Il mit le contact, l'autoradio s'alluma aussitôt. Le lieutenant s'apprêta à l'éteindre, pour rester dans sa bulle de concentration, mais se ravisa. Il écouta, songeur, les quelques notes d'harmonica qui s'échappaient de ses enceintes fatiguées. Sa station préférée diffusait ce monument de Bruce Springsteen, cette chanson magnifique et indémodable : *The River*.

« I come from down in the valley
Where mister when you're young
They bring you up to do like
your daddy done... »

Jefferson repensa alors à l'épitaphe laissée sur la tombe de Heather, la mère de River Williams.

À ces quelques mots empruntés à la chanson de Springsteen, gravés sur une petite plaque en bois :

No Flowers No Wedding Dress
That Night She Went Down
To The River

C'est à cet instant précis que le lieutenant Collins commença à entrevoir un peu de lumière, au bout de son tunnel de questions. Il prit son portable et appela Mickey Perkins, à qui l'on avait conseillé de rester bien sagement dans les locaux du DPS, pour reprendre au plus vite ses fonctions à la *Search and Rescue*.

– Sergent ? J'ai une dernière chose à vous demander, avant que vous ne retourniez à votre poste habituel. J'ai besoin d'en savoir un peu plus sur l'accident de Heather Chesspook, s'il vous plaît. La date, le lieu, les circonstances. Moi je file vers Fort Duchesne, pour essayer d'y retrouver Sammy, son frère. J'ai deux heures et demie de route devant moi, ça vous laisse un peu de temps…

Jefferson remercia puis raccrocha, jeta son mégot par la fenêtre et prit la direction de la réserve indienne de Uintah and Ouray.

***

Mickey raccrocha à son tour, avec amertume. Il aurait tant voulu accompagner le lieutenant Collins dans ce dernier voyage vers l'intérieur du pays, vers cette zone sauvage et dépeuplée où se perdaient les quelques bourgades de la réserve indienne.

Mais le capitaine Kerr s'était montré inflexible, un peu plus tôt. Tant que la présence du jeune sergent n'était pas indispensable, il resterait désormais en-dehors de cette enquête, avait décrété le grand patron du *State Bureau of Investigation*. Alors Mickey était descendu d'un étage et avait rejoint son propre service, dont l'activité tournait pour l'heure au ralenti. Personne à retrouver ou à secourir au fond d'un canyon désolé ou sur une montagne escarpée ; il fallait croire que les touristes étaient plus précautionneux qu'à l'habitude.

Tant mieux, se dit Mickey, bien décidé à donner un dernier coup de main au lieutenant Collins. Il se rendit donc chez les collègues de la *Highway Patrol*, dont les bureaux étaient au même étage du bâtiment.

Mickey les connaissait bien, les hommes de la patrouille ; leur service avait finalement plus d'affinités avec la SAR qu'avec le SBI, et ces enquêteurs qui se prenaient pour l'élite de la police d'État. Aussi, lorsque le sergent Perkins demanda s'il pouvait accéder à leur base de données, ils ne lui opposèrent aucune difficulté. Ils se proposèrent même de l'assister dans ses recherches, car le logiciel requérait un savoir-faire que ne possédait pas Mickey.

– C'est quoi le nom ? demanda Russell, l'assistant du service.

– Chesspook. Heather Chesspook. Elle a eu un accident de voiture, il y a vingt-deux ans environ. Ça devait être dans la région de la réserve indienne. Peut-être du côté de Fort Duchesne.

Russell entra les infos données par Mickey et attendit quelques secondes.

– Désolé, ça rame un peu, en ce moment. Je crois que nos PC sont en fin de vie. Mais j'ai peur que le budget pour les changer soit lui aussi en fin de vie.

– T'inquiète, j'ai un peu de temps devant moi.

– Tu vas au match, ce soir ? demanda Russell, pour combler l'attente.

– Oui, bien sûr ! Je ne raterais ça pour rien au monde, même si je m'attends à une terrible désillusion, vu les circonstances. On va se faire découper par les Lakers, c'est sûr…

– Moi aussi, j'aurais adoré être à l'Arena, ce soir. Tu n'aurais pas un billet en trop, par hasard ?

– Non, désolé. J'en avais deux, en effet, mais j'ai réservé le second pour… une amie.

– Ah oui ? Jolie ? demanda Russell avec un clin d'œil un peu lourdaud.

– Jolie, oui. Complètement inaccessible, mais très jolie.

Russell s'apprêta à ajouter une remarque un peu grivoise, lorsque le logiciel de recherche daigna réapparaître avec un résultat positif.

– Alors, voyons voir… dit Russell en réajustant ses lunettes. Il y a vingt-deux ans « environ », tu disais ? Ben c'était il y a vingt-deux ans pile-poil, en fait. Enfin la nuit dernière, ça faisait vingt-deux ans jour pour jour. La voiture de Heather Chesspook a dégringolé un ravin. Elle était seule à bord. Décédée sur le coup. Elle aurait raté un virage. Pas d'enquête sur cet accident.

– Ok. Et c'était où ? Près de la réserve indienne ?

– Alors non, pas du tout. C'était dans le parc national de Canyonlands. Elle s'est foutue en l'air dans un virage de la Mineral Road, l'une des routes les plus dangereuses du pays. Tu vois où c'est ? C'est celle qui descend jusqu'à la Green River.

Mickey resta silencieux un court instant.

– Oui, finit-il par répondre d'une voix blanche. Oui, je vois très bien où c'est…

CHAPITRE 22

L'Arena retint son souffle.

Le coup d'envoi fut donné dans un silence presque total. Comme au ralenti, les pivots des deux équipes s'élevèrent pour se disputer férocement la balle orange. Elle retomba du côté des Lakers, comme un symbole. Alors seulement, les supporters du Jazz se mirent à vociférer, pour pousser une bande de gamins vers l'impossible.

Quelques instants plus tard, ce même pivot des Lakers écrasa un énorme dunk sur le crâne de son vis-à-vis pour inscrire les premiers points du match. Dans la foulée, le ballon tomba dans les mains de Duncan Leonard, idéalement placé dans la raquette, de l'autre côté du terrain. Il hésita à tenter son premier tir, mais préféra se débarrasser de la balle et servir un coéquipier pourtant moins bien positionné que lui. La passe fut trop molle et la balle aussitôt interceptée.

Les Lakers partirent alors en contre-attaque, pour un *run and gun* parfait et un premier shoot à 3 points réussi. On ne pouvait concevoir pire entame de match pour le Jazz.

Jazz 0 – 5 Lakers

***

Jefferson gara la vieille Chrysler sur le parking de la Howdy's Hilltop Tavern. Il en sortit en s'étirant les lombaires, tassées par cet interminable voyage. Il finit par admettre que l'hélicoptère pouvait avoir des avantages, parfois.

C'était le début de soirée, il y avait du monde chez Howdy. Sur le parking se côtoyaient des pick-ups, des 4 × 4 aussi fatigués que la Chrysler du lieutenant, et une camionnette. Lorsque Jefferson pénétra dans le bar, il se rendit compte que tout ce petit monde était installé depuis un bon moment : la ligne de flottaison des pintes de bière était au plus bas.

La télévision sur le mur, calée entre les bouteilles de whisky et le percolateur, attirait toutes les attentions. À la grande surprise du lieutenant Collins, elle était branchée sur le match de NBA. Les clients du bar râlaient, braillaient en suivant les allées et venues des basketteurs sur l'écran plat, s'extasiaient pour un tir à longue distance ou grimaçaient devant la violence d'un dunk. Même ici, au bout du monde, dans cet autre désert américain, on suivait ce sport avec passion, alors qu'on aurait pu l'imaginer réservé à des populations plus urbaines. Le souvenir de River

Williams, l'enfant du pays, n'y était sans doute pas pour rien.

La conséquence directe, c'est que l'humeur était maussade chez les uns, sarcastique chez les autres, et qu'il faudrait enchaîner les tournées pour oublier la déconvenue sportive qui se profilait à l'horizon. L'équipe locale était en train de se faire dominer dans les grandes largeurs par les stars de Los Angeles. La soirée ne s'annonçait pas aussi festive qu'espéré.

Très vite, Jefferson remarqua une petite table ronde, un peu en retrait, où deux hommes s'étaient installés. Deux hommes qui le suivaient du regard depuis qu'il était entré dans la Hilltop Tavern.

Deux hommes qui semblaient l'attendre et qui ne marquèrent aucune surprise lorsqu'ils le virent se diriger vers eux.

Raymond Wahkara et Sammy Chesspook se levèrent pour le saluer et l'inviter à leur table, puis hélèrent Howdy pour qu'il apporte un troisième verre et remplisse les deux premiers.

– Bonsoir Raymond, commença le lieutenant. Je vois qu'on peut toujours vous trouver ici, c'est pratique. Quant à toi, Sammy, je commence à en avoir un peu assez de te courir après : je suis passé par le Ruth's Diner, en vain…

– Ah oui, répondit Sammy en souriant. Après que la petite a montré ces images sur la Fox, je me suis dit que vous auriez forcément envie de me parler. Manifestement, je ne me suis pas trompé. J'ai appelé

Raymond qui m'a conseillé de venir ici. Pour la tranquillité, vous comprenez…

Au moment où Sammy évoquait ce désir de tranquillité, la salle se mit à brailler de plus belle. Un joueur du Jazz venait de rater un dunk tout fait, avait écrasé le ballon sur le cercle et se retrouvait un peu ridicule sous le panier. En gros plan sur l'écran de télévision, le pauvre Duncan Leonard se fit conspuer par les clients du bar. Le lieutenant Collins, lui, sourit en constatant que la tranquillité était un concept tout relatif. Puis il reprit la parole.

– Tu te doutais que je voudrais te parler, hein ? Parce que tu savais que je te reconnaîtrais sur les images de la journaliste…

– C'est ça. Pas grand-monde n'aurait pu se dire que c'était moi, sur cette vidéo de mauvaise qualité, à pousser un fauteuil roulant, de dos et dans la pénombre. Mais je me doutais que vous, vous aviez l'œil pour ça.

Raymond Wahkara sourit à son tour et se permit d'intervenir.

– Sauf votre respect, vous êtes un ancien, comme moi. Vous avez moins de souffle qu'avant, sans doute, mais votre cœur voit beaucoup mieux.

– Si vous le dites, répondit Jefferson. Il n'empêche, il va falloir m'aider à tout bien comprendre. Même si j'ai déjà quelques informations supplémentaires à ma disposition.

– Ah oui ? Lesquelles ? demanda Raymond.

– Je sais par exemple que vous étiez tous les deux au bord de la Mineral Road, dans le parc de Canyonlands, la nuit dernière. Pour rendre hommage à Heather ; parce que c'est là-bas qu'elle a eu son accident. Et j'imagine que vous faites ce petit pèlerinage tous les ans, à la même date. Comme ça vous en profitez pour saluer aussi la mémoire de River, qui repose à quelques mètres seulement du lieu où sa mère a raté un virage.

Raymond et Sammy se regardèrent furtivement. Le lieutenant Collins ne sut dire s'ils s'étonnaient de sa perspicacité ou s'ils s'amusaient de voir qu'il faisait fausse route. De l'autre côté du bar, entre les bouteilles de whisky et le percolateur, les Lakers continuaient leur entreprise de démolition.

– Sammy, je t'écoute, dit Jefferson d'une voix ferme. Je sais que tu ne m'as pas tout dit. Je sais que tu m'as menti. Alors tu vas recommencer ton récit, s'il te plaît. Depuis le début.

Le chef cuisinier du Ruth's Diner se recula sur sa chaise, regarda le lieutenant droit dans les yeux, et commença à raconter.

« Je n'ai pas beaucoup menti. Ou alors, par omission. Ça m'arrive, parfois.

« La nuit qui précédait le dernier match de River, je suis allé le rencontrer dans son hôtel, pour lui raconter l'histoire de ses vrais parents, Heather et Travis. Ça, je vous l'ai dit, n'est-ce pas ? Ce que je ne vous ai pas dit, en revanche, c'est que cette nuit-là, River a souhaité me montrer un objet qu'il trimbalait un peu partout, comme le chapelet d'un croyant. C'était un tout petit bracelet tressé, avec des perles d'os. Le dernier témoignage de ses premiers jours passés dans ce monde, pensait-il. Une relique qu'il était allé voler dans les affaires personnelles de sa mère adoptive, dans un dossier censé rester confidentiel. Il m'a demandé si je savais de quoi il s'agissait, si ça venait de Heather. Moi, j'ai tout de suite reconnu le travail de Raymond, qui s'est fait une petite spécialité avec ses bracelets indiens, pas vrai Raymond ? »

Le porte-parole de la communauté des Utes se contenta de hocher la tête, en souriant.

« Je lui ai raconté ce que je savais de ces quelques mois passés ici, dans la réserve. Je lui ai parlé du mal-être de Heather, mais aussi de tout ce temps, de tout cet amour que Raymond a pu lui donner. Comme un vrai grand-père. Mieux, peut-être. Et ça aussi, ça l'a profondément ému, le "petit" River. J'ai compris que ce gamin avait un besoin impérieux de se reconstruire une famille, un passé, et que c'était plus important que tout. Comme une mission qu'il s'était donnée. Parce que les parents qu'on lui avait trouvés, à Philadelphie, ils étaient tout sauf des parents. Alors je lui ai promis de l'aider à rencontrer Raymond, parce qu'il avait l'air d'y tenir beaucoup. »

Jefferson écoutait avec attention et comprit que Sammy avait soigneusement fait le tri dans ce qu'il avait bien voulu lui dire, lors de leur première rencontre. Pouvait-il lui accorder sa confiance, désormais ? Le lieutenant prit une gorgée de bière ; il devinait qu'il n'était pas au bout de ses surprises.

– Ce que je ne vous ai pas dit non plus, poursuivit Sammy, c'est que dans les heures qui ont suivi, j'ai été contacté par ce Greg Poppington. Vous savez, le type dont on a parlé à la télévision il y a deux jours ?

– Je connais le personnage, en effet. Je sais ce qu'il était autrefois, ce qu'il est devenu, et dans quel état il est aujourd'hui. Je sais aussi que c'est à lui, entre autres, qu'on doit la révélation des origines de River Williams. Je sais encore qu'il avait eu l'idée de faire venir son père, Travis, à Salt Lake City.

Sammy et Raymond restèrent interdits. Le lieutenant était bien mieux informé qu'ils ne l'avaient imaginé. Raymond regarda Sammy et lui fit un signe de la tête. Il pouvait reprendre son récit.

« Poppington est allé au bout de son idée. Il a retrouvé Travis, le père de River, dans une banlieue de Los Angeles. Il ne lui a fallu que quelques heures pour quitter la Californie et se retrouver dans l'Utah. Poppington a installé Travis dans un motel en périphérie de la ville, et il m'a donc contacté. Il voulait que je joue l'intermédiaire entre le père et son fils, entre Travis et River.

« J'ai longuement hésité, parce que je savais ce que ce Travis avait fait à ma sœur, et je n'avais qu'une envie, c'était de le buter, ce connard. Mais je ne sais pas pourquoi, j'ai pensé à River, à son envie désespérée de comprendre d'où il venait. Alors je me suis dit qu'il avait le droit de savoir. Je suis donc retourné à son hôtel et je lui ai fait part de la requête de Poppington, tout en précisant que son père n'était pas forcément quelqu'un de très recommandable. Mais vous vous en doutez, River a évidemment voulu rencontrer Travis, malgré tout. Il voulait même qu'il soit le soir dans la salle pour le voir jouer contre Boston. Alors il m'a donné un billet pour le match, dans une enveloppe au nom de Poppington. Parce que c'est lui qui devait la transmettre. »

En silence, Jefferson cochait les cases. La nuit tombait lentement sur Fort Duchesne, mais il avait l'impression que le jour se levait, tout aussi lentement, dans son esprit.

Le problème, c'est qu'il était de plus en plus difficile de s'entendre, chez Howdy. Les clients du bar avaient déjà dépassé le seuil d'alcool autorisé, et leurs vociférations emplissaient cet espace chaleureux mais bas de plafond. Sur l'écran, les Lakers continuaient de donner la leçon aux petits jeunes du Jazz, dont les fesses étaient déjà rougies alors qu'on approchait la fin du premier quart-temps. Dans cette taverne du bout du monde, les sarcasmes les plus bruyants prenaient le pas sur les timides encouragements.

Raymond Wahkara se retourna vers le patron ; Howdy, de l'autre côté du comptoir, eut un geste d'impuissance.

– Venez, dit Raymond en se levant. On va poursuivre cette discussion ailleurs.

– Où veux-tu qu'on aille ? demanda Sammy, inquiet.

– On va là-bas, c'est mieux, répondit le vieux Raymond Wahkara, avec gravité.

Sammy ouvrit de grands yeux et suivit son aîné, sans trop savoir quoi penser.

Fin du premier quart-temps
Jazz 18 – 42 Lakers

***

Mickey avait dévalé les escaliers du *Department of Public Safety*. Une fois dehors, il s'était précipité vers son Ford Ranger, avait roulé quelques minutes sur la Belt Route, puis sur la Lincoln Highway avant de se retrouver sur le John Stockton Drive. En moins d'un quart d'heure, il était parvenu à rejoindre l'Arena du Jazz.

Mais il était en retard, forcément. La faute à une alerte pour rien, juste au moment de quitter le service : un groupe de touristes allemands égarés puis retrouvés presque aussitôt dans la zone du Great Salt Lake. Pas de quoi s'inquiéter, mais une équipe à envoyer puis à rappeler dans la foulée. Bref, du temps perdu, tout simplement. Et une furieuse envie de tout envoyer balader en râlant, parce que le match était en train de commencer.

Ça n'était pas si grave, de rater le coup d'envoi d'un match de basket. En revanche, c'était plus embêtant de ne pas être présent dans la salle alors qu'on était censé y être élégamment accompagné.

Dans sa grande bonté, le sergent Perkins avait donné l'un de ses deux billets à une charmante journaliste nommée Kelly Kaminski. Elle avait accepté en souriant, pas tout à fait dupe du petit jeu joué par le sergent. Puis elle l'avait remercié en ajoutant qu'elle aurait pu se procurer une accréditation mais qu'elle préférait assister au match à ses côtés plutôt que depuis la tribune de presse. Mickey en avait presque rougi.

Et le voilà qui sprintait désormais sur le parvis de l'Arena, dépassant la fameuse note, le symbole du Jazz, pour se ruer dans l'atrium et confier son billet au contrôleur. Quelques secondes plus tard, il descendait les escaliers d'une tribune latérale. Il enjamba quelques supporters pour rejoindre sa place, faillit trébucher deux fois, manqua de renverser trois gobelets de pop-corn et autant de sodas. Enfin, il put rejoindre le siège qui lui était attribué, aux côtés de celui qu'aurait dû occuper Kelly Kaminski. Mais voilà, la journaliste n'était pas là non plus. Mickey regarda autour de lui, se fit houspiller par ses voisins qui ne voyaient plus rien, et finit par s'assoir à sa place, tout penaud.

Sur le parquet, la situation ne s'arrangeait pas. Le deuxième quart-temps venait de débuter et les petits jeunes du Jazz semblaient toujours aussi perdus face au talent et à l'expérience des Lakers. Et puis, ils étaient seuls au monde ; Mickey s'en rendit compte lorsqu'un temps-mort fut demandé, non par le coach, mais par son assistant.

Bruce Dawkins n'était pas au bord du terrain.

Le sergent fronça les sourcils, regarda de tous côtés, puis se décida à jeter un œil sur les réseaux sociaux. C'est Twitter qui lui apporta un semblant de réponse, avec le hashtag #Dawkins : selon un *insider*, un journaliste proche de la franchise et habituellement plutôt bien renseigné, le coach s'était fait excuser. On évoquait l'éventualité d'un deuil familial, ou celle d'un sérieux pépin physique. Mais rien de sûr, ni d'officiel évidemment. Dans l'Arena, Mickey était sans doute le seul à y voir une étrange coïncidence. Il envoya aussitôt un message au lieutenant Collins pour partager l'information et avoir son avis sur la situation. Mais Jefferson ne répondit pas, comme d'habitude. Il devait avoir oublié son téléphone dans le vide-poches de sa voiture, comme d'habitude.

Alors Mickey se reconcentra sur le match. L'écart au score commençait à prendre des proportions plus qu'inquiétantes, indignes d'une demi-finale de conférence. On aurait dit une rencontre de saison régulière entre une équipe dominante et une autre qui aurait perdu tout espoir de disputer les play-offs, se laissant couler au classement sans réagir. Pourtant, il y avait quand même du talent, chez ces gamins du Jazz ; mais ils semblaient tétanisés par l'enjeu. L'exemple le plus frappant était encore une fois ce pauvre Duncan Leonard, qui avait totalement perdu confiance en son shoot et se contentait de défendre du mieux qu'il pouvait face aux vagues incessantes des *Angelinos*.

– Ça m'a l'air bien mal parti, sergent. Il va falloir que vous m'expliquiez comment ils peuvent s'en sortir, les joueurs du Jazz…

Sans prévenir, sans risquer de renverser le moindre gobelet de pop-corn, Kelly Kaminski s'était discrètement faufilée dans la tribune pour rejoindre sa place aux côtés de Mickey.

– Désolée pour le retard, dit-elle. On m'a demandé d'assurer un dernier duplex dans la tranche de début de soirée. Vous ne m'en voulez pas trop ? J'imagine que vous êtes là depuis le début…

– Je n'étais pas vraiment à l'heure non plus. Vous avez encore balancé un scoop en direct qui va nous faire cavaler pendant les prochaines 24 heures ?

– Non ! On m'a demandé de répéter encore et toujours les mêmes infos, de montrer encore et toujours les mêmes images. Depuis ce matin, j'ai l'impression de tourner un peu en rond. C'était certes un joli coup de retrouver ces archives, mais au bout du compte on n'est pas plus avancé. Impossible d'identifier formellement River Williams, et l'inconnu qui pousse le fauteuil roulant risque de rester inconnu pendant longtemps…

– Alors on va essayer d'oublier cette affaire pendant un petit moment, Kelly. Et profiter de ce duel incroyablement déséquilibré qui devrait soit nous déprimer, soit nous faire hurler de rire.

Jazz 24 – 52 Lakers

***

C'est Sammy Chesspook qui avait pris le volant. Jefferson avait laissé sa vieille Chrysler sur le parking de chez Howdy et s'était installé à ses côtés, tandis que Raymond Wahkara prenait place à l'arrière.

– Ne vous inquiétez pas, lieutenant, avait dit Raymond. On vous ramènera ici après notre petite balade. Et s'il est trop tard pour retourner à Salt Lake City, vous pourrez dormir chez moi. J'espère que ça ne vous dérange pas.

– Pas du tout, avait répondu Jefferson. Je suis impatient d'entreprendre ce voyage avec vous. Pour tout vous dire, je n'attends que ça.

Sammy avait jeté un regard toujours plus inquiet dans le rétroviseur. Il y avait croisé celui de son aîné qui semblait aussi décidé qu'apaisé. Alors, sans savoir réellement si ce qu'ils faisaient avait du sens, Sammy avait démarré son pick-up et s'était engagé sur la Route 40. Mais il avait bientôt délaissé les quatre voies de la *highway* pour prendre la première sortie et remonter vers le nord, dans la direction de la toute petite ville de Whiterocks.

Vers le nord, cela voulait dire : vers l'immensité sauvage de la High Uintas Wilderness.

La nuit continuait doucement de s'installer sur le paysage, mais il y avait encore suffisamment de luminosité pour que Jefferson constate à quel point la région était de plus en plus désertée. Après la vingtaine de baraques de Whiterocks, la route grimpait inexorablement vers l'Ashley National Forest, dans les montagnes Uinta. Il n'y avait plus âme qui vive aux alentours. Le pick-up de Sammy pénétrait dans une *Wilderness Area*, une « zone de nature sauvage », où l'homme ne pouvait s'adonner aux activités motorisées, où l'exploitation forestière et minière était interdite, ainsi que la construction de routes ou encore l'édification de toutes formes d'habitat. Il fallait être fou pour s'aventurer dans cette High Uintas Wilderness, surtout en hiver, lorsque des congères de trois mètres de haut recouvraient l'intégralité du paysage. En été, c'était un paradis sauvage fait de lacs, de roches monumentales et de sapins immenses, de sommets orangés au coucher du soleil et de reflets indigo dans les eaux pures. C'était sans doute la plus belle partie de la réserve indienne de Uintah and Ouray, mais aussi celle où l'homme n'était pas invité.

– J'ai l'impression qu'on s'éloigne considérablement de la civilisation, grogna Jefferson. On va rouler encore longtemps comme ça ?

– Encore une petite demi-heure, répondit Sammy. Si les routes sont bonnes. Et les chemins, aussi.

– Très bien. Tu vas pouvoir continuer ton histoire, mon ami. Tu m'as laissé sur ma faim.

Sammy resta silencieux, comme s'il rassemblait ses souvenirs. Impatient, Jefferson se décida à le remettre sur les bons rails.

– On en était à ce billet pour le match, dit-il. Celui que River souhaitait faire parvenir à son père, par le biais de Poppington.

Sammy hésitait encore.

Alors Raymond s'immisça dans la conversation.

« Je vais prendre le relais, si ça ne vous dérange pas, lieutenant. Sammy doit se concentrer sur la route, et je connais l'histoire aussi bien que lui.

« River avait effectivement fait parvenir le billet à Poppington, et donc à Travis, espérait-il. Mais le soir du match, Travis ne s'est pas présenté à l'Arena. River a joué les premières minutes en surveillant sans cesse la place qu'aurait dû occuper son père, aux côtés de Sammy. Mais elle restait désespérément vide. Le gamin avait pourtant attendu ce moment avec une impatience folle. Rendez-vous compte : pour la première fois, il allait découvrir son père biologique, tout en lui montrant quel champion il était devenu. C'était une idée aussi folle que puissante, à la mesure du cerveau torturé de River. Il avait rêvé ce premier contact du regard, il avait imaginé s'en aller dunker sur ses adversaires sans quitter son père des yeux. Pour lui, c'était le meilleur moyen de relier les deux mondes, celui du présent et celui d'un passé qui ne demandait qu'à refaire surface.

« Mais Travis n'est pas venu au match. Et River, ça l'a rendu fou. Il s'est presque arrêté de jouer, alors que son équipe était en train de batailler sur le terrain. Le coach l'a sorti, et le gamin est retourné directement au vestiaire, tout en faisant signe à Sammy de l'y rejoindre. »

– River n'a donc été ni drogué, ni enlevé, sourit Jefferson.

– Non, bien sûr que non, intervint Sammy, qui reprit le fil de sa propre histoire. Quand je l'ai rejoint dans le vestiaire, il ne voulait qu'une chose : aller retrouver son père sans attendre. Il ne voulait plus jouer au basket. Plus jamais. Alors on a trouvé ce stratagème un peu grossier du fauteuil roulant, et on est sortis par la porte de derrière, qui était encore utilisée pour les travaux, à l'époque. Ça a l'air complètement dingue, mais personne ne nous a remarqués. Personne ne nous a même regardés, vous le croyez, ça ? Tout le monde avait les yeux rivés sur le terrain, et sur le score, qui tournait inexorablement en faveur du Jazz.

– Et vous avez fini par le retrouver, ce père qui ne cessait de jouer au fantôme…

– Oui. Poppington nous avait indiqué l'adresse du motel où il l'avait logé. Alors j'ai embarqué River dans ma bagnole et on est allés le rejoindre, à la sortie de la ville. Une fois là-bas, on a compris que s'il n'était pas venu au match, c'était en fait à cause de Dawkins, l'assistant du coach du Jazz. Il avait envoyé deux hommes de main pour forcer Travis à rester tranquillement dans sa chambre du motel. Je crois que ça ne lui plaisait pas trop, l'idée de voir le père de River Williams se pointer dans l'Arena.

– C'est une manie, chez ce Dawkins, de vouloir intimider les gens…

– Quand on est arrivés, je suis allé tout seul à sa chambre en faisant le plus de bruit possible, en gueulant que j'allais inviter mon pote Travis à aller boire des coups. Les deux hommes de main se sont dit qu'il valait mieux rester discrets, et ils se sont éclipsés. Voilà comment Travis et River ont fini par se rencontrer. Dans ma voiture…

Sammy sembla se murer dans le silence, perdu dans ses pensées, dans ses souvenirs. Le lieutenant Collins lui-même n'osa pas combler les vides de cette conversation. Quant à Raymond, il souriait tout seul sur la banquette arrière, sans doute satisfait de ce qui était en train de se passer.

Pour briser la torpeur qui s'était installée dans l'habitacle, Sammy alluma l'autoradio, branché sur la retransmission du match. C'était la mi-temps, et les commentateurs locaux n'en finissaient plus d'exprimer leur désarroi. Il restait deux quart-temps à jouer, et ils ne voyaient pas comment le Jazz pourrait renverser la tendance ; on se dirigeait tout droit vers une défaite inéluctable. Et humiliante.

Fin du deuxième quart-temps
Jazz 40 – 76 Lakers

***

Assise à sa place, au beau milieu de la tribune, Kelly vit Mickey revenir en souriant, avec les hot-dogs et les sodas de circonstance. Le jeune sergent aurait pu afficher une mine déconfite, celle du supporter désabusé qui comprend enfin que son équipe n'a plus aucune chance de s'imposer. Mais voilà, dans cette soirée de cauchemar sportif, Mickey avait des raisons de sourire. Il hésiterait en revanche avant de s'en ouvrir à son mentor, ce lieutenant Collins qui n'apprécierait pas forcément que son jeune collègue ait pu ainsi s'enticher d'une journaliste aux dents longues, imbue d'elle-même, et qui prenait un malin plaisir à devancer les services de police. Mickey aurait sans doute du mal à lui expliquer que derrière la carapace de la star montante de la Fox, il y avait une vraie forme d'humanité, pour peu qu'elle se laisse approcher.

Pendant la mi-temps, la journaliste et le sergent de la SAR avaient eu le temps d'évoquer leur passé commun dans les banlieues de Salt Lake City, s'étaient rendu compte qu'ils avaient fréquenté les mêmes établissements sans jamais se croiser, avaient partagé leurs expériences de vie dans la capitale des mormons, à l'université d'Utah. Ils s'étaient considérablement rapprochés l'un de l'autre. Ils avaient fait fi du monde qui les séparait désormais. Il y avait la jolie journaliste de la Fox ; il y avait le sergent à la gueule de jeune premier. Ils s'enlacèrent et cela sembla si naturel. Pour un temps, du moins.

Et puis le match avait fini par reprendre.

Le début du troisième quart-temps était identique aux deux premiers, et quelques supporters dépités avaient déjà commencé à quitter les tribunes. Les Lakers augmentaient sensiblement leur avance au score, sans trop se forcer. Dans leur esprit, le match était gagné ; il ne restait plus qu'à gérer au mieux les minutes qui restaient à jouer, en évitant les blessures et en ménageant les organismes.

Au bout d'un moment, tout de même, il y eut une forme de réaction des joueurs du Jazz. Aussi étonnant que cela puisse paraître, elle vint de celui qui s'était montré terriblement décevant depuis le coup d'envoi : Duncan Leonard commença à rentrer un shoot, puis un deuxième. Son visage avait changé d'expression. On pouvait désormais y lire une véritable détermination et une confiance retrouvée. Il pénétrait dans la raquette sans crainte, s'élevait en changeant de main pour déjouer les contres adverses, tentait sa chance à longue distance.

À la fin du troisième quart-temps, le jeune Leonard avait déjà marqué deux fois plus de points que sur toute sa première mi-temps. Dans son sillage, les joueurs du Jazz faisaient corps et profitaient du relâchement de ceux des Lakers. L'écart restait conséquent, mais se réduisait à vue d'œil. Un autre match avait débuté.

Fin du troisième quart-temps
Jazz 68 – 91 Lakers

CHAPITRE 23

Le pick-up de Sammy s'enfonçait dans les profondeurs de l'Ashley National Forest. Il grimpait le long de la vallée qui bordait la montagne de l'Ice Cave Peak, dont le sommet culminait à 3 000 mètres ; il suivait la Whiterocks River, cette petite rivière bruyante et remuante, qui apparaissait au travers des sapins puis disparaissait au détour des virages. Mais il était désormais impossible d'admirer le paysage, car la nuit était tombée sur la région. Une nuit d'un noir des plus profonds, seulement trouée par le faisceau des phares de Sammy.

Sans prévenir, la route goudronnée laissa la place à un chemin de terre, instable et cabossé. Pendant plus d'un kilomètre, les trois hommes durent s'accrocher aux portières pour ne pas se cogner aux montants du pick-up. Enfin, le chemin s'arrêta net, au pied d'une montagne recouverte de conifères. Au bout de cette route en terre, il n'y avait plus rien. Un cul-de-sac avec juste l'espace nécessaire pour faire demi-tour. C'est ici que Sammy choisit de couper son moteur, en laissant les phares allumés.

Tous trois descendirent du véhicule.

Jefferson se demanda quelle pouvait être la suite de l'opération : il ne voyait pas d'autre issue que de refaire le chemin en sens inverse. Il commença à se dire qu'il avait peut-être fait une énorme bêtise en suivant ces deux Indiens à l'allure débonnaire et pacifique. Il aurait aimé faire comme dans les films et prendre le temps de vérifier que son revolver était bien calé dans son holster. Mais ça faisait des années qu'il ne s'embarrassait plus de ce harnachement barbare. Avec le temps, il avait appris à régler les conflits autrement qu'à coups de balles de 9 millimètres.

Cependant, il ne s'était jamais retrouvé ainsi, au bout du chemin, au bout du monde, dans une forêt presque impénétrable ; au cœur d'une nuit noire et oppressante.

Raymond et Sammy allumèrent chacun une lampe torche et la pointèrent vers ce que le lieutenant Collins n'avait pas encore remarqué : un sentier qui descendait vers la rivière.

C'est Sammy qui ouvrit la voie, balayant le faisceau lumineux devant lui. Ils progressèrent avec précaution, assurant chacun de leurs pas dans la pénombre. Après une centaine de mètres, le sentier sembla s'arrêter au pied d'un arbre gigantesque, que Raymond et Sammy contournèrent pour révéler un passage dissimulé par les branches basses. De l'autre côté de l'obstacle végétal, Jefferson découvrit une petite clairière qui donnait sur la Whiterocks River. Ici, les rayons de lune conféraient une profondeur nouvelle au paysage ; on y voyait enfin à plus de trois mètres. Au fond de la clairière, au bord de l'eau, un point lumineux indiquait la présence d'une habitation. Ils s'approchèrent.

C'était une *cabin*, un petit chalet typique de cette région montagneuse, avec des murs en rondins, un toit en zinc, un auvent sur pilotis et un coffre sur le côté pour le groupe électrogène. De la fumée s'échappait de la cheminée. Sur le toit, on pouvait s'étonner de la présence incongrue d'une parabole.

– Attendez-moi ici, dit Raymond sans plus d'explication.

Jefferson et Sammy restèrent à l'extérieur, pendant que Raymond entrait dans le chalet, sans frapper. Il en ressortit quelques minutes plus tard.

– C'est bon, lieutenant, dit-il. Vous pouvez y aller. Seul.

Jefferson regarda le porte-parole de la tribu des Utes avec intensité, comme s'il lui posait mille questions en silence. Depuis le temps que cette affaire l'obsédait, il avait commencé à trouver des réponses par lui-même. Mais il devait désormais vérifier si la théorie qu'il avait élaborée n'était pas totalement farfelue.

Le lieutenant se retourna vers la petite maison de bois posée au milieu de la clairière, sous la lune.

Il écouta les gargouillis de la rivière qui s'écoulait, insouciante, à quelques mètres de là. L'image était bucolique, mais elle portait aussi sa part de mystère.

Il prit une grande inspiration et poussa la porte.

L'intérieur était très faiblement éclairé. Parmi les quelques points lumineux, il y avait la cheminée, qui encadrait une jolie flambée ; il y avait aussi une petite lampe sans charme posée sur un guéridon ; et puis il y avait la télévision allumée. C'était toujours le même match de basket qui se jouait sur cet écran aux dimensions modestes. Bien qu'il n'en eût absolument rien à faire, Jefferson regarda le score, par réflexe.

Jazz 82 – 93 Lakers

Dans un coin reculé de son esprit, une toute petite voix s'étonna de cette réduction de l'écart, avant de s'évanouir aussitôt. Toutes les pensées du lieutenant convergeaient désormais vers cette ombre, assise sur un canapé recouvert d'un drap. L'ombre d'un homme qui regardait le match, mais dont on ne voyait que la nuque, immobile, et les jambes, allongées sous la table basse en rotin.

Des jambes interminables.

Jefferson s'approcha, s'assit sur le fauteuil près du canapé, et salua l'ombre. Qui lui répondit d'un signe de tête.

Le lieutenant jeta encore un œil à l'écran de télévision, avant d'entrer en douceur dans la conversation. Comme s'il connaissait son interlocuteur depuis toujours.

– Ça ne te manque pas trop, le basket ?

L'ombre resta silencieuse un instant, puis fit « non » de la tête en se redressant sur le canapé. Dans la lumière changeante du feu de bois, dans cet étrange clair-obscur, Jefferson reconnut ces yeux d'un bleu très clair, ces traits saillants, cette peau d'un brun profond, aux reflets dorés ; ce torse herculéen, ces membres démesurés.

Un visage presque enfantin, déposé sur le corps d'un colosse.

River Williams.

Il n'avait pas vraiment changé, le « petit » River, même s'il se rasait le crâne, désormais. Il n'était guère plus causant qu'à l'époque où il devait faire face aux médias. Il osait à peine regarder le lieutenant. Le neveu de Sammy Chesspook, le petit-fils adopté par Raymond Wahkara n'était aujourd'hui rien de plus qu'un enfant sauvage.

Il consentit tout de même à ouvrir la bouche.

– J'ai recommencé à regarder les matches, dit-il d'une voix hésitante. Et je dois avouer que j'aime bien ça. Je n'ai pas oublié comment on le joue, ce sport. Je vois encore ce qu'il faut faire, quels sont les bons choix et les mauvais. Je ne me trompe pas beaucoup. Je vois aussi qui sont les vrais bons joueurs et les imposteurs. J'aime bien ce gamin du Jazz, par exemple : Duncan Leonard. Lui, s'il oublie ses peurs, il sera champion… Mais sinon, je n'ai jamais retouché à une balle, non, jamais. Cette sensation ne me manque pas. J'avais fini par la détester, cette grosse balle orange…

Après cette introduction presque anodine, Jefferson sentit qu'il lui fallait rapidement poser d'autres questions, avant que River ne se décide à refermer la porte. Mais ces autres questions, c'étaient celles qui réveilleraient les anciennes douleurs, immanquablement. Il tourna et retourna le problème dans tous les sens et décida de reprendre l'histoire là où Sammy s'était arrêté. Pour vérifier une information capitale.

– Je vais te poser une question qui va te sembler étrange, River : te souviens-tu du moment précis où tu as découvert ton père ? Qu'est-ce que tu t'es dit quand tu l'as vu pour la première fois de ta vie ?

River esquissa un sourire narquois, sans quitter l'écran des yeux.

– À votre avis, lieutenant ? Je suis sûr que vous avez une petite idée.

Jefferson était pris de court. Il avait voulu jouer au plus malin, mais il avait perdu. Alors c'est lui qui dut répondre à la question.

– À mon avis ? Eh bien… Tu as été très surpris. Tu t'es dit que les chiens ne faisaient pas des chats, ou quelque chose comme ça. Parce que même si

Sammy t'en avait un peu parlé, ça t'a quand même fait un choc de voir quelqu'un d'aussi grand que toi. Ça ne doit pas t'arriver tous les jours.

River se détacha de l'écran pour observer ce lieutenant qui ne s'embarrassait pas de préambules, mais qui voyait juste.

– Les chiens ne font pas des chats, hein ? C'est un peu ce que je me suis dit, en effet. Sammy n'avait pas vraiment insisté sur ce détail, alors oui, ça m'a surpris. J'étais un tout petit peu plus grand que lui, mais pas beaucoup plus… Ça a fini de dissiper tous les doutes que je pouvais avoir. C'était bien mon vrai père qui était là, en face de moi. Et ça m'a fait quelque chose, vous comprenez. Ce que Sammy m'avait bien expliqué, en revanche, c'est que ce Travis n'était pas une belle personne. Je m'étais donc dit que je resterais à distance, au moins dans les premiers temps. Mais quand je l'ai vu, j'ai oublié la mise en garde. C'était plus fort que moi. À 18 ans passés, je découvrais enfin mon père. C'était indescriptible.

Le monologue de River ne manqua pas de surprendre Jefferson. Le lieutenant n'imaginait pas qu'il parlerait aussi facilement, aussi librement, de son histoire intime. Raymond Wahkara avait dû le préparer à cette entrevue, lui expliquer qu'il était mieux pour tout le monde qu'il se confie dans les moindres détails.

– Je comprends, reprit Jefferson. Même si je ne peux qu'imaginer le bouleversement que tu as dû connaître. C'est lui qui a fait le premier pas ?

– Oui. Il s'est jeté dans mes bras. Il avait l'air fou de joie. Moi, j'étais un peu gêné, mais j'ai laissé faire. Pour tout vous dire, j'ai trouvé que sa réaction était excessive, qu'il en faisait trop. Dès cet instant, j'ai senti quelque chose de bizarre chez ce mec. C'est aussi pour cette raison que j'ai voulu associer ma mère à ces retrouvailles.

– Comment ça ? demanda Jefferson, intrigué.

– Je ne saurais pas vous l'expliquer réellement. Je trouvais bien qu'elle soit là, elle aussi. Ça me rassurait. Et puis je voulais que Travis comprenne qu'il lui avait fait du mal.

– Tu connaissais tout de leur histoire, à ce moment-là ?

– Non, pas dans le détail. Mais je savais pour l'accident de maman. Enfin, son suicide. Alors j'ai dit à mon père : ok, on se retrouve, c'est formidable. Mais maintenant je veux qu'on aille se recueillir à l'endroit précis où ma mère a perdu la vie. Ce sera une manière de vous réunir, tous les deux. Mes parents. Mes vrais parents.

Jefferson Collins ne s'attendait pas à une telle explication. Il ne put s'empêcher de froncer les sourcils.

– Je sais, ajouta River en constatant l'étonnement du lieutenant. J'ai des idées bizarres parfois. Et puis, il y a des moments où je ne contrôle pas tout ce que je ressens, ce que je raconte, ou ce que je peux faire.

– Comme à l'époque du lycée, à Philadelphie ?

– Oui, il paraît. Maintenant je commence à me connaître un peu mieux, et j'arrive à voir venir les moments où je vais sortir des rails. Mais à l'époque, je ne maîtrisais rien…

Nouveau silence. Sur l'écran de télévision, le jeune Duncan Leonard apparut en gros plan, avec une ligne de statistiques étonnante au bas de l'image. Le gamin était en train de sortir le match de sa vie. Mais Jefferson n'y prêta pas attention. Il fallait qu'il connaisse tout de cette histoire.

– Et tu as donc demandé à Sammy de vous conduire dans le parc de Canyonlands, reprit-il. Pour aller vous recueillir sur la Mineral Road…

– C'est ça. Quatre heures de route. C'était complètement fou, pas vrai ? Ça nous a laissé le temps de faire connaissance. Travis ne comprenait pas vraiment l'intérêt de ce petit pèlerinage, mais il s'y pliait de bonne grâce, prêt à faire cet effort pour renouer avec moi. J'ai très vite compris qu'à ses yeux, j'étais la poule aux œufs d'or. Il n'arrêtait pas de me parler de tout l'argent que je gagnais, de mon contrat avec Boston, du contrat de sponsoring avec mon équipementier. Il a absolument tenu à ce qu'on échange nos chaussures, parce qu'il fantasmait sur les miennes. Alors je lui ai donné mes baskets, et j'ai pris ses mocassins pourris. Heureusement, on faisait à peu près la même pointure, tous les deux.

Jefferson cocha une nouvelle case ; les zones d'ombre se dissipaient une à une. Il se demandait juste si River irait au bout de l'histoire, sans crainte. Mais manifestement, Raymond avait été de bon conseil : il avait dû le convaincre que tôt ou tard, la vérité serait enfin révélée. Alors autant se libérer de ce poids maintenant, face à un policier digne de confiance.

« Quand on est arrivés sur place, reprit River, on est descendus à pied jusqu'à l'endroit où maman est partie. Mais là, c'en était trop pour Travis, qui ne voulait plus jouer à ce petit jeu. Il est resté trente secondes avec nous, pas plus. Il ne tenait plus en place et il a commencé à remonter en disant qu'il ne fallait pas remuer le passé, que ça ne servait à rien. Et puis il a marmonné que Heather ne méritait pas toute cette attention.

« Alors Sammy est devenu fou furieux. Il s'est mis à hurler tout ce qu'il avait sur le cœur, tout ce qu'il n'avait pas osé me dire, de peur de me blesser. Avec une violence que je ne lui connaissais pas, il a accusé Travis d'avoir violé Heather, d'avoir causé son malheur, son déshonneur. Et puis ça a été l'escalade. Devant la fureur de Sammy, Travis a pété un plomb, lui aussi. Il l'a attrapé par le col en lui crachant que ma mère l'avait bien cherché, qu'elle l'avait excité avant de se refuser à lui. Il l'a traitée de salope. Il a hurlé qu'elle avait bien mérité la raclée qu'il lui avait mise, et tout ce qui s'était ensuivi. Il a même raconté dans le détail comment il l'avait prise violemment, dans un parking du centre-ville, entre deux bagnoles. C'était monstrueux. Travis gueulait comme un putois. Il avait sans doute oublié que j'étais là, que j'entendais toutes les horreurs qu'il pouvait balancer. Moi j'étais horrifié. Je ne parvenais pas à croire que la nuit de ma conception avait pu être aussi sordide. Je restais pétrifié, incapable de réagir. Et puis Sammy et Travis ont commencé à se battre, au-dessus de la falaise. À coups de poings, à coups de pierres. »

– Et c'est là que Sammy a jeté ton père dans la crevasse, c'est ça ?

– Non ! cria River, avant de baisser à nouveau la voix. Non, ça n'est pas ça.

Il prit un temps avant de continuer.

« Très vite, Travis s'est retrouvé sur Sammy, au sol. Il l'a immobilisé. Il l'a frappé au visage, en hurlant : *"Tu sais quoi ? Ta sœur, elle m'a appelé le soir de sa mort !"* Moi j'avais commencé à m'approcher d'eux pour les séparer, mais j'étais comme tétanisé par tout ce poison que crachait Travis : *"Je ne sais pas comment elle a eu mon nouveau numéro, mais elle m'a appelé"*, il disait. *"Pour m'annoncer que j'étais papa, génial ! Mais aussi pour me dire qu'elle avait abandonné mon môme, parce qu'elle ne se sentait pas la force de l'élever toute seule"*. Là, il est parti à ricaner comme un demeuré ; il avait l'air de trouver ça à mourir de rire. Il a ajouté : *"À ton avis, pourquoi elle m'a dit ça, hein ? Pour que je revienne auprès d'elle, pour qu'on récupère le gamin à deux et qu'on forme une jolie famille américaine ? Ou parce qu'elle pensait que ça me ferait un mal de chien ?"* Puis il a continué à rire, comme il avait dû rire au bout du fil ; un rire de hyène. Il a conclu son histoire en agrippant le col de Sammy : *"Je lui ai répondu qu'elle pouvait aller se faire foutre, elle et son sale môme, que j'avais pris mon pied à lui grimper dessus dans un parking et que ça me suffisait amplement. Qu'elle ne méritait pas plus, ni mieux. Alors elle m'a prévenu qu'elle allait se foutre en l'air, qu'elle allait balancer sa bagnole dans un ravin. Eh ben vas-y, je lui ai dit. Disparais ! CRÈVE, SALOPE !"* Voilà ce que ce démon a hurlé dans la nuit, au-dessus du canyon. Alors seulement, il s'est rendu compte que j'étais là, à deux mètres de lui, et que tous les mots qu'il venait de lancer s'étaient plantés tout droit dans mon cœur. »

– Comment as-tu réagi alors ? demanda doucement Jefferson. Tu t'es jeté sur lui ?

– C'est Sammy, tout d'abord, qui a essayé de le prendre à la gorge. Mais il n'était pas de taille. Il a vite perdu l'avantage et il commençait à se faire salement tabasser. Travis le maintenait au-dessus du ravin, et il allait le balancer dans le vide, c'était sûr et certain. Il allait tuer le frère après avoir causé la mort de la sœur. Alors oui, j'ai enfin réussi à sortir de ma torpeur et je me suis jeté sur mon père, pour qu'il lâche prise. Et puis j'ai encore perdu le contrôle. Je l'ai frappé à mon tour. Pour ma mère. Pour tout ce qu'il lui avait fait subir. Je ne m'étais jamais battu de ma vie, mais je l'ai frappé de plus en plus fort, à m'en abîmer les mains. Pour tout le malheur qu'il avait répandu sur son passage. Je l'ai frappé, lieutenant. Si fort que je l'ai tué.

Jefferson Collins écouta ces derniers mots sans broncher, sans ajouter quoi que ce soit. Il regardait cet enfant au corps de géant qui pleurait doucement devant lui, en triturant ses mains immenses.

River continua de raconter, à voix basse. L'affolement. La panique qui s'était emparée de lui. Et puis Sammy, qui avait eu la présence d'esprit de balancer le cadavre au fond d'une crevasse. La plus étroite, la plus profonde possible, pour qu'on ne retrouve jamais le corps, espérait-il alors.

River raconta encore pourquoi il avait demandé à Sammy de l'aider à se cacher dans la réserve de Uintah. Parce que c'était là-bas qu'il souhaitait trouver refuge, loin du tumulte, loin de cette pression insupportable.

Pour se reconstruire, un temps. Ou pour longtemps. Loin du basketball.

Loin d'une enquête qui pourrait l'accuser de meurtre et l'envoyer derrière les barreaux.

Près de ceux qui formeraient sa nouvelle famille, aimante et bienveillante.

Pas comme celle de Philadelphie.

À l'extérieur du chalet, Sammy et Raymond patientaient, sous la lune.

Le premier se demandait ce qu'il pouvait bien se passer à l'intérieur ; le second savait exactement ce qu'il s'y disait. Sammy commençait à regretter d'avoir conduit le lieutenant jusqu'au sanctuaire de River ; Raymond, lui, était de plus en plus convaincu que cette rencontre était indispensable, qu'il fallait libérer le gamin du poids des souvenirs, quelles qu'en soient les conséquences.

Dans la cheminée, le feu commençait à mourir. Les braises étaient incandescentes, mais l'atmosphère s'assombrissait autour de River.

– Et maintenant que je vous ai raconté toute cette histoire, vous allez m'arrêter, lieutenant ? demanda-t-il avec une peur enfantine dans le regard. Vous allez me passer les menottes et me mettre en prison ?

Jefferson regarda le jeune homme en silence. Il observa longuement ce gamin grandi trop vite, qui avait eu le malheur d'avoir dû tuer ce père dont il avait rêvé.

Puis il se tourna vers l'écran de télévision.

– J'ai l'impression qu'il s'est passé quelque chose, ce soir, dit-il. Tu ne trouves pas ?

River ne sut que répondre.

Jefferson se leva, sans quitter l'écran des yeux.

– Je ne suis pas un grand spécialiste du basket, mais j'ai bien l'impression que le Jazz a frappé un grand coup avec cette remontée spectaculaire. S'ils battent les Lakers ce soir après avoir été menés de plus de trente points, ce sera un tournant décisif dans la série, non ? En tout cas, c'est tout ce qu'il faudra garder de cette soirée.

Le lieutenant Jefferson Collins posa la main sur l'épaule du géant, avant de sortir de la petite maison de bois.

River le regarda partir, sans bouger.

Puis il se retourna vers l'écran de télévision.

Et il retrouva le sourire.

Score final
Jazz 112 – 111 Lakers

REMERCIEMENTS

Merci à Cécile, pour avoir accepté les soirées tronquées.

Merci à Bertrand Pirel, pour le pied à l'étrier.

Merci à George Eddy et Jacques Monclar, pour la passion partagée, tous les lundis soir, dans cette émission aussi belle qu'éphémère : ce « Canal NBA » mis à l'antenne par Pierre Chaudesaygues, que je remercie également.

Merci à Michael, Magic, Kobe, LeBron, Stephen et tous les autres, pour les lumières dans les yeux.

Composition et mise en pages
Nord Compo à Villeneuve-d'Ascq